日藏漢詩文叢刊　第一輯

日本所藏中日交流漢詩文寫本

李杰玲　編著

黃山書社

圖書在版編目（CIP）數據

日本所藏中日交流漢詩文寫本/李杰玲著.—合肥：黄山書社，2018.12

ISBN 978-7-5461-7973-5

Ⅰ.①日… Ⅱ.①李… Ⅲ.①詩集—中國②漢詩—詩集—日本 Ⅳ.①I22 ②I313.2

中國版本圖書館 CIP 數據核字（2018）第 286379 號

日本所藏中日交流漢詩文寫本　　李杰玲　著

出 品 人　王曉光
選題策劃　湯吟菲
責任編輯　劉　春
責任印製　戚　帥　李　磊
裝幀設計　韓玉英
出版發行　時代出版傳媒股份有限公司（http://www.press-mart.com）
　　　　　黄山書社（http://www.hspress.cn）
地址郵編　合肥市政務文化新區翡翠路 1118 號出版傳媒廣場 7 層　230071
印　　刷　安徽聯衆印刷有限公司
版　　次　2018 年 12 月第 1 版
印　　次　2018 年 12 月第 1 次印刷
開　　本　787mm × 1092mm　1/16
字　　數　320 千
印　　張　26
書　　號　ISBN 978-7-5461-7973-5
定　　價　200.00 圓

服務熱綫　0551-63533706
銷售熱綫　0551-63533761
官方直营书店（https://hsss.tmall.com）

李杰玲　二〇一二年於上海師範大學取得文學博士學位，二〇一三年九月開始在蘇州大學中國語言文學流動站從事博士後研究，二〇一八年一月已順利出站，二〇一五年東京學藝大學訪問學者，二〇一七年南京大學域外漢籍研究所訪問學者。現任教於廣東第二師範學院（原廣東教育學院）。

二〇一六年、二〇一七年先後出版學術專著兩部，迄今已發表學術論文五十多篇，發表譯文近三十篇，包括日語學術論文翻譯、中英文學作品翻譯。另有原創文學作品散見於報刊。日語口頭發表多次。今主要從事中日文化、文學交流研究，日本漢詩文文獻研究，并關注日本幼兒教育、日本繪本研究。

本書爲教育部人文社會科學青年基金項目《日本圖書館漢詩文鈔本文獻整理與研究》（批准號：17YJC870008）的階段成果。本書得以出版，感謝教育部課題經費的資助。

本書所影印詩文，均出自日本國立國會圖書館，感謝圖書館的出版許可與授權。同時感謝日本國際交流基金會對我二〇一五年訪日研究提供的各種支持，使我得以完成本書的寫作。

謹以此書獻給我的父親李海泉、母親邵翠霞和我可愛的孩子年涵鈺和年涵宇。感恩人生中有他們的愛和陪伴。

目録

序：文字裏的傳奇

一葉扁舟、一份筆録、一份貨物清單、一份中日間的問答筆録……還有一兩部薄薄的詩集，這些碎屑般的歷史片段，穿梭在中日文化、文學交流的歷史長河中，起伏飄蕩，幾乎要被淹没。没有多少人會注意到這些沉澱在東瀛的細碎呢喃，以及那些驚心動魄的、在異國漂流的日日夜夜。因爲這些文獻都出自名不見經傳的普通人。而那些留存至今的漢詩、漢文，也并未進入方家之眼，更遑論去研究、考察和探索那些輾轉於中日之間的舊時光了。

然而，這些，僅僅是平淡無趣的詩和文嗎？

不。這是一個個傳奇，一部部驚心動魄的海難生還奇遇記。

一八六八年初春，科舉失意的福建書生郭育齡，在哥哥郭斗懸的勸説下，加入了行商的隊伍。當時的福建，出海經商的人多了，有的先富起來，很是惹人羡慕。作爲讀書人，出生於書香門第的郭育齡，雖然心裏始終有點别扭，但總得做點事養活自己吧，考不上狀元當不上官，衹好老老實實跟哥哥出海，到長崎去做買賣。本以爲風平浪静的天氣，一會兒就變臉了，風暴起得快，誰也没料到，狂風把他們粗暴地扔到了一個完全陌生的地方。那裏的人，穿不一樣的衣服、留不一樣的髮型、説不一樣的話……但是，他們使用同一種文字——漢字。有了筆，有了會寫字會作詩的郭育齡在船上，大伙得救了——彼時彼地，筆是可以『説話』的，詩是可以作爲『外交文書』的。在陌生的對馬，郭育齡通過一支筆，和對馬海峽的人們説上了話，得到對方的幫助，成功地於三月和大伙兒一起返回故鄉。

無獨有偶，一七九六年，在一個風雨交加的日子裏，一艘剛剛出海没多久的潮州漁船遭遇風暴，在狂怒的大海裏像一片枯槁的葉子，被波浪一會兒拋上高空，一會兒摔到浪裏，仿佛隨時都會被吞没。船上的人更是提心吊膽，本來衹是想出海打些魚回去賣點錢，换點糧食、衣服，供養家裏老小。可没想到……所謂天有不測風雲，讓人防不勝防，船主陳世德拉着林光裕的手，不覺嘴唇發白。其他的人，都抖抖索索地躲在船艙裏，擠成一團。

不知道經過了多少個飢寒交加的、分不清白天和黑夜的時刻，被大海戲弄得就要散架的漁船，終於穩了下來。

大伙兒出來一看，這山、這水，似曾相識，又覺十分陌生。揉揉眼睛看清楚了，纔知道這裏并非故鄉，更不是夢境。岸上站着一個裝束怪異的人，正好奇而略帶膽怯地打量着他們，於是他們也好奇而略帶膽怯地看着那人。

還没來得及打聲招呼討點水喝，岸上那人已經跑了。船槳早已被沖走，船無法靠岸。怎麽辦呢？剛看到一綫生機，如今又入困境。然而在鬼門關外走了一趟的他們，連嘆氣都覺得無力。

陳世德、林光裕和那些船夫伙計仿佛已經用完最後一口氣，趴倒在甲板上。

過了好久，纔隱約聽到人聲，抬頭一看，纔知道岸上來了很多人，爲首的旁邊，就站着剛纔跑掉的那個怪人。然後他們的船被對方拉到岸邊，靠好岸，正要寒暄，雙方却都聽不懂對方説什麽。幸好陳世德和林光裕會寫字，於是他們開始筆談。多虧了漢字，他們可以『對話』了，他們抓住了生機，他們得救了！

當然，本書影印的詩文寫本講述的，并不都是這樣風起雲湧、驚心動魄的『海漂』故事，有的是當時從清朝運到長崎的貨物清單，通過這份清單，我們不僅可以窺見當時的貿易情況，也可以知道絲綢、書籍、草藥、食材等商品，是最受日本人歡迎的，商品經濟除了圍繞生活的物質展開之外，也滿足了人們精神層面的需求。中日的文學、文化、經濟交流，通過許許多多的小人物，得以一點點完成。

當然，這本書裏還收録了一個越南文人的詩集，他把自己旅途所見，還有他在廣西桂林和親友的暢談，等等，都用詩歌記録了下來，形成了獨特的『日記體詩歌』。雖然没有具體的日期標注，記録也并不連貫，但其脉絡約略可見，更奇特的是，這本漢詩寫本不知通過何種因緣，『漂流』到日本，成爲中日越漢詩、漢籍交流的一個生動例子。

這本影印詩文集的出版，除了以上原因，還由於我已出版的一本專著《十八—十九世紀中日沿海地區詩文典籍交流》（以下簡稱《典籍交流》）。《典籍交流》許下了一個心願，也作出了一個承諾，希望能把與《典籍交流》裏的論述密切相關的一些稀見資料公之於世，讓人們真實地回顧當時的歷史場景，回顧這些小人物的活動以及他們的作用。

説起來，我也是歷史長河中的小人物，名不見經傳。有誰能與時間長河相抗衡？然而每個人都有自己的位置，都有自己的價值。我雖然是小人物，却從不輕視自己，也從不認爲自己的研究和寫作没有任何意義。其意義，由時間去説。

在兩三百年前，這些衹是爲了養家糊口而冒險出海的人，有的甚至大字不識幾個，有的漢字寫得歪歪扭扭，可他們仍然留下了自己的足迹，把自己小小的支流匯入了整條歷史長河。我們没有理由輕視他們。他們没有豐功偉績，有的衹是這些由他們自己或者别人親手一筆一畫寫下來的漢字，或成詩，或成文，或成圖，匯成這一本本詩文集。這些筆迹雖不是出自名家之手，却也是珍貴的歷史文物，是從歷史走過來的人留下來的最真實的表述。

有人曾經問我，喜歡郵件還是喜歡手寫信件？我説郵件雖然方便快捷，但就個人而言，我還是喜歡手寫信件，雖然自己的字寫得不好，但字迹是一個人的一部分，一個人性情的投影，一個人獨特的語言，就像每個人有獨一無二的臉孔一樣，每個人也有獨一無二的字迹，不像那些千人一面的印刷字體，看不出誰是誰的面目，没有體温，感覺如此遥遠而冷漠。

因此，我很樂意把這些收藏於鄰國東瀛的兩三百年前的手寫詩文展現給大家，希望除了作爲研究資料之外，也可以從中得到美感享受，得到欣喜，并感知歷史的温度。

是以爲序。

李杰玲

二〇一七年秋，草於南京客居；二〇一八年秋，廣州花都修定

陳林詩集〔一〕

一七九六年，時爲清朝嘉慶元年，日本江户時代寬政八年，廣東潮州一艘剛出海不久的漁船遭遇颶風，在海上漂流顛簸，六月七日，漂到仙臺藩，被當地人救起，并報告官府。由於語言不通，藩府招來當地有名的儒者志村五城、志村時恭和志村弘强三兄弟，讓他們與漁民進行筆談，瞭解情況。志村三兄弟被稱爲『三珠樹』，在仙臺以儒學和作詩聞名。簡短的筆談後，藩府答應了漁民陳世德、林光裕等人的請求，派船護送他們到當時唯一開放的中日、日荷貿易港口長崎，再讓來崎貿易的清商送他們回國。志村五城、志村弘强也在護送隊伍中，在駛往長崎的船上，他們互相唱和，以筆代舌，沿途寫下了不少詩歌，直到長崎。

後來，志村兄弟中的志村弘强將陳世德等人一路上所寫的作品匯抄一册，題爲《陳林詩集》，并將他們在舟中的聯句詩附於後，美其名曰『萍水奇賞』。因此，陳世德、林光裕的詩歌以及他們與藩儒的唱和、聯句得以保存至今。但在國内，這本詩集似乎從未被注意過，就筆者管見，除了王寶平教授在《中日詩文交流集》的序言中提到過之外，〔二〕國内學術界幾乎没有意識到有這樣一本詩集的存在。本文擬以這一詩集爲綫索，綜合當時流傳下來的其他文獻，對《陳林詩集》進行補遺，還原當時的歷史，展現十八世紀中日之

〔一〕按：筆者曾就該文獻撰文《十八世紀仙臺藩儒與潮州漁民唱和文獻鈎沉——從〈陳林詩集〉説起》，發表於《中國典籍與文化》二〇一六年第三期（總第九十八期）第一三七—一四九頁。此處所論，筆者在上述文章的基礎上有所增加，更加詳細，讀者可以比較參考。

〔二〕王寶平主編：《中日詩文交流集》，上海：上海古籍出版社，二〇〇四年。

間的詩文交流，以此爲視窗，讓讀者能更充分、更全面地瞭解東亞漢文學交流的歷史。

一、《陳林詩集》的篇目和内容、作者

《陳林詩集》一卷，附《萍水奇賞》一卷，江户寫本，一册，茶色封面，有蟲損痕迹，無書簽，綫裝，長23.5厘米，寬16.3厘米，序半頁七行，行十八字，字迹工整，無界欄，無邊框，紙張脆薄，天頭2.8厘米，地脚1.8厘米，有國會圖書館藏書印。正文半頁十行，行二十字，天頭1.7厘米，地脚1厘米，無界欄，無邊框，無魚尾，正文部分蟲損痕迹較明顯，無目録。詩集署名爲『清，廣東潮州，陳世德、林光裕撰』。未寫出所抄者何人。據署名爲『栗原野翁岩垣彦明』所作的序可知，該書的抄録整理者，應爲仙臺藩儒志村弘强。現全録該序如下：

盛哉太平之化，慶長元和以來，海内清静二百年矣，將士無苦戰毒逐之勞，民衆有安業豐戢之樂，西自肥築，東至奥羽，暨毛人島夷、茹毛蒙皮之屬，綿亘幾乎萬里，咸爲詩書禮樂之域，琉球朝鮮服屬貢獻，蕃漢載貨輻凑於肥之長崎者，來去如比鄰，不知隔大洋海也。若有彼人之漂到於我者，不論其遠邇，皆撫之養之，附商舶令送還之，率以爲常也。自非德之隆治之至，安能如斯耶。去歲巳未，有廣東潮州人遭颶風，檣折舟壞，來奥之仙臺封内，瘁凶之餘，存者僅三人。仙臺儒學，志村中行先生兄弟，及竹中勝田古山太宰四子，同奉君命，護送往長崎。彼三人者，陳世德、林光裕、陳讓光，皆頗善詩，彼此九人，海則同舟，陸則聯步，所經諸名勝，多以爲詩料，彼三人所賦者，録爲一卷，名

曰《陳林詩集》，與我六人相唱讀者，亦録爲一卷，名曰《萍水奇賞》。各寫二通，一傳乎彼，一留乎此，竣役之後，中行先生梓而傳諸同好，以令兄仲敬先生與予有舊，千里郵寄，示予請言，予乃展觀拍案曰：『嗚呼盛哉，太平之化，海之内外，一視同仁，護送萬里飄海之客，令得還本土也。且夫九人者，得詩友於異域，晨夕相唱讀，可不謂之一大奇乎？予京東一野人，屏居寡交，而今與聞斯雅舉，不亦奇乎？即鼓腹誦夫詩，熙熙其樂只且，是亦太平盛化之所被也，復何言？復何言？』〔一〕

該序作於寬政庚申南至日，作者岩垣彦明（一七四一—一八〇八），江户前、中期的漢學者，名彦明，字亮卿、孟厚，通稱長門介，後又號栗翁，開塾授徒，名爲『尊古堂』。著有《十八史略補正》《松蘿館詩文稿》等，與志村弘强之兄志村東嶼有舊交，受其所托，爲之作序。該序也收録在《松蘿館詩文稿》中。由序言可知，《陳林詩集》抄成應在寬政庚申，即寬政十二年（一八〇〇）或之後，陳世德等人漂流到仙臺，是在寬政八年丙辰（一七九六，時爲清嘉慶元年），一七九七年四月左右他們到達長崎，可見此詩集成書已是事過三四年之後。關於漂流的具體時間和經過等，下文將會進行論證，此處從略。

岩垣彦明的序言之後，是陳世德和林光裕的詩作。《陳林詩集》共有詩一百零一首，其中，署名陳世德所作爲五十九首，林光裕所作有四十二首。這個鈔本并不按體裁劃分，從内容上看，大概按作詩時間的順序排列下來，標題疑爲手抄者志村弘强所加，因爲標題中出現了許多沿途所經地名，雖有可能是陳、林二人通過筆談得知，但許多小地名出現在其中，極有可能是志村弘强根據當時筆談資料整理詩集時所加。其中有兩

〔一〕（清）陳世德、林光裕撰：《陳林詩集》一卷，附《萍水奇賞》一卷，江户寫本：序。

首署名陳世德所作的詩疑爲誤録，分别爲《江上逢久别人又别》和《嶺上逢久别者又别》：

青青楊柳度頭春，邂逅相逢遠别人。今日何圖萍水會，明朝又送北江濵。

楊柳含烟漳水濵，南關嶺上遇游人。前情一别三秋恨，今日又愁送客辰。

從詩意可知，這兩首詩都是寫偶遇久别之友的作品，匆匆一面之後又各奔東西。我們據常理即可判斷，因爲颶風而漂流到仙臺的漁民陳世德等人在日本恐怕没有什麽『久别人』，况且當時還未到長崎，如果到了長崎，鑒於當時長崎有很多赴日貿易的清代商人，有可能會他鄉遇故知。但是，詩集最後兩首是到了長崎之時，陳、林二人寫的道别答謝詩，他們一到長崎就被長崎奉行官送到唐館，并會見了當年入港的船主朱鑑池等，然後就與志村等人匆匆分别了。這一點，我們可以從志村兄弟的略譜中得知（下文將作詳論）。所以這兩首詩恐怕是仙臺藩護送隊伍中的某人所作。

詩集中多爲思鄉盼歸之作，偶有吟賞風景之語，尤其是春天到來之時，看到沿岸的春色和櫻花、富士山等，衆人不禁以詩抒懷，表達對春天的贊美，現分别列一首陳世德、林光裕的詩作，以窺其風貌：

《大室濱館中對雨思鄉》（陳世德）：

海邊樓館對洲巒，暮雨秋風心不安。愁人萬里勞遥夢，何日歸鄉共磬歡。

《舟中感懷》（林光裕）：

舟行千里一帆新，偶遇諸陽益憶親。漢客歸鄉護送日，諸君恩惠若星辰。

詩集之後，附有《萍水奇賞》一卷，爲護送舟中諸人所作聯句詩。參與唱和的有：清廣東潮州：陳世德、林光裕、陳讓光；日本陸奥仙臺：志村士轍、志村弘强、竹中暢、勝田常恭、古山世享。從《舟中聯句》，我們可以看出當時船上衆人聯句吟詩的興致之高：

《東那對雪》：

宿雲凝又散，朝雪擁岩巒。士轍。浸影琉璃海，摇光白玉盤。世德。霧晴明樹色，日出照江干。光裕。鶴舞還臺曉，花開玄圃寒。弘强。仙人吹笛到，神女捧珠看。世享。皓鷺過瓊岸，銀鷗泛碧瀾。長恭。行探鮫客室，坐釣子陵灘。暢。相見多詩賦，援筆興未闌。孝。

這首聯句詩既寫沿途風光，又寫出了同舟諸人筆談聯句的勃勃興致。此外，聯句中也不乏傳達思鄉之情的作品，如《早泊港在長州》：『早泊港頭早泊船弘强，風罷海嶠帶晴烟。世德。江邊花落春將盡，光裕。泣向鄉關對暮天。世享。』

《萍水奇賞》所載聯句詩中，志村弘强、陳世德、林光裕三人聯句作詩較多，幾乎都是寫沿途風景和思鄉盼歸之情。陳、林等人的詩作平易直率，通俗易懂，不用典，類似的描寫和表達多次出現，音律較準，而略有平仄問題，如《鴿鷄浦船上》出現了失粘和三仄尾的情況，皆因平時并非以詩書爲業之故，但是否在抄寫時經過了志村弘强的修改，也未可知。此集誠是反映當時歷史的重要文獻，出自漁民之手，與仙臺藩德高望重的儒者自由唱和聯句，已屬不易。

這一路上走走停停，不時遇到颶風，天氣不好的時候無法出船，歷時近半年，他們纔到達長崎。在船上，他們的交流和消遣方式幾乎衹有筆談、酬唱贈答或者聯句共賞，因此，他們留下來的作品應該不少，不僅衹有《陳林詩集》和《萍水奇賞》中所列的，現據《三珠樹集》略作補漏，以便更全面地瞭解當時的詩歌創作情況。

二、《陳林詩集》補遺

《陳林詩集》和《萍水奇賞》若有遺漏，最可能在《三珠樹集》中。《三珠樹集》是志村三兄弟詩集合集，由其後人志村健雄整理付印。

『三珠樹』指志村五城、志村時恭、志村弘强三兄弟，史稱其三兄弟才華秀拔，享有高譽，在仙臺藩的儒者中，爲人稱道。衆所周知，『三珠樹』是對一個家族中連出幾位高才的美譽，《舊唐書》稱王勃、王勔、王勮爲『三珠樹』。此爲借古典贊譽志村家三兄弟的高才。他們有《三珠樹集》傳世，集後附有家系《五城兄弟略譜》。

志村兄弟中的志村五城和志村弘强一路隨船護送，參與了當時與陳世德、林光裕的唱和。其中，五城爲長兄，又名士輸、子環、勘右衛門等，在江户就學於昌平校，被選爲舍長，以博覽强記、能文善詩著稱於世。

仙臺藩主將其選拔爲大番士，從天明二年到寬政十年，歷任目附、代官和公子副傅等職，活躍於地方民政第一綫。退居後教授子弟，講濂洛純粹之學，爲當時巨儒所尊敬。〔一〕

同時參與筆談和唱和的，還有三兄弟中最小的志村弘强，又名仲行、篤治，號石溪、菊隱等。《陳林詩集》和《萍水奇賞》即爲其抄寫得以傳世，而《陳林詩集》之序也是他托哥哥志村時恭找朋友岩垣彦明寫的。他曾任儒役、公子侍講等職，文化七年擔任新營養賢堂的副學頭，天保五年成爲藩主齊邦的老師，名望甚高。

在《三珠樹集》中，我們可以找到不少可以補充《陳林詩集》和《萍水奇賞》的詩作，分別出自志村三兄弟和其他隨船陪送的人員，從中，我們可以更加清楚地知道當時的情形，并瞭解到，在仙臺與陳世德等人短暫的接觸之後，志村時恭由於卧病，未能一起隨船到長崎，所以《陳林詩集》和《萍水奇賞》中并無他的詩作。

先來看看志村五城的相關詩作：在《三珠樹集》中的乾册之《五城詩集》七言絶句中，有《送清人陳世德歸廣東》等詩：

扶桑琴瑟大清歌，曲自高山流水多。四海弟兄今日事，孤帆送爾奈情何。

又有《送清人林光裕歸廣東》：

送客西溟望落暉，布帆將鳥祇争飛。家鄉到日人如問，爲道朝陽晞發歸。

〔一〕（日）平重道著：《仙臺藩儒學史》，仙臺：地域社會研究會，一九六二年，第六十二—六十三頁。

《送清人陳讓光歸潮州》：

會時萍水別時舟，歸客天涯向故丘。渺渺雲帆滄海外，不知何處是潮州。

《別後憶陳世德林光裕》：

浮雲萍水意何長，羽絶麟沉天一方。漂客歸家澄海文，夢魂何處繞扶桑。〔一〕

這些詩，透露出分別後淡淡的思念，站在陳、林等人的角度，設想他們内心的思鄉之苦。除此之外，志村五城還作了七言律詩，并序，曰：

今兹丙辰十月，余奉官命護送清客歸國，而船將發石港，諸君有作見餞，余亦賦此留别。

詩曰：

清客將歸指大荒，我曹御命向肥陽。揚帆且見雲天近，航海何嫌水路長。
石港風濤開氣色，芙蓉嶽雪約篇章。臨行欲謝諸君贈，轉使瓊瑶滿薄裝。

〔一〕（日）志村健雄編：《三珠樹集》（乾集），仙臺：早川活版所，一九一一年，第五十二頁。

又作《送清客》：

有客將歸萬里船，恰如漢使泛槎年。鼇身暮卷風波雪，蜃氣朝開樓閣天。域絶琉球飛島外，雲連宛嶋片帆前。清塵一去無緣望，别後音書豈可傳。

《送林先生光裕歸廣東》：

西破長風萬里波，東辭桑海意如何。他鄉一灑櫻花淚，絶域重飛歲月梭。初若漢槎犯鬥牛，終同仙客駕鼉鼉。孤帆别日遥相憶，故國親朋應接多。〔一〕

以上是《五城詩集》中所收録的關於陳世德等人的全部詩作，這些在《陳林詩集》中都没有收録。這些詩歌表達了關懷和思念，詩人設想漁民們内心的思鄉之切，表達了同情與關懷之意，在《陳林詩集》中，多是表達深深的思歸之情。志村五城從陳世德等人的角度，想象他們回到故鄉潮州之後想起在扶桑仙臺及舟中與他們唱和聯句的情景，會是怎樣的一種心情呢？志村五城對别後再無法聯繫感到憂傷，這正如日語中所説的『一期一會』，這本是參加茶道會時的用語，意爲面對一生僅有一次的相逢機會，要竭盡誠意真心以待。

〔一〕（日）志村健雄編：《三珠樹集》（乾集），仙臺：早川活版所，一九一一年，第八十二頁。

我們從詩句中可以看出志村五城的真誠。

而在志村弘强的《菊隱詩集》中，我們又找到了幾首陳、林所作的詩，這些作品有的已收録到《陳林詩集》中，祇是題目不同，兹介紹如下：

《失題》：

芙蓉白雪海天間，千里舟行見此山。奇香清光真如畫，寫來風景故鄉還。

這是描寫舟行長崎途中所見的富士山風景，在《陳林詩集》中，這首詩題作陳世德的《房州海上望富士山》。《菊隱詩集》中還有《失題》等作品，《失題》原注寫明『大清嘉慶元年七月初三日』。詩曰：『一日思鄉一日深，遊如孤島道樹林。聖如止處風光好，但在思鄉一片心。』此外還有幾首題爲大清人士，或從詩意可以看出自陳、林等人之手，今録於下：

《長崎奉別五城先生》（七言古）：

渺渺雲山一路回，殷勤天涯送客來。兩年相伴思非淺，且憐探勝賦詩才。
今欲離别忍不得，况值春風落花催。知君此日擁船去，翩翩歸騎向仙臺。

同前陳讓光 時年三十九：

青雲擁樹對春晴，護送諸賢多厚情。萬里受恩感非淺，一朝愁別涙縱横。

同前林光裕 時年廿五

知君彩筆本賢才，時見詩章白雲開。護送同船恩不淺，常教漁客憶仙臺。

《春初泊鳥羽港》：

陽春正月繫船時，兩岸花開春滿枝。護送諸賢同此賞，家鄉不恨歸來遲。

《奉寄東嶼先生》：

天涯漂客發檣桅，幾日淮軍不堪哀。詞賦千秋傳海内，姓名舊自滿仙臺。

恨是再會無期日，音書何時得寄來。大東深恩波及遠，吾曹萬里向鄉回。

這些作品中，其中一首爲陳讓光的詩歌，這是目前見到的唯一一首署名陳讓光的詩歌。《陳林詩集》中没有他的作品。上述幾首詩，與《陳林詩集》一樣，都表達了感恩和思鄉之情。

此外，還有一些聯句詩，也未見收録在《萍水奇賞》中，題爲《萍水遊草抄録》，其一爲：『烟波東海上，士轍。此地望長崎。世德。何日開帆席，弘强。翩然到彼涯。玄暢。』可貴的是在詩集上附有注釋曰：『寛政八年護送清客陳世德、林光裕等十四人，於長崎船中作之，醫竹中玄暢稱道隱，外科醫勝田長恭稱壽閑，古山世享稱順治。』〔一〕由此可知，隨船人員中不僅有儒學者，也有醫生。

值得一提的是，在志村時恭的詩集《東嶼詩集》中，我們也看到了幾首寫給陳世德等人的詩，作於陳、林等人尚在仙臺之時，如《聞清人陳世德歸廣東，遥有此寄，二十韻》：

東極群靈府，南溟百粤船。芙蓉分岳鎮，牛女换星躔。重譯殊方俗，同文異代賢。鴻臚王政古，賓旅霸盟傳。開館供芳醴，緩毫命彩箋。夏氛蒸列嶼，秋葉落回淵。撫枕齊莊舄，憑軒擬仲宣。鄉心掩歲月，客路渺雲烟。護衛羅棨戟，綢繆設祖筵。指程瓊浦港，理楫石渦川。昂似乘槎士，翩似馭鶴仙。櫓聲隨浪轉，帆影向風旋。楓渚霜凝纜，蘆灣雪滿舷。潮鳴鮫室現，圻盡蜃樓思。歸輿辭相識，交情望遠酈。玉鷄初旭地，金鳳夕暉天。病卧空銜感，離歌繞寄篇。班荆知幾處，綰柳有誰憐。桑梓相遇日，屋梁殘夢年。衡陽雁應少，通信奈無緣。〔二〕

由此可知，志村時恭當時由於卧病，未能隨船同往長崎。但在陳林等人離開仙臺赴長崎之前，志村時恭

〔一〕（日）志村健雄編：《三珠樹集》（坤集），仙臺：早川活版所，一九一一年，第八十二頁。

〔二〕（日）志村健雄編：《三珠樹集》（坤集），仙臺：早川活版所，一九一一年，第十六頁。下面所引志村時恭的幾首詩，也同出於此。

承担了與陳林等人的筆談工作，他原想與陳林等人談經論道，但是『他原來未曉學，故不能談道演藝，雖然，亦可謂奇緣』。[一]言語之中對陳、林等人的學問水平略感遺憾，未能與他們對等地進行交流，但千里相會，也可以説是難得的緣分。

此外，《東嶼詩集》中還有《送陳世德》：『石渦津口送歸舟，萬里風帆不可留。東海雲山行欲盡，月明深處是潮州。』又《送林光裕》：『孤舟絶海到蓬萊，何事歸心日夜催。此去天涯一回首，彩雲遥隔到仙臺。』陳、林等人尚在仙臺的時候，志村時恭與陳世德寫了一首聯句詩：『潮州西隔幾重闊，海外秋風拂客顔。時恭。萬里思鄉何日到，回頭悵望對雲山。世德。』當陳世德等人乘船往長崎後，志村時恭寫了《憶廣東陳世德》：『歸艎望盡斷鴻低，地隔重溟東與西。霞彩曉燕仙子府，月明秋滿鳳凰溪。越閩漁客駕鯨鼇，歸去鄉園興更豪。縱有鄉樽能勸醉，何如紫府對仙醪。』看來陳世德等人出發往長崎之前，志村時恭與他們有過筆談和贈答。從上述幾首詩我們不難看出，志村時恭作詩較爲講究韻律，字斟句酌，十分認真，有文人之氣。與幾位經歷颶風、劫後遇救的廣東漁民在仙臺短暫的會面、筆談，給志村時恭留下了較深的印象和思念。那麽，陳世德等人漂流仙臺的具體情形如何呢？

三、潮州漁船漂流仙臺始末鈎沉

據《潮州府志》可知，廣東臨海，颶風常見，卷九『颶風』載：『海多颶風，往往爲潮人患。』并引《投

[一]（日）遠藤曰人整理：《以筆代言》（三册全），江户寫本，志村東嶼之序。

荒雜録》曰：『嶺南諸郡皆有颶風。』又：『海上人先期數日聞有聲微發，發而旋止。』[一]可見當地漁民出海一般都會先觀測風雲，極爲小心，但總難時時準確預測風雲變幻。

關於陳、林等人的漂流，首先要更正岩垣彦明《陳林詩集》序中所説的陳世德等人漂到仙臺的時間。由於岩垣彦明并未親歷護送、唱和之事，加上詩集爲事後抄録，故該序所説，有幾個地方不準確，今以其他資料爲參照，對此作出更正，以還原當時的情況。

首先，序言所説的廣東漁船漂到仙臺的時間不符。此序中的寬政庚申指寬政十二年（一八八〇），序言所説廣東漁船漂到仙臺的『去歲巳未』，爲寬政十一年（一七九九）。按這樣的説法，陳世德等人在一七九九年遭颶風漂到仙臺。但，據《三珠樹集》所録詩歌及其附注，還有《五城兄弟略譜》所言，陳世德等人漂流至仙臺，并非寬政十一年，略譜中對這件事的始末有較爲詳細的説明，應爲寬政八年丙辰。

又，已故學者大庭修教授在其著作《漂著船物語》中也指出，寬政八年（一七九六），廣東潮州陳世德的漁船漂至仙臺。[二]此外，松浦章教授也在相關研究中指出潮州漁民陳世德等人漂到仙臺的時間爲寬政八年。[三]

在《三珠樹集》的附録《五城兄弟略譜》中，談到漂流、唱和之事兩次。該略譜的編撰者，即志村家後人志村健雄，稱：『明治三年，太政官使各藩録上古來任務履歷，無幾藩廢，其事從而止焉。此譜實爲當時之稿，而存於筆者横澤净氏宅者，乃請附之詩集之尾，以我家所傳族譜補注云爾。』看來其可信度較高。

該略譜第一次談到護送陳世德事，是在介紹志村五城時：『寬政八年丙辰十月，命監護廣東人陳世德等，送之長崎，且菊垣亦以筆談役從焉。十月廿四日解纜於石港，航海以赴崎陽。海路屢遇颶風，越明年四月始到

[一]《潮州府志》，光緒十九年重刊本。

[二]（日）大庭修著：《漂著船物語》，東京：岩波書店，二〇〇一年，第二二九—二三〇頁。

[三]《亞細亞文化交流研究》第四號，大阪：關西大學亞細亞文化交流研究中心，二〇〇九年，第十頁。

長崎，於是見幕吏及西商陳晴山、朱鑑池等，致漂流人，公事既竣，而請吏許入唐館及蘭館，而與異邦人互應酬贈答焉。既而長崎奉行命付仙臺漂民宮城郡桂島漁户清藏等八人以歸，是皆安南之所送致也。寬政九年七月覆命，後記此事，名曰《泛悠談》。』〔一〕

此言其事較詳，因爲《陳林詩集》及《萍水奇賞》都是唱和、聯句到長崎時，所以到達長崎之後的事情，在詩集中我們無法找到任何綫索，而上述略譜所言，則填補了這一空白。志村五城等人護送陳世德等於寬政九年（一七九七）四月到達長崎後，即面見長崎奉行所官員，同時見到了當時已在長崎的清商陳晴山和朱鑑池，五城等人把陳世德等交給長崎奉行官和清商，完成了這次護送任務之後就在長崎奉行的允許下進入唐館，與其他清人筆談唱和。後來，長崎奉行又托付給他們一個任務：護送漂流到越南而後被送回長崎的仙臺漁民清藏等八人返回仙臺。寬政九年七月，他們返回仙臺藩覆命，也順利完成了這次護送任務。

關於這段記載，在《藩史大事典》中得到了印證：『一七九六，寬政八年，六月七日，中國大澳港的漁船漂流到本吉郡大室浜。』又：『一七九七，寬政九年，六月十七日，（藩主）召見漂流安南國歸國的荒浜漁夫。』〔二〕關於仙臺藩的史料引用，在該書所附的參考書目中，并未列出志村家譜或《三珠樹集》，可見是從别的史料中引用的，更説明上述護送漂流漁民往返之事可信。

該略譜在介紹志村五城的二弟志村時恭（字仲敬，號東洲，後改號爲東嶼）時，也説了這件事：『同八年丙辰六月，會廣東漁人陳世德、林光裕及林元江等十四人漂到本吉郡大室濵，以東嶼充應接筆談等役。』〔三〕

〔一〕（日）志村健雄編：《三珠樹集》，仙臺：早川活版所，一九一一年，附録第二頁。
〔二〕（日）木村礎編：《藩史大事典》（第一卷），東京：雄山閣出版，一九八八年，第一一八頁。
〔三〕（日）志村健雄編：《三珠樹集》，仙臺：早川活版所，一九一一年，附録第三頁。

由此可知，陳、林等人尚在仙臺時，志村時恭是參與了筆談的，所以纔會留下上述與陳、林相關的詩作。然而，略譜中也有疏漏，志村弘强的介紹中没有涉及護送一事，恰與《陳林詩集》《萍水奇賞》相反，志村弘强全程參與筆談、唱和與聯句，《萍水奇賞》中有不少是志村弘强的詩作，可以爲證，兹不贅述。

值得重視的是，《以筆代言》和《寬政丙辰唐船漂著記》（公文書館藏）中有許多關於陳世德等人漂流之事的詳細、直接的記録。另外，東洋文庫還收藏了《廣東船漂流實録》，内容比公文書館的《寬政丙辰唐船漂著記》文字和圖片較多，并有志村時恭筆談語。當然，大部分文字是相同的，如：『大清乾隆中國廣東省廣州府新寧縣大澳港漁船披風流來此國，不知上下，求到國王肯引正得回國，可悦家中父母妻子。』另有詩云：『路上行人婦女美，日照人影傘半開。此見高山富士顏，心中暗思路程難。』此詩在《寬政丙辰唐船漂著記》中無，不詳爲何人所作。這些文獻，除了《陳林詩集》和《萍水奇賞》之外，是難得的第一手資料。《以筆代言》中記録了仙臺問答的情況，涉及多個方面，如廣東民俗信仰、仙臺藩主贈品等，《以筆代言》中是由志村時恭問，陳世德答，遠藤曰人整理的筆談記録，有文字，也有插圖。而《寬政丙辰唐船漂著記》中不僅有漁民圖、尺寸介紹，有對中國清朝錢幣的描述，還有細緻的對船中器物的説明，等等，資訊豐富，還有簡短的問答録，生動地再現了當時的情景。兹録如下：

國者何國？

大清乾隆中國人廣東省廣州府新寧縣。〔一〕

何月何日出？

〔一〕在《以筆代言》中，陳林等人説是『澄海縣』的漁民。

四月初一日出港紕風來。

出港之時人數幾何？

無答。

天下今之代號者何？年號者何？

今本國王乾隆八十有餘，今退與嘉慶元年矣。求到國王肯引回國，可悦家中父母妻子。

廣州拜何神？

玄仙老爺，天后聖母，水仙老爺。

前文已説過，由於語言不通，當時中日之間的交流主要通過筆談。除了這些問答記録檔之外，還有一些説明，可作補充，兹摘録如下：

性〔一〕 陳 名 世德

第

……

……林……光德

……陳……讓光

〔一〕爲儘量保持與原文一致，原文中的錯别字也一并按原樣録入，比如這裏的『性』字，應爲『姓』。該筆録爲當時仙臺藩接待人中之一所寫，并不能據此判斷陳世德等人文字書寫方面有不足。

……林……招聲

……陳……元合

以下同性

阿豬

阿娘

松

阿夏

阿意

性朱名？

……林……隆輝

合十有四人

產物：魚、砂、米、烟草〔一〕

由此我們可以知道當時船上有十四人，并不如栗原野翁岩垣彦明所說『存者三人』，此外，陳世德『求到國王肯引回國，可悦家中父母妻子』，上述十四人中并無陳、林等人的『父母妻子』，所列名單應是當時在漁船上的幫傭。而且，這份手寫的問答記録檔中還有一幅漁民圖，并有對相貌的描述。

由於《寬政丙辰唐船漂著記》這份筆談資料并未影印刊出，現將《寬政丙辰唐船漂著記》中的相關記録摘抄如下，以便全面地把握當時的情形：

〔一〕《寬政丙辰唐船漂著記》，江户寫本，藏公文書館。

廣州府寧縣大澳港漁船户陳受合大字十七。

大清乾隆中國廣東省廣州府新寧縣大澳港漁船披風流來此國，不知上下，求到國王肯引正得回國，可悦家中父母妻子。

儒官志村東藏并西天山大年寺役僧密山、秀山嘗遊崎港，頗通華音云。兩僧彼地遺筆談始末之寫：

我是日本陸奥國人，姓源氏志村，名時恭，字仲敬，别號東嶼。客船之到此已告官府，雖然，事狀未審，故使我詳問客船之來情，然後將護送回國。必須從實細説。

以下陳世德等人答詞：

廣東省廣州府新寧縣大澳港漁船是，過港人是廣東省潮州府澄海縣城門外之人，船主是陳受合，船是澄海縣之船。過港廣州府新寧縣之牌。

問：船中之客十四人，可得各自書姓名及年庚否？

答：姓陳名世德，廿七歲，寅年；

姓林名光裕，廿四歲，巳年；

姓林名元江，三十歲，亥年；

姓陳名元合，三十歲，亥年；

姓陳名阿意，廿二歲，未年；

姓陳名禯輝，三十六歲；

姓朱名阿高，四十歲；

姓林名招聲，四十一；

姓陳名阿娘，四十二；
陳賢生廿五；
陳阿豬四十二；
林阿松十六；
陳阿夏三十四；
陳讓光三十八。
問：舟中不可久坐，要同上岸寬語，請擇知字之人共之。
問：客多陳姓，蓋船主之族。
答：船中叔兄弟多有者。
問：請問出港之時日，且幾日而遇風波？
答：辰年四月初一日出港至初七日逢西北風，吹出海外，我故人船使見山者不曉上下之山矣。
乾隆六十二年。
漁船之人不曉六十甲子。
問：客船有別號否？答：大澳港有漁船二百出號矣。
問：客船所刻大字十七號蓋在二百號之内歟？見漁船者，在二百號之内矣。
問：大字者何義？別問：大字之外別有中字小字等歟？
答：有上中下三等。我此漁船是上等矣。（別本書入：廣東省□南越之地，城下之數十所，縣之數七十五，裏之數四百廿九，家數四十八萬三千三百八十。廣州府十五縣，廿二萬石之高，潮州府十一縣十六萬四千石。天后寶殿，歸日日夜憶廣州，青山忽已曙。右陳世德書□□□。）

問：客皆以漁爲業歟？

答：近海之人爲漁用日食之許矣。

問：出港以來無病死之歟？

答：出港船行十四人，全員矣。

漂流人□□□問答。

蚊帳：山上多蚊，夜夜設帳，一帳須客三四人之卧席，故不得一人專之。

紙席：十四。一人可專一席，爲防跳蟲。

莞筵：十四。一人可專一筵。

卧褥：十四。一人可專一褥。

枕：十四。一人可專一枕。

巾：一人各二巾。右一件爲拭汗及沐浴之具。通六件。

今日始得引衆兄弟入館，船中之全員平安，起貨已完，本州官司以下，安意同慶。右物件送以給朝夕之用。要使衆兄弟各曉其意。

答：受國王之大恩，官府之大刀，先生之大愛，鄉老先生引船入港之恩。我衆人受之大恩，换物可報恩，我衆人謝國王如天大，謝官府老先生如泰山，謝鄉老先生如父母。弟陳世德、弟陳元合、弟林光裕。

大清嘉慶元年六月。今兹所流來者，清廣州府新寧縣之漁船，而都十四人。其名曰陳世德、林光裕、林元江、陳讓光、林招聲、陳元合、陳阿豬、陳阿娘、林松、林朱高、林隆輝、陳阿夏、阿意、陳賢生。寬政八年六月七日流來吾奧本吉郡大室濱矣。蓋廣東者，亞細亞洲之地，而清十三道之一也，北極出地二十四五度，係巨蟹回歸綫之下，半入焦帶，大暖而米麥一歲再熟也。廣東道有十府九州七十五縣也，廣州府及新寧縣皆其一也。人物與船作圖畫而旁加細譯以合覽者便云云。

以下附漂流船和人物之圖：

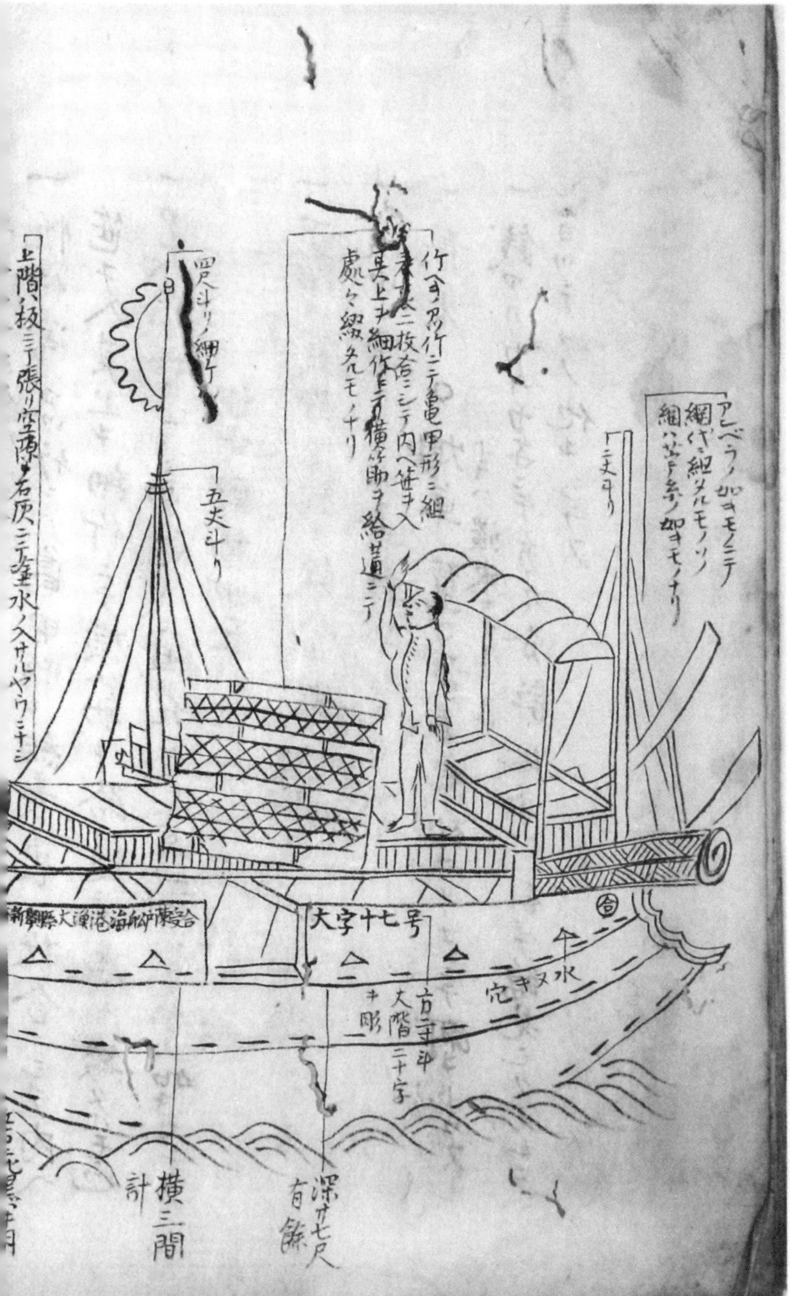

一舩ヲ造ニ木ノ大理ヲ見ニ本邦ノ松杉ノ類也

一舩中貯物如左

○下階ニ二尺斗ノ箱ヲ設水ヲ貯フ

○甕瓶ニ漬キタル魚鱶魚ノ如キモノアリ

○粮米

○烟草ノ莖黄赤色ノ碎カリコレニテ潮ヲトフストキハ淡水ニナルト云フ

○銭アリカラ金ヤフ方九分斗リ

○楷中ニ三局ヲ臨見シタリシニ依テソノ他ヲミラス

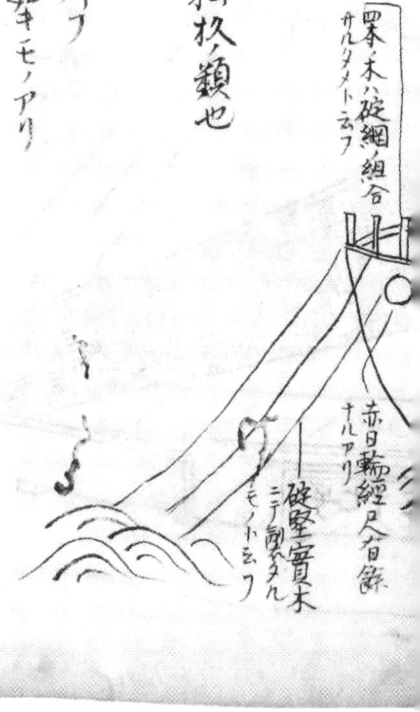

廣剡府漁船ト答ル
船長七丈余幅一丈八尺余
深九尺程惣人数十四人乗

本吉郡大室濱
六月八日八ツ時漂着
右巻ヨリ七里余

船頭答ニ
本歳四月初一日
出港ト云外答ス

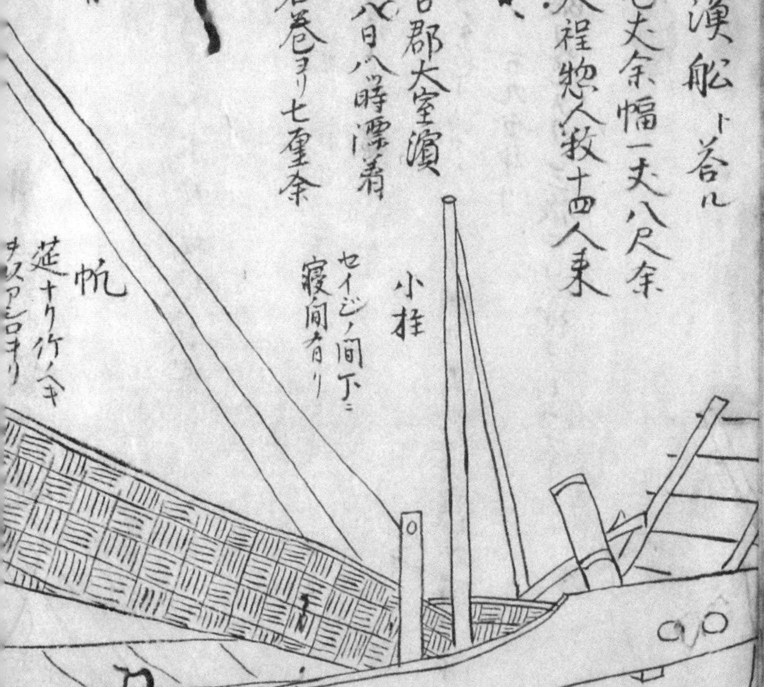

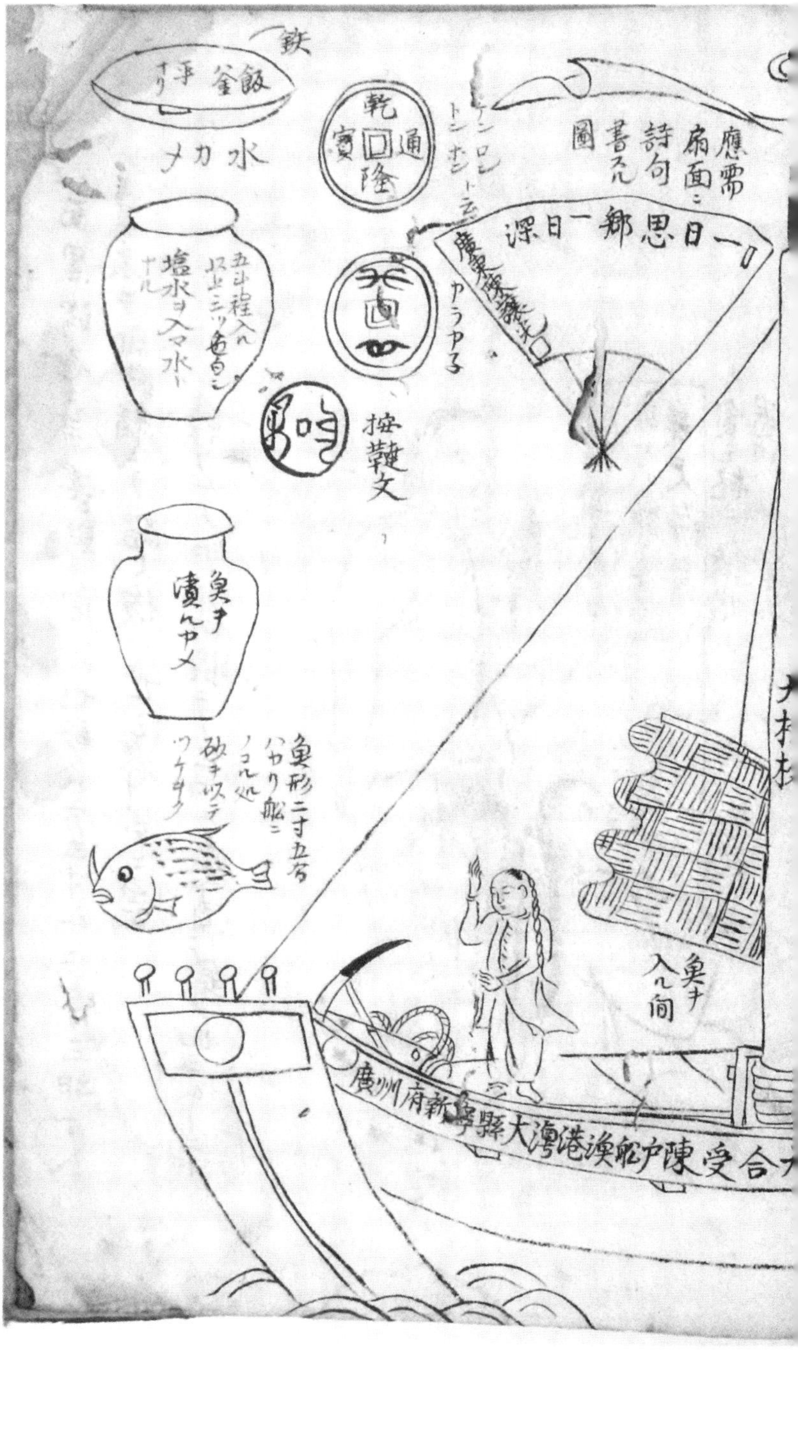
鉄
飯釜
乾隆通寶
水カメ
應需扇面ニ詩句書スル圖
一日思鄉一日深
按韃文
魚ヲ入ル間
廣州府新寧縣大灣港漁船戸陳受合

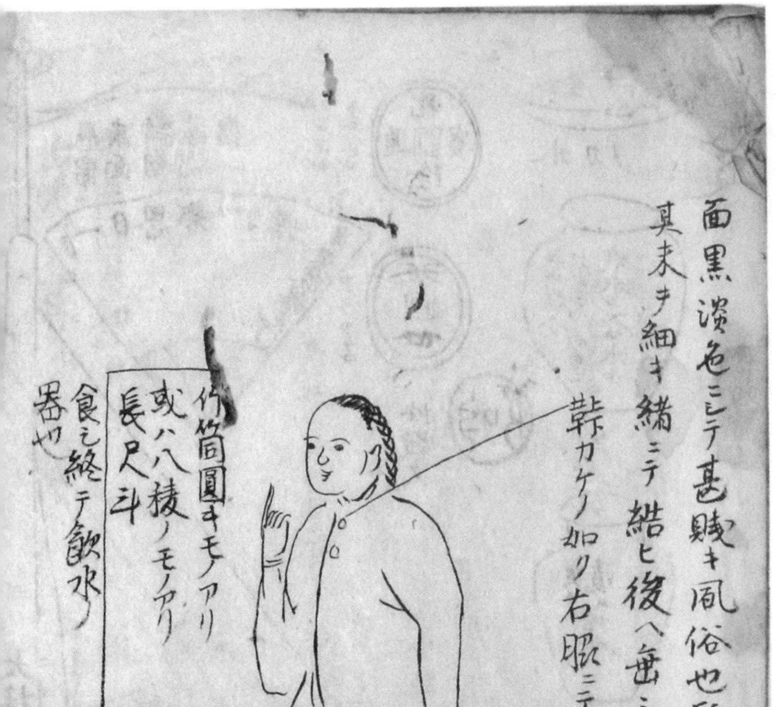
面黒淡色ニシテ甚賤キ風俗也髪ハ方三寸斗ニミツ三組ニナシ
其末ヲ細キ緒ニテ結ヒ後ヘ垂ミ脊半ニ至ル
鞋カケノ如ク右眼ニテ三四ケ處真鍮ノ如キモノニテトメヨク
竹筒圓キモノアリ
或ハ八稜ノモノアリ
長尺斗
食シ終テ飲水
器也

髮ニテ鉢巻ヲスルモ多シ
他人ニ過トキハコレヲトク

[illegible]

路上行人婦女美　日照人影傘半開
此見高山富士嶺　心中暗思路程難

[illegible]

乾隆仁君國号大清乾隆中國人漢船姚風来地也

乾隆六十二年四月初一日出國也

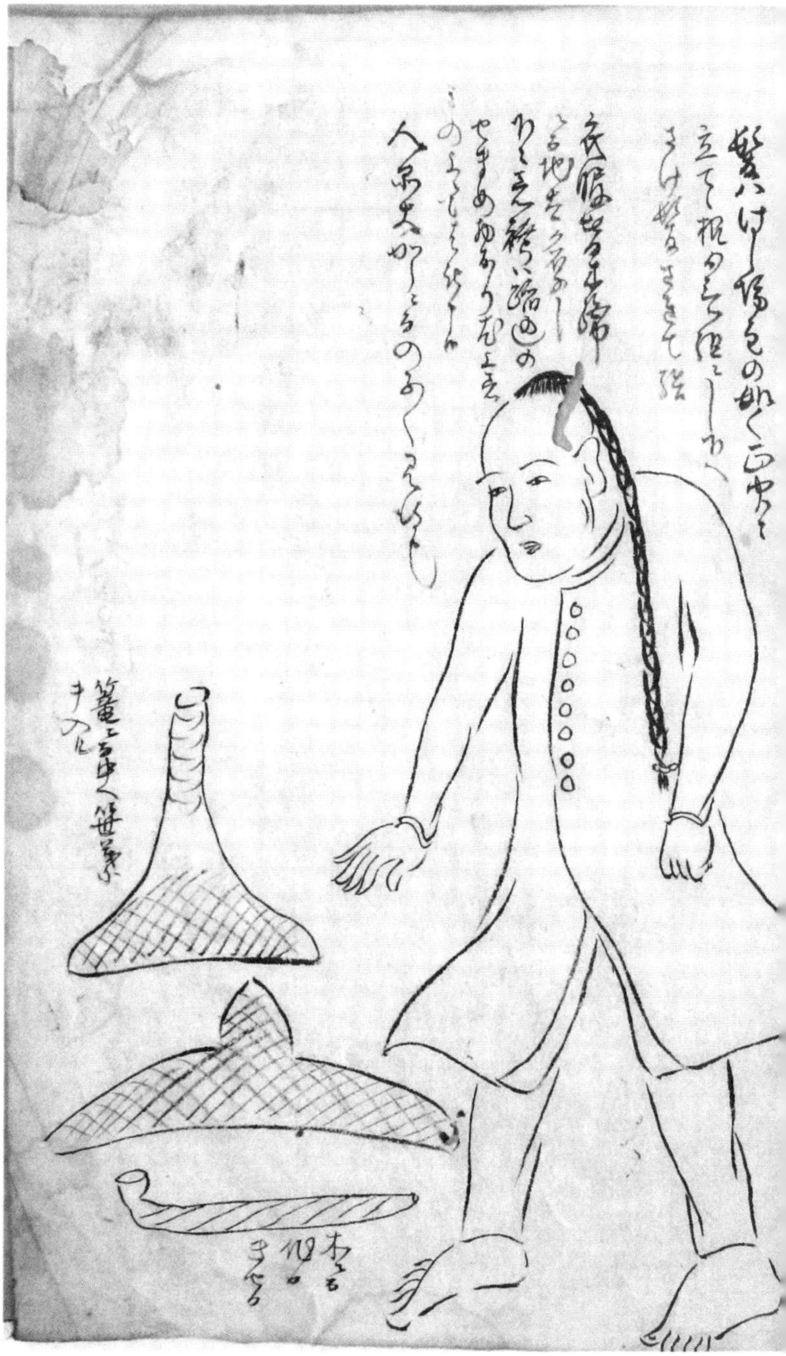

筆者認爲，這段已被塵封多年的漂流歷史，至今没有引起中日兩方學術界的關注和研究，這段漂流歷史和《陳林詩集》《萍水奇賞》無論在東亞漢詩文交流的研究上，還是在廣東地方文獻、仙臺地方文獻研究上，都是不可忽視的。在中國館藏方面，筆者查找多時，對於陳、林等人的漂流情況和《陳林詩集》的相關記載，没有什麼收穫。當時參與唱和的多人之中，衹有志村弘强整理了詩稿，并有意地保存了下來，使之不至湮滅，歷經兩百多年的風雨，這些手寫文獻顯得尤其可貴。

盛哉太平之化、慶長元和以来、海内清静、二百年
矣、將士無苦戰毒逐之勞、民庶有安業豊財之樂、
西自肥筑、東至奥羽、暨毛人島夷、茹毛蒙皮之屬、
綿亘幾乎萬里、咸為詩書礼樂之域、琉球朝鮮
服属貢献、蕃漢載貨輻湊于肥之長崎者、来
太公如比隣、不知隔大洋海也、若有彼人之漂到于我
者、不論其遠邇、皆撫之養之、附商船令送還之、率

以為常也、自非德之隆治之至安能如斯耶、去歲巳
未有廣東潮州人遭颶風、檣折舟壞、来奥之仙臺
封内、癖邑之餘、存者僅三人、仙臺儒学、志村中行先
生兄弟及竹中勝田古山太宰四子、同奉君命、護
送往長埼、彼三人者、陳世德林光裕、陳讓光、皆
頗善詩、彼卅九人、海則同舟、陸則聯歩、所経諸名
勝、多以為詩料、彼三人所賦者、録為一卷、名曰陳林

詩集、與我六人相唱讀者、亦録為一巻、名曰萍水奇賞、各寫二通、一傳乎彼、一留乎此、竣役之後、中行先生梓而傳諸同好、以令兄仲敬先生与予有旧、千里郵寄、示予請言、予乃展観拍案曰、嗚呼盛哉太平之化、海之内外、一視同仁、護送万里漂海之容、令得還本土也、且夫九人者、得詩友於異域、晨夕相唱讀、可不謂之一大奇乎、予亰東一野人、屏居窮寡矣、而今與

聞斯雅舉、不亦奇乎、即鼓腹誦夫詩、熙〻其樂只
且、是亦太平盛化之所被也、復何言、復何言、
寬政庚申南至日

粟原野翁巖彥明題

陳林詩集

大清廣東潮州　陳世德
林光裕 著

大室濵館中對雨思鄉　陳世德

海邊楼館對洲巒。暮雨秋風心不安。愁人万里勞遥夢。何日帰鄉共聲歡。

題畫大室濵景圖　仝

觀瀾亭上景松影。繞洲巒。海平漁艇過。兼是畫中看。

大室濵館中思故鄉

鄉山千萬里。客舍十三濵。絕域言常異。窮陰恨更頻。

仰望初夜月，俯憶故鄉人。唯有西歸夢，時々還拜親。

同諸老先生上日和山　仝

初過石巻興情多，相伴諸賢遊日和。嶺上風松總清秀，大灣名港入吟哦。

石巻眺望　林光裕

山秀水清石巻頭，高々樓閣見扁舟。從斯幾日諸君送，遙望海中何處洲。

謝答某人　陳世德

多謝主人厚愛心，席中送物勝千金。潮州遠客堪相喜，又見詩章金玉音。

石港赴長崎舟中

諸君之名才高賢今又送我回鄉同船而赴長崎因作此詠以寓感謝之意　　陳世德

北風吹雲去起汀一帆懸行舟如飛箭日昇照渚烟主恩多厚悦諸賢犧同船送我回舊國與君結勝緣

同諸老先生上東那山　　仝

主人同伴喜登山景勝相看幾港灣東海遥望明月色雲開處々棹舟還

船中即興　　仝

雲開松下北風吟彩鷁開船東港潯回首天涯堪眺

望々中景物欲相尋

贈船首利佑先生　林光裕

滄波渺々接遙空理棹春風行色雄勇力九船送異

宕千秋妙會意無窮

平潟舟中　仝

萬里北風吹白雲歸心日夜夢家君諸賢護送船中

客遙望嘆思大国恩

船中思鄉　陳世德

行舟萬里白雲間滄海波濤容自還時伴諸君船上

坐西天遙望是家山

平潟舟中對雪　仝

開帆憶昨別東港千里行舟景物深海霧溟濛飛白雪偶逢近澳此相尋

船泊澳津　仝

海面紛々白霧霏澳頭山上碧雲微今宵寄港来相泊明早開帆如鳥飛

又　仝

微雨紛々如霧催清風吹去白雲来澳頭松荻寒声起天氣不和帆未開

舟中感懐　林光裕

舟行千里一帆新偶過初陽益憶親漢客帰鄉護送日諸君恩惠若星辰　仝

其二

滄海行舟波自閑舉頭遠望故鄉山諸君厚愛同船送萬里情深慰旅顏

舟中即興　陳世德

北風維船夕東港起漁歌景物堪遊望逢來計畫多

房州海上望富士山　仝

芙蓉白雪海天間千里舟行見此山奇秀清光真若畫写来風景故鄉還

鵲雞浦船上　仝

松隱々鳴海東白雲霽下澳面月照波浪平嶺上風去天涯帆影受風輕初聞古記慰蒿雀鵲雞浦頭真異名兩岸相對明樹色日落菴寺度鐘声

和石溪老先生述懷韵　仝

厚意同船送諸賢結義深各思明君惠慇懃多愛心

同前　林光裕

舟行諸賢送受惠大恩深千古主君好憐思容憂心

三崎眺望　陳世德

三浦名澳寄船興岸上高樓羊澳民東海日出照松

影芙蓉相對雪色新諸君同舟遊賞見景勝光輝永
相親萬古千秋聖壽寺畐戸之家如仙人

同　　林光裕

扁舟暫繫三崎港嶺上雲飛細雨微樓閣望高林樹
外芙蓉岳色對斜暉

舟中眺望浦賀　　陳世德

賈帆百港萬舟分浦賀吏人出信文兩岸樓臺連粉
壁海東遥起遠山雲

同　　林光裕

眺望兩邊樓閣高山々景色照波濤朝来烟霧飛崕

上細雨蕭々滿海皐

鳥羽港眺望　　仝

海舶乗来寄港頭港頭臺樹接崕出天涯雲散平波

浪萬里扁帆此地遊

鳥羽舟中守歳　　陳世德

臨歳維船鳥羽隈滄洋萬里景光開扁帆皆是他鄉

客欲盡晚冬春色来

同　　林光裕

維纜志州古港邊諸賢送客入新年縱令両国慶正

異萬里受恩高若天

和柳菴老先生除夜作　　陳世德

悪風漂泊清漁船東海波濤水接天外国之人今遇
幸如君護送入新年

同　　林光裕

家貧如洗落漁船䏻風吹散海門天應遇主公仁德
好更全恩義不忘貧

舟中新正作　　陳世德

護送船中送旧年国君賜酒滿慶筵諸賢同樂賀春
日清客受恩大若天

鳥羽首春　　仝

新年佳節泊波瀾春色風流暫此歡鳥羽城邊堪勝景舟船賞樂似長安

同　林光裕

佳節新年鳥羽頭春天落雨滿江流千林百草知春色定有黄鶯啼故丘

賦　陳世德

春初鳥羽港舟中見某人贈諸老先生梅花因粤客初来鳥羽磯梅園春早帶晴輝主人慶賞賢才美微贈一枝香滿衣

同　林光裕

鳥港春風梅已開賢君送客此相來枝々最有橫斜
影贈去清香座裏催
歲首贈利佑先生　陳世德
船首厚情多美餽新正慶賞酒方酬源君併客清歡
好近日順風到海南
春初泊鳥羽港　林光裕
陽春正月繫船時兩岸花開香滿枝護送諸賢同此
賞家鄉不恨帰來遲
春初得早梅一枝供　天后　神前花開將遍諸
老先生見贈新詩賦之奉謝　陳世德

新歲逢迎鳥羽隈南園梅蘂早春開採来一朶傍神
殿賦贈清香諸客才

春夜夢故鄉　仝

朝碧波鮮鳥羽臺遠山如畫鎖烟開月明春夜銀河
色孤枕夢魂鄉里廻

分賦錦浦早春逢雨為韻得春字仝

烟霞繡出嶺梅春錦浦城楼接樹新楊柳含烟鶯宿
雨深恩日思玉堂人

同前得雨字　林光裕

微風輕霧籠南浦草木夜来沾細雨百鳥啼春雞報

晨對君容裏忘辛苦

錦浦雜興和石溪老先生瑶韵　陳世德

萬里春光好帰人　收歛帆已驚梅信早遠見白雲巖

其二　仝

日落春風起軽舟捲布帆蒼茫東海外鈎月照重巖

同前　林光裕

去年過遠海錦浦暫留帆眺望東荒外白雲滿萬巖

其二　仝

錦江日将夕白雪滿征帆天黒風乍起狂濤響碧巖

舟中望安秉浦　仝

日照淇波山岸紅錦帆吹送灣頭風回看高閣遙林
裏安乘舟船棹唱中

舟次的箭浦　仝

鳥羽乘來的箭浦踈松幽竹含春雨日与諸君作賞
遊黃鶯歸去花香吐

賦春日歸家　陳世德

春色霞開對百花江中人度夕陽斜西関南嶺長雲
外久別遠遊客返家

月夕　仝

春夜微風吹柳陽月明飛李帶清香萬家堂裏催絃

管勤吏窓前筆床

同　林光裕

纖々月色接陽臺照出寒空百樹開春风吹過梅園
裡鴻雁一声不耐哀

聽江笛　仝

春风解纜客船通玉笛傳声渭水東愁殺曲中無限
恨他鄉駅路思何窮

同　陳世德

西岸吹傳江笛声梅園樹下接鶯鳴登楼吟賦清音
遠和入春潮遶鳳城

春日思家　　林光裕

寄身萬里一扁舟春日欲回憶故州江路行看早梅
発攀未更使遠人愁

紀州海上望熊野山次絶海和尚韵　仝

熊野峯頭千載祠春雲深處菜苗肥万里傳聞徐福
支一浮東海不西帰

同　　陳世德

熊野峰頭紀古祠凿林香桂味須肥四百年前先帝
賦清朝漂客訪蹤帰

船泊印南浦　　仝

烟霞微雨靄洲前暫下片帆印浦邊澳面春潮碧岩
浪岸頭梅蕖帯青煙

同　　　　　　　　　　　　　林光裕

印南浦澳絶埃塵楊柳迎春風色新万里思鄉時極
目數行鴻雁使愁人

舩夜泊印南浦見哨舩燃燈　　陳世德

印南浦上吏人迎四面燃燈徹夜明光輝照出沙汀
影疑是疎星點水清

玩花与友人同醉　　　　　仝

四面烟開毳李春庭前詞客賞花頻諸君同酌樽中

酒墻外傳聞歌舞人

同

園林花発彩霞隈此日清樽雅宴開醉後揮毫裁賦

處数声黄鳥上枝来

江上逢久別人又別　仝

青々楊柳度頭春邂逅相逢遠別人今日何圖萍水

會明朝又送北江濵

旅中見水仙花　仝

水仙偶見水鄉傍夜露盈々緑葉長黄鳥啼声春色

好花開處〻帯清香

待山月　　　　　　　　陳世德

空洲日落碧烟收天外洪々月未浮海東風息波濤
靜欲弄清光上嶺頭

嶺上逢久別者又別　　　　仝

楊柳含烟漳水濱南閩嶺上遇游人前情一別三秋
恨今日又愁送客辰

牧童　　　　　　　仝

微雨蕭々過浦臺途中久客日望迴時逢牧竪不相
識借問官車何處來

由良灣春望　　　　仝

烟霞嶺上鎖蒼茫風送春潮去復來万里峯間如黛
色由良浦畔素梅開

同　林光裕

眺望青山春艸芳烟霞飛過百花香港口高臨楼閣
影風光堪賞是他鄉

又　仝

悠々雲霧過峯頭春雨蕭々鎖碧流林木鶯啼花亦
媚他鄉幾客不堪愁

春懷舊遊　仝

春日登高感舊遊白雲遥望廣東州梅花此地今猶

発翠柳乱鶯憶故丘

兵庫澳　陳世德

兵庫名灣大澳頭山圍四面接高楼逐霞着過青松

影万里扁舟此地遊

又　仝

澳面微風波浪平錦帆百幅片舟輕江潮遶岸終帰

海揚柳搖枝鶯乱鳴

又　林光裕

海船乗来庫浦隈碧峯晴霧晚風開千家楼閣接江

岸翠柳含春暗緑苔

讚州海上遇雨　仝

春雨蕭々暗舵楼
嶺頭烟霧過山州
數行鴻雁雲天裏
遙指函関入故丘

備州鞆浦舟中對雨　陳世德

峯頭細雨暮霏微
滄海青々潮色帰
山寺鐘声烟外起
岸間高閣萬人依

寄舩三盥島同諸老生賦詩有感　仝

春滿園亭百艸生
波平澳面對春晴
千秋奇遇人皆喜
東海諸賢故厚情

三盥眺望　林光裕

秀嶺高峯三盥隈岸邊楼閣霽光開鐘声日暮遥音
起此地風光忌容哀

三盥浦舟中見櫻花贈石溪老先生陳世德

櫻花如雪帶春光筵上初看似海棠万里舟中真耐
賞微風吹入送清香

同　　　　　　　　　　　　　林光裕

攀折櫻花含小紅横枝猶似帶清風諸賢一見裁詩
賦故贈清香机席中

舟中賞桃花　　　　　　　　仝

無数桃花色更紅香風吹送入楼中天涯帰客堪相

賞黃鳥鳴春興不窮

舟行阻雨　仝

暗雨蕭々柳色新江邊花落拂風塵欲向西肥能隔
路陰雲不斷倍愁人

防州海上繫舟於阿鬟浦聞海雉鳴仝

高山秀嶺白雲間海雉啼時客憶還枝上吟邑春欲
滿梔花含雨損紅顔

上関夜泊　仝

錦帆来泊上関邊東海洪潮遠接天月照高楼松影
浄船中春滿不知年

暮春泊船上関浦　　陳世德

楊柳青々過客稀鐘声数處度雲飛日夕思親腸欲
断黄鳥乱鳴北雁帰

又　　仝

吟嘯清風遠客槎上関両岸對千家嶺頭烟靄飛過
去百樹青々半着花

下関眺望　　仝

雲晴烟碧柳絲黄春滿百花帯暗香下関前浦青松
秀風裡潮声接岸長

赤馬関舟中對雨　　仝

細雨蕭々赤馬隈東風吹過海雲催喬松嶺上寒声
起盡日愁人悶未開

同　　　　　　　　　　　　　林光裕

下関浦口雨蕭々極目天涯容思遥高枕床頭堪作
賦瞑烟鎖處伴岀寥

又　　　　　　　　　　　　　仝

西風引雨入船寒日々遠望雲水端定識家君倚門
待相思何淂涙痕乾

室津浦舟中苦雨二首　　　　　仝

烟霞接海々雲浮暮雨催潮碧水流思殺鄉関無消

息空裁錦字不堪愁
細雨蕭々暗遠山岸邊潮響接暝灣雲間吹笛誰家
曲愁思起來涕淚斑

寄船相島望石門島　陳世德

相島前崖一石門鷗戲魚躍海波翻郭瀰相見知難
畫船客過時耐賞論

同　林光裕

來泊輕舟相島邊他鄉奇景遇佳緣石門初看似龍
閣古紀千秋更耐傳

寄船飛蘭島傳言鄭成功所主之地　陳世德

舟舩萬里倚西湾初到飛蘭海島間傳説鄭公免身地空餘風水躍龍灘

同二首　林光裕

滄海波濤萬里長山花吐錦帶烟光迎望飛蘭山島秀傳聞光景好還鄉

青山綠嶺錦雲長翠竹踈松発霄光聞是鄭公生育地廻家傳説此名鄉

発舩飛蘭島　仝

碕陽南指一帆開兩岸青山此路回高深極目多清秀啼鳥落花令客哀

西肥舟中　仝

帆檣南去疾如飛，坐見山花隱翠微。万里波濤誰得度，迩期瓊浦望鄉歸。

奉別奥州石溪先生　陳世德

清風憶昨拂雲開，邂逅驚君吐鳳才。万里東西遥送客，同船慇懃渡海来。今朝分手情難忍，别後何莚夢中陪。正知錦衣歸国日，慈親平安待君回。

同　林光裕

扶桑西海長碕隈，万里波濤送客来。無奈今朝分手處，深恩未報恨難裁。

萍水奇賞

清　廣東潮州

陳世德
林光裕
陳讓光

日本陸奥仙臺

志村士轍
志村弘强
竹中暢
勝田長恭
古山世享

舟中聯句

東那對雪

宿雲凝又散朝雪擁巖巒士徽浸影琉璃海搖光白玉

盤世德霧晴明樹色日出照江干光裕鶴舞琼臺曉花開

玄圃寒弘俺仙人吹笛到神女捧珠看世享鶬鷺過瓊岏

銀鷗泛碧瀾長恭行探鮫客室坐釣子陵灘楊相見多

詩賦接毫與未闌孝

太宰孝

其二

雪霽船牕白弘強霧飛滿澳頭世德棹声遥隠々暢月色

更悠々世肄天外清風起光裕蓬間素影流長耀興来應記

取孝訪戴子獻舟士轍

其三

開帆北水湾口繫纜東那石磯弘強宮戸灘前曉色神

圓樹上斜暉世肄凌天嬬岳雲黒出海金華雪飛暢驚

浪蕩空萬丈遠峦引影重圍長耀檣霜侵隙流座篷月

穿牕照衣士轍情与游魚識樂身將狎鳥忘機弘強竹汀

暴網人散松嶺劇苓容帰世肄夜半漁舟宿葦朝来山

犬眠扉 暢 斷鴻高去音亦尺鯉深沈信稀 世德 相對船
棲望景崎陽何日相逢 光裕

其四

逢底會諸賢 世德 染毫銀燭前 暢 吟詩翻白雪 光裕 掃榻
坐青鐔 弘強 對月茶三碗 世享 把琴酒百川 孝 風流須如
此 士轍 誰敵墨花鮮 長蕃

澳津在上 總別

乱篠被洲渚人家背古城 弘強 山松出燈影宮廟度鐘
声 世德

其二

寒汀漁火落波燃弘強風帯青烟過嶺前世德遙見滄溟
布帆影暢還疑白鷺下雲邊世孝

其三

山寺暝鐘度洞門弘強澳頭喬樹暮雲屯世德扁舟褁泊
寒汀曲鬆漁火移來照水村暢

鵨雞浦在亘列

月明船上坐眺望景情多光裕素影飄青壁寒光轉白
波鬆沙頭接艫舳松際掛藤蘿暢漁火疑燃水面風
似引艖世孝岳雲飛度嶺世德島葉老辞柯弘強臘歲還將
盡鬆童來誰共過孝

再泊船三崎　港在相州三浦郡

西到三崎再泊舟（弘強）南思澄海幾時愁（世享）東辭大国

深知惠（光裕）北望順風送粤州（世德）

其二

繫得輕舟三浦限（孝）北風吹浪待帆開（弘強）波濤萬里

直堪破（世德）已過洋中歲晚催（光裕）

錦浦　在志州又名鳥羽。首春

潮色青々朝霧開樹林高閣客徘徊（光裕）雲影天光何

限與（弘強）菱花照出鳳凰臺（世德）

其三

岸上梅如雪 孝 江清月影浮 應世 微風春夜起 光讓 灯下對猿愁 裕光

其三

東風吹草綠 強弘 天外楚山開 光讓 遠望明滄海 應世 烟霞拂水限 裕光

其四

山々如黛色 孝 影向鏡中浮 強弘 青雲脊下去 光讓 玉樹出城樓 應世

其五

晚鴉歸島樹 強弘 春水接城墻 享世 此地梅花早 樓前送

晴香 光裕

其六

錦纜未繫錦浦春五千里外遠遊人 弘強 數州光景真
堪賞海東煙開山色新 世德 高城花外啼黄鳥曲岸風
前動翠筠 暢 漁容歌和江笛遠山寺鐘送暮雲頻中
有東奥南越客月夜思御淚沾巾 世亨 賢俊結交如鳳
好 光裕 膠漆豈讓雷与陳 長春 兩国相敬情誼厚雞鶩伴
鶴鹿伴麟 世德 誰言萍水無骨肉四海兄弟自相親 弘強

其七

島樹影陰森 弘強 波朝神窟処 世德 風水若龍藏 光裕 萬舸

依港峙 光讓

其八 同前

嶂壓晴雲散城樓落日銜 弘強
澳面佳山水千舟出錦帆 世德

印南浦 在紀列

印南浦口柳梅新 世德
可愛風光萬里春 光讓
漢々烟霞連碧海 光裕
片帆來是異鄉人 世德

其二

月落船隱暗 弘強
歸鳥遠樹鳴 世德
呼童將象燭 孝
揮筆寫遊情 光裕

其三

賜酒今宵宴諸君李杜才 光裕 散殘揮彩筆秉燭酌瓊盃 士轍 一雁含霞遠數帆乘月閑暢同嬉萍水侶更得幾時圓 弘毅

由良港 在紀州

孤峯秀色帶煙霞 世德 人去鶯啼日欲斜 世章 竹裏衡門通小徑 暢 村前柳渡接平沙 弘毅

其二

村蹊草綠人到 弘毅 林木花開鳥啼 世德 江口山頭鎖霧 光裕 田園春雨淒々 暢

其三

暮靄連山市 弘強 雨微花氣香 世德 窗前時極目 裕光 北雁
向蒼茫 世輝

其四

烟鎖江頭岸 裕光 雨過林外村 弘強 酒帘風引客 暢 石碓
鳥窺門 士嶽 梅嶺花邊雪 世德 水汀沙上痕 世輝 坐思曾氏
詠 長恭 訪古賞情存 孝

題扇面畫鶴

雲鶴舞情天 世德 依然琅圃前 弘強 烟霞春不淺 暢 飛向
百花邊 裕光

兵庫港 在攝州

海煙連碧山 藤長 帆鳥互來還 強弘 無限春風色 裕光 花開

十里間 暢

其二

松崖侵海出 暢 梅樹傍山連、強弘 月影雲間照 憲世 華灯

波上鮮 藤長

其三

山晴開遠黛 強弘 日出照高樓 暢 深坐篷窗望 裕光 風光

滿月悠 藤長

三盥浦 在藝州

遠山對白雪近渚藹紅花暢春色含煙岸微風起海
涯應世寄舩將取醉賒酒野人家強弘

其二　時霞雪驟下

陰雲籠嶼樹強弘微霞下舩樓應世飛滿梅花岍強弘清香
處々浮裕光

三月朔開舩　三盟浦赴防州　是日天晴風順舟行甚疾

揚帆直向海西州強弘風清波平任順流應世近涯春光
含霞密遠島烟樹引舟過應世山海高深堪供賞目伴
清容上舵樓強弘兩岸相對青葱色萬里雲岩水上浮
應世護送程期行欲盡到時長𮕻奈離憂暢

上関浦 在防州

孤燈燃夢夜如年 強弘 萬里風濤客自憐 德世 空對浦頭
残月色 暢 堪聞雲外曉鐘傳 長恭

其二 阻風雨

昨日畏風今日雨 強弘 上関空望下関浦 暢 諸舟寄澳
候陰晴春氣多霞盈岸樹 德世

其三

雨々風々客抱憂 強弘 紅霞緑艸滿春洲 光裕 淹留坐見
繁華歇 暢 幾度回頭瓊浦遊 強弘

玙島 在讃州

環岸依璵島停舡對玉山敝士日長芳艸渚風燦碧波
灣裕光傍柵窺鶯舌尋梅慰客顏孝南州多勝槩到處
欲忘還強弘

上閔浦

上閔明月下閔雲強弘岸々猿声不耐聞裕光此夜思鄉
多少恨暢無那雙袖淚紛々字世

室津港在長州

風狂雨虐海雲驕強弘極月嶺頭烟樹遙德世夢到鄉閔
知幾夕孝何時逢華得帰朝裕光

其二

逄風寄港雨濛々 世德 汀蕊巖花半墜紅 弘強 聞說崎陽
從是近孝 輕舟何日過洋中 光裕

早泊港在長州

早泊港頭早泊船 弘強 風罷海嶠帶晴烟 世德 江邊花落
春將盡 光裕 泣向鄉關對暮天 世宰

其二

藍岫丹崖盡不如 弘強 草堂近對港頭居 光裕 遠岸相看
似雲秀 世德 扁舟裏泊夕陽初 弘強

以筆代言

此爲江户時代寫本（稿本），無目録，無頁碼，土黄色封面，長27厘米，寬18.2厘米，綫裝，封面墨書題『以筆代言』，各册書寫字體不一，版面亦不一，天頭、地脚寬度亦不一。内有多幅插圖，附有日語訓讀，一般是半頁十五行、行二十四字。天册書脊厚0.8厘米、地册書脊厚0.6厘米、人册書脊厚0.8厘米。具體成書年代不明，當爲一七九六年後（或一七九六年），因爲書中所記均爲一七九六年（清朝嘉慶元年，日本江户時代寬政八年）廣東潮州一艘因遭遇颶風而漂流到仙臺的漁船的筆談記録。可與《陳林詩集》《萍水奇賞》《寬政丙辰唐船漂著記》《廣東船漂流實録》相印證。

《以筆代言》分爲天、地、人三册，東嶼志村時恭問，清陳世德答，遠藤曰人自書、自畫，并有志村東嶼所作的序、田邊樂齋所作的跋。東嶼散人題序曰：『他原來未曉學，固不能談道演藝，雖然，亦可謂奇緣』云云。筆談記録較《寬政丙辰唐船漂著記》《廣東船漂流實録》都要詳細。人部一册除了衆人的筆談之外，還有衆人所作的詩、仙臺藩主贈送的禮品等的記録。尤其是其中所録的王曰人之詩，如《代大清人漂流到日本思故鄉之意席上作》：

西風吹斷海門秋，萬里隨波一片舟。

對客欲言情未譯，逢君爲報意難酬。

天南明月雙鴻下，江上白雲別鶴愁。
去國乾坤空極目，夢魂遥耐望鄉樓。

《九日寄憶大清陳世德、林光裕二兄即事》詩曰：

故園載酒菊花黄，佳節愁人盡望鄉。
醉問茱萸雲外指，歸心何似雁南翔。

其二：

鴻雁雲飛萬里愁，江天望裏一孤舟。
無由我已憐容恨，九月秋風隔二州。

其三：

欲登高去日將斜，澄海遥憐漂客家。
大室歸帆雖未發，前期待到莫長嗟。

根据地之册與人之册可以知道遠藤曰人（えんどうあつじん）抄録筆談資料、與陳世德等人筆談時，纔三十七歲。遠藤曰人是江户後期的俳句詩人、仙臺藩士，名定矩，字文規，通稱清左衛門，號竹林長者、木間庵、言外堂等。師從白居學習俳諧，從志村五城學習儒學，并擅長鈴鹿流之長刀術和繪畫。著有《蕉門諸生全傳》《炭俵注》等，卒於一八三六年（日本天保七年），享年七十七歲。《以筆代言》中就有多幅遠藤曰人所作的畫，惟妙惟肖。據當時人所言，遠藤曰人的詩賦做得很好：『余始在東山時，聽有藤氏人。未弱冠，慕禮經，樂文賦風咏。氣象甚茂。雖他諸技無一不爲，稱天縱多能也。厥後遷居於斧邑，視氏之文賦，凡咏及諸技，所著作乃如東山之聞也。』（見人之册）由此可知遠藤曰人當時便已頗有文名。

這些詩均未見收録於《陳林詩集》和《三珠樹集》。《以筆代言》中有關兩國風俗、方言的資料頗多，可供相關研究者參考。

濁齋筆語 廣東 白音

以筆代舌

日本仙臺紫蓬葊藏

家常的每次慕其道，聞熟其藝，而所有高手
情愿欲特地望他少叙片時，而對門問術，或不
得屢次，遂覲面況，於路途寫遠，至
和歌山縣域乎。今歲六月，廣東漁船漂流到藩
境和地，人方得接着，以筆代云，西下打聽，有趣
不過理。他原來未曉學[illegible]固，雖不能談道演藝，[雖然亦]可
謂奇緣。於是多處沸地，說開去，或為做活，見說藤

文規亦輯其言摹其貌擅造成辭他都任行假（強如他意）

意用方言不復粧揣文字非體面的物事也其不

無一二藏闖別有意任好笑滑擊爛不濟亦

為消遣之類的東西所要（足以償特地望他之顧）載余言余因與觀

者説知云

東嶼散人題

廣東日語序

家常的羨慕其道、開熟其義、焉而聽有高手

情願欲特地望他少叙片時、而對門同僧或不

得屢次遂觀望。況於路途窮遠至

和華異域乎、今歳六月、廣東漁船漂流

到薩摩之地、幸得接着、以筆代言、西下

竹暖有趣不過、嗟他元来未暁學國不能言道

廣俗化潮水而爲淡水辨

○王曰人評スラクノ大室ニ漂流シタル廣人鹽水ヲ淡水ニ化スコト珍事
ナリトス諸氏傳テ習知ランコトヲ求ム竹大ワヘシル諸ヘノ舶中終ト云
事知ラサルカ故ナラメ初メ湧出シタル汐沸ノ水ハ淡クシテ輕キ事
自然ノ理ナリ海外ノ潮減シテ乾満有リ是之大陽之氣ヲ習熟
シテ疑タルモノナルヘシ天然ニシテ珍シカラス初後生ノ差別明ケシ
却而潮ヲ淡水ニ變化スル事 此理ニクラキモノ、贅言ナラン陳世德
曰海中水畫テ天雨ヲ霽テ渇ヲ去ヌシト云ヘリ是之ニテ見ルヘシ那
土俗ノ知ル事有ラハ聖賢ノ經典ニ無キ事無ラシ誠ニ陳世德ヨリ
珍ラシキハ文宣王ノ聖教ナリユメ〱ウタカウヘカラス柳古註ノ
日本我朝ニ傳来ル事人皇二十二主繼體天皇即位ニ十二生 異朝南宋武帝
天監八年ニ相當テ百濟国ヨリ五經文書ヲ渡ス吾朝ニ日本紀ニ見ヘタリ 此時ニ書易礼記
ノ中ニ籠リ又朱子新註ノ傳来ル事ハ諸傳ニ人皇第一百一主後小松院御宇
應永十年癸未南渡ノ歸船載セテ四書集註詩經集傳傳来ル 同年八月三日
達之洛陽於是東福寺不二岐陽和尚始而講此書然シ其是之用其為而已
與世知讀朱注者 惺窩藤先生林道春 唱之也是之ホト珍ラシキ事ハ無シヤ

問孔聖夫子之歷
孫有于山東
省哉
陳世德
答孔聖夫子之
孫今在山東
省此二姓之人
今清朝
皇帝年
間賜有
常祿喰之
歷孫頭上不致
如明朝誠
然哉
世德又曰
然り
日本
王日人画

〇山東ハ古ノ青州ノ地。其青州ハ即古ノ齊国。兗州ハ即古ノ魯國。曲阜縣是也。東北ハ女直界。東南ハ海界。
西北ハ直隷界。西南ハ南京界。

〇大明一統志曰。聖廟在曲阜縣西八里魯城内。即闕里故宅也。世呼為孔林。
塋中樹以千數。皆異種。相傳弟子異国人各持其方樹来種之。塋中
不生荊棘及刺人草。
聖廟為大成殿。前有杏壇。其左右有檜三株。孔子手植。殿之高六丈。繡柱雕龍。屋梧重深。號大成至聖文宣王。
唐玄宗追謚文宣王。宋真宗加聖字。元成宗又加大成字。
沂水侯殿。伯魚。沂國公殿。祭子思。後有
三殿。啓聖王。祭叔梁紇。顔氏。祭母。毓聖侯。尼丘山神。前有宋真
宗帝及大明御製碑。每歳春秋上丁日祭祀。用牛六。猪十一有奇。
羊千八百有奇。鹿千有奇。兔与猪同。歟巾帛一万六千有奇。品朝廷每三年一遣使致祭。

漆甫子良西北方奥夫 其星東瑤全書 魯邑分野ナリ

〇日本遠藤清親奎吾。滕定雅文觀。恭贊附曰。近来大清之國風。
自王公以下至士庶人。皆剃髪。為韃俗之夷風矣。柳唯孔聖夫子
之歴孫有嵩禄。唯衣冠戴髪。其與□□時也。誠是孔聖夫子
之至德。西方道□天如地如日月而已。

〇倭字譯 孔子ノ御子孫ハ今ヤ世ニテ昔日ノ通リカミヲタテエビスノ風テハナク魯国ノ時代ノ風ナリ。右
大清ハ夷追レキクモ坊主ノ如クニナルニヒトリ永代御知行トリテ安居致系ハ仁德ノアリカタキ所ナラスヤ

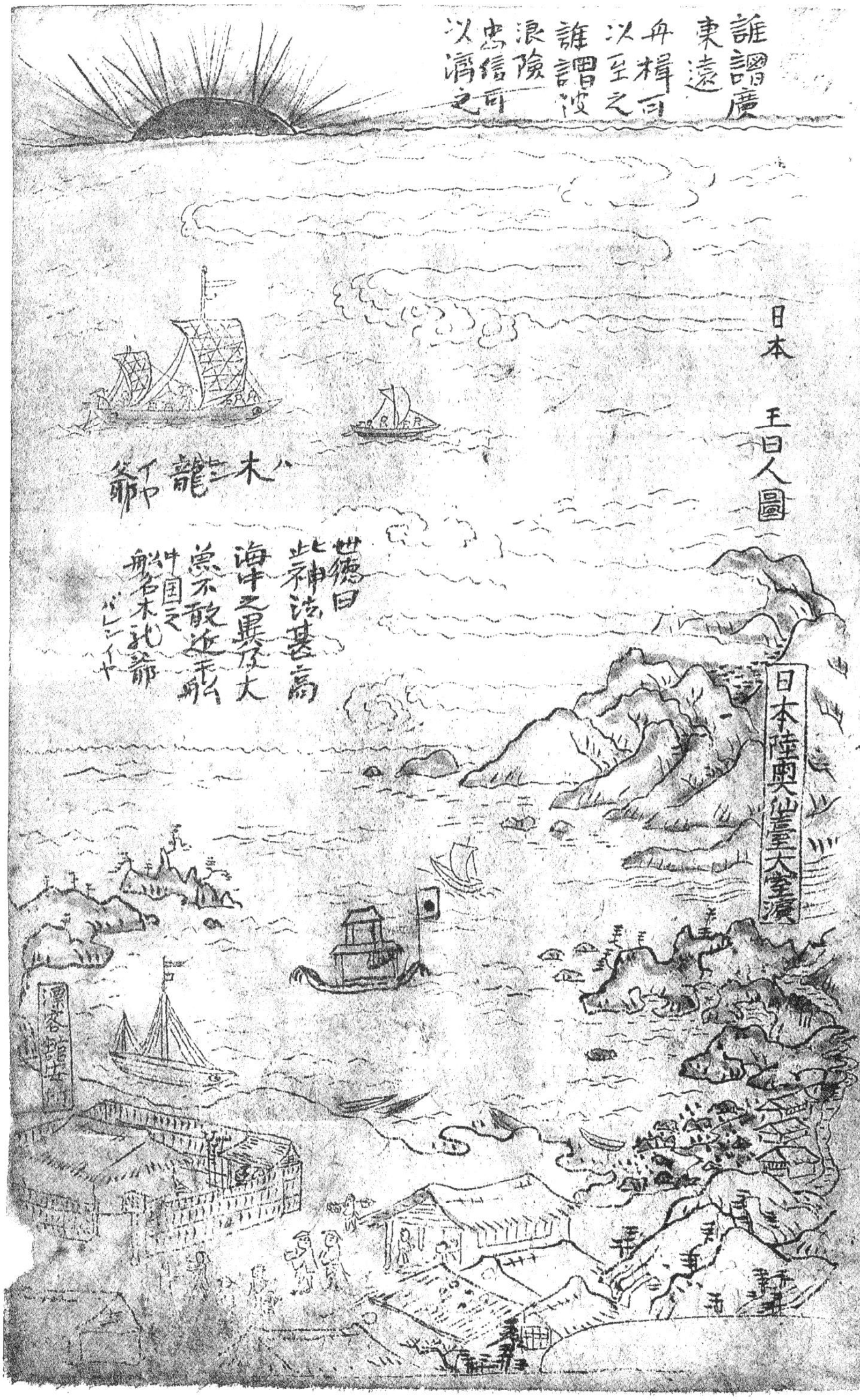
誰謂廣
東遠
舟楫可
以至之
誰謂波
浪險
忠信可
以濟之
日本
王日人圖
日本陸奥仙臺大室濱
木龍爺
世德曰
此神法甚高
海中之異及大
魚不敢近其船
中国之
船名木龍爺

日本黒齒識
陸奥州仙臺 唐人貌畫

一八九

廣東白語國字譯圖抄稿

大清　廣東　陳世德答之
日本　東嶼　志時恭問之
門人　桃崎　王曰人國字解

寬政八丙辰蛾夏六月初七日戌之刻陸奥州仙臺封内本吉
郡南方十三濵之裏大室濵漂流来大清人白語並同濵漁船
戸六右衛門者從海外引漂船而入大室濵来委次國字附側
〇濵ノ者ヨリ藩官府ヘ申上タレハ文学下サレテ有タ

問

〇我是日本陸奥國人姓源氏志村名時恭字敬別號東嶼
〇是ハ名乗トテ先處ノ人ヘ應對ノ時カワス名札ナリ
〇客船之到此告官府雖然事狀未審故使我詳問客船之来
情然後將護送回國必須從實細説
〇是ハ陳世德ト云カ書ナルユヘニ船ノ處ヘ来タワ

答

ケチ告ヨソウシタアトラ汝ラチ古里ヘカヘツラ
口廣東省。廣州府。新寧縣。大澳港。漁船。是。昌港人。是。廣東省
潮州府。澄海縣。北門外之人。船主。是陳受合。是澄海縣

船過澚廣州府。新寧縣。之牌

○其答ニハ廣東省トハ中華十五省ノ一ツヤ南ノ果ノ
廣州ト云所ノ府ノ新寧ト云縣ノ大澚ト云港ノ漁船
アミ引舟澄海縣ノ者共カ新寧縣ヘ行テ猟ヲスルト
ヤ船ノ親仁ハ陳受合カ船テ牌ノ御印判ハヤハリ新
寧ノ御書キヤソコテ志時茶カ問ハル、ニハ

○船中之客十四人可得各自書名及年庚否

○然ラハ名カ有ウツシテ年ハイクツ何ヱトト云フヲ
書カレルカドウデヤトキカレタレハ世徳筆ヲ取テ

□第拙者陳姓名世徳廿七歳寅年
姓林名光裕廿四歳已年
姓林名元江三十歳亥年
姓陳名元合三十歳亥年
姓陳阿意　二十七　歳未年
姓林名禮輝三十六歳

大八寸位

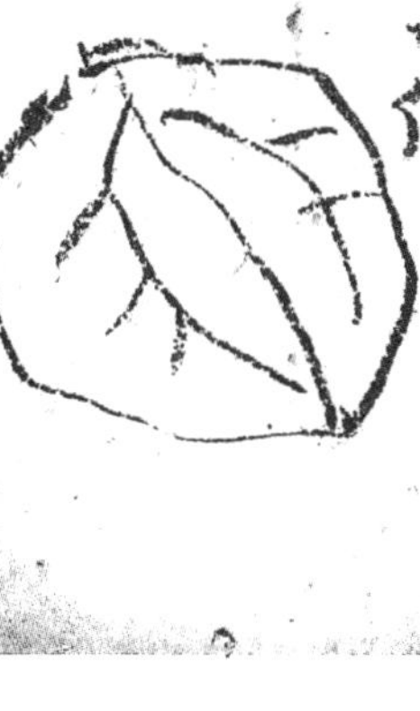

色の甲ノ如キ重ノ
甲ノナリ

姓	名
朱	阿高四十歲
陳	賢生二十五
陳	阿猪四十二
林	阿松十六
陳	阿夏三十六
陳	讓光三十八
蔯	阿娘四十二
林	指聲四十一

志子敬曰
以下指示省歲字
。是ヨリ下ハ歲ト云字ヲ書セナンダ
以下指示省姓名字
。コノアトヘ姓ノ字ト名ノ字ヲヤクナト指シ示シヲシヘテハブカセタリ

坐列ナシニ書付タルソ
客舍ニハ殿ゝ上坐下坐
有ルソ

○客多陳姓蓋船主之族カ。御身タチトレくモ陳苗字
チヤウ陳安合ナトカ親ルイテアロウナ
■船中叔兄弟多有者。ナルホトイトコ同士テ
○別問十干。先ホト寅年トカイタ何ノ十干チヤ
○口漁船之人不曉六十甲子。アミヒキ中間心得申サヌ
○舟中不可久坐要同上岸覓語諳擇知字之人共之

○舟ニ永ク居レ又皆ミ陸ヘ来ヤレユルリト華語ナシ

ゴウサミタテ知字者ニ出會テ咄テモシテ居ヤレサ

○客船有別号否。是ヿ子外ニ名テモ有カナ

□大漁港有漁船二百号。港ニハ二百番漁舟カ有テ

○客船所刻大字十七号蓋在二百号之内歟

○アノ舟ニホリタル十七号ハ其二百ノ内カナ

□見漁船者在二百号之内矣　。ナルホトサヨウデ

○大字者何義　大字之外有中字小字等歟　。扠又大字ト云ハ合点

参ラヌ　又トノ様ナヿチヤ中字ノ小字ノト云モ有カ

□有上中下三等我此漁船是上等矣

○上舟中舟下舟ト有中ニ此舟ハ上舟ニテ大字ナリ

○後大字指上中字指中小字指下示之　。指テ汉大中小トサシテ問ヘハ陳世德ウナツケリ　中字何号小字何十号ト有ヿ明ナルソ

世德領焉

□近海之人為漁用日食之計矣　以漁為業乎

○海近所ノ者ハ猟ニ出テ渡世ヲナスハカリニカ　ハカリナリ

○你等皆

甲歎焉。　オル　陳世德

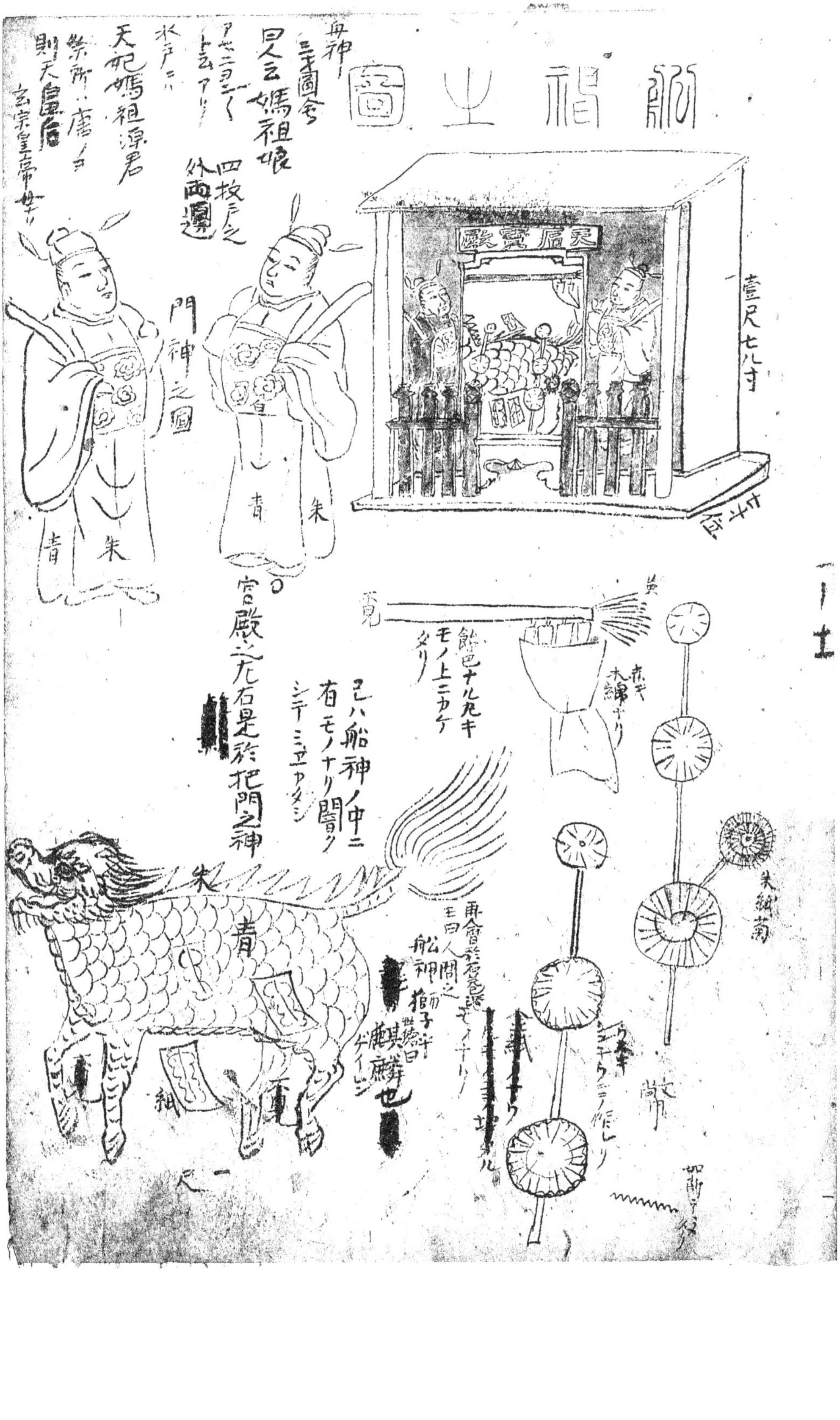
船祖之圖
壹尺七八寸
門神之圖
天妃媽祖源君
則天皇后
宮殿之左右是於把門之神
己ハ船神ノ中ニ有モノナリ聞ク
朱
青
朱
青
朱
青
朱絨菊

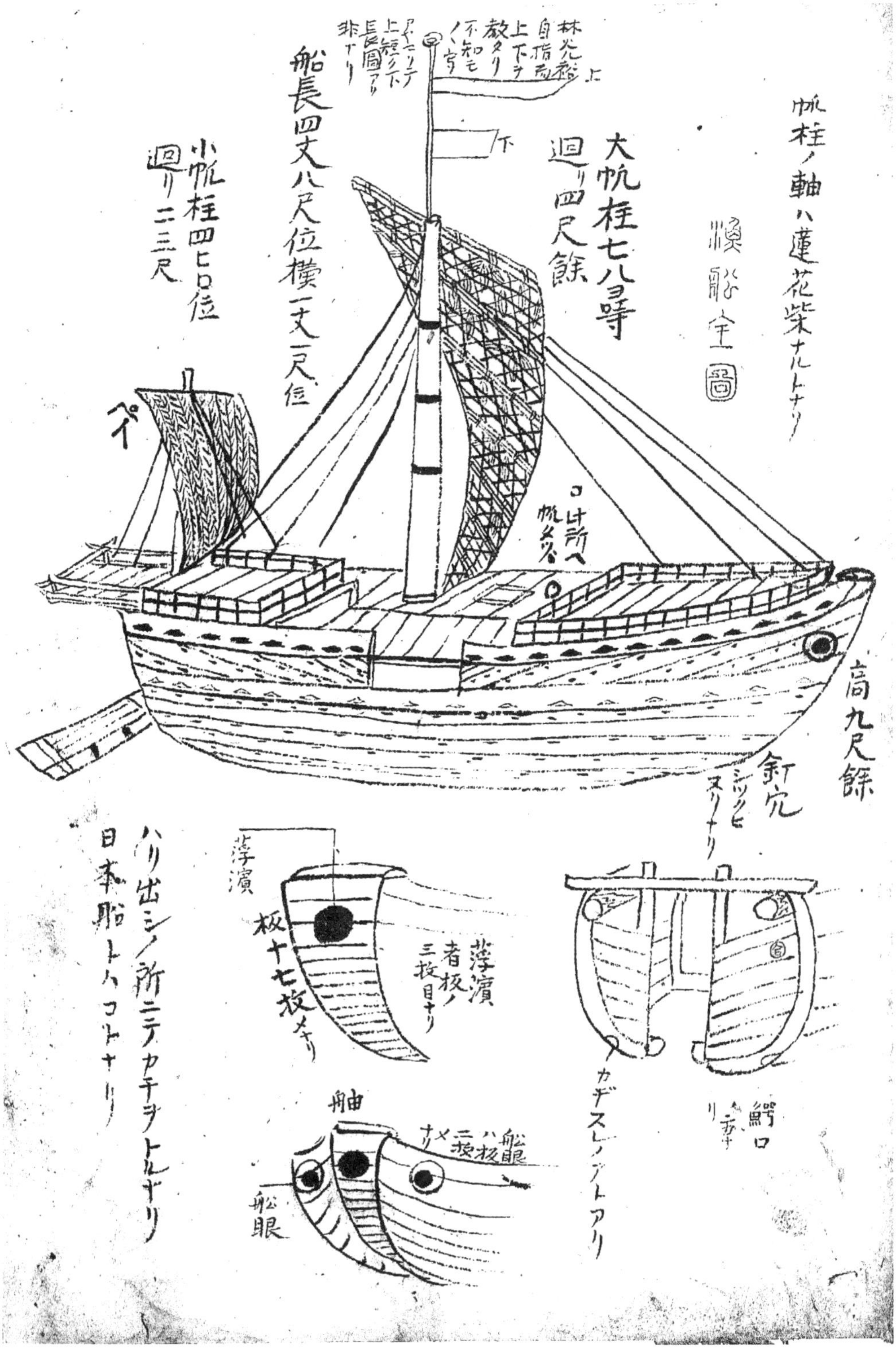
帆柱ノ軸ハ蓮花紫ナルトナリ
漢船全圖
大帆柱七八尋
迴リ四尺餘
船長四丈八尺位横一丈一尺位
小帆柱四ヒロ位
迴リ二三尺
ペイ
高九尺餘
ハリ出シノ所ニテカヂヲトルナリ
日本船トハコトナリ
板十七枚メナリ
舳
船眼
カヂスレノアトアリ

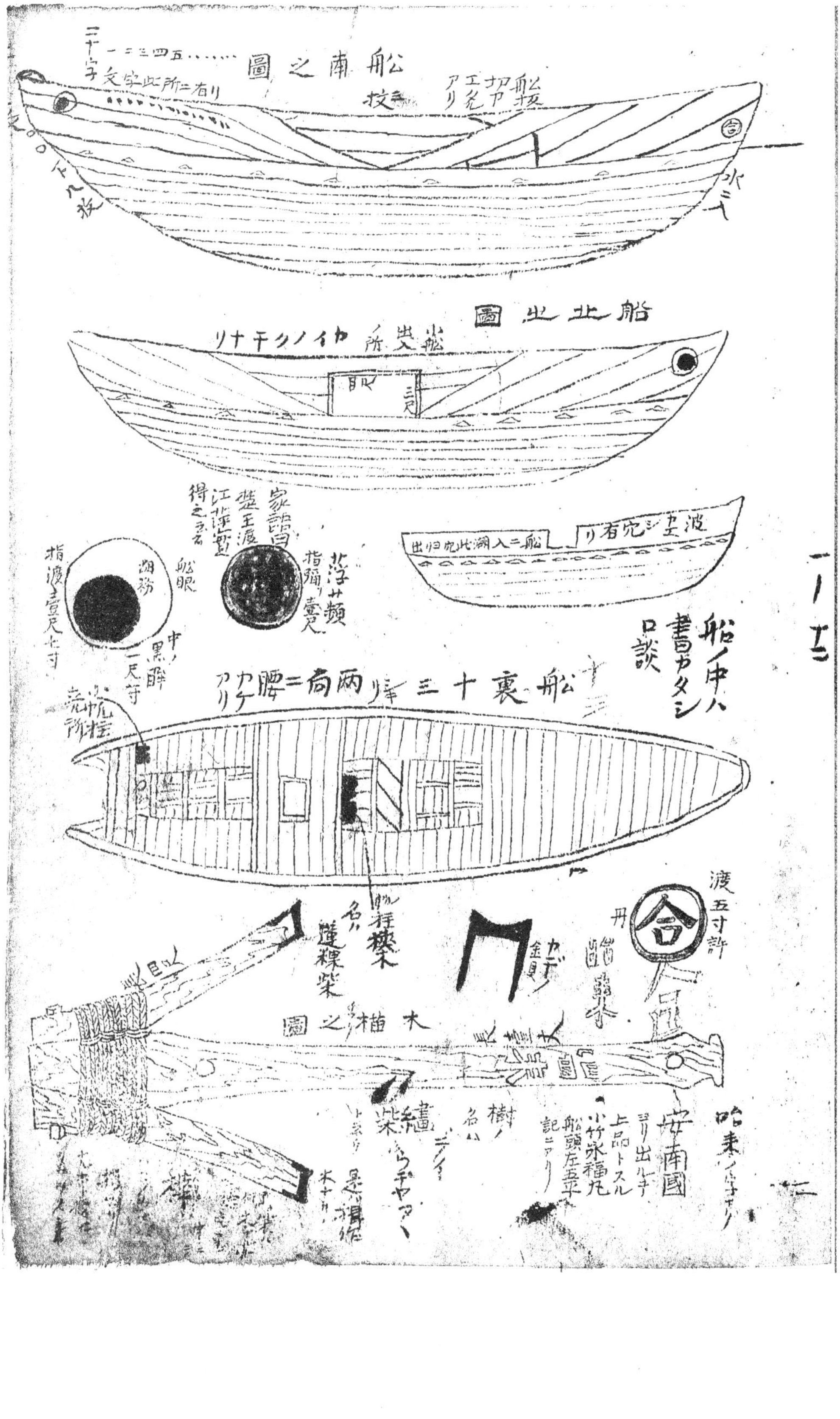
船南之圖
船北出圖
船ノ中ハ書カタシ口談
木椗之圖
安南國

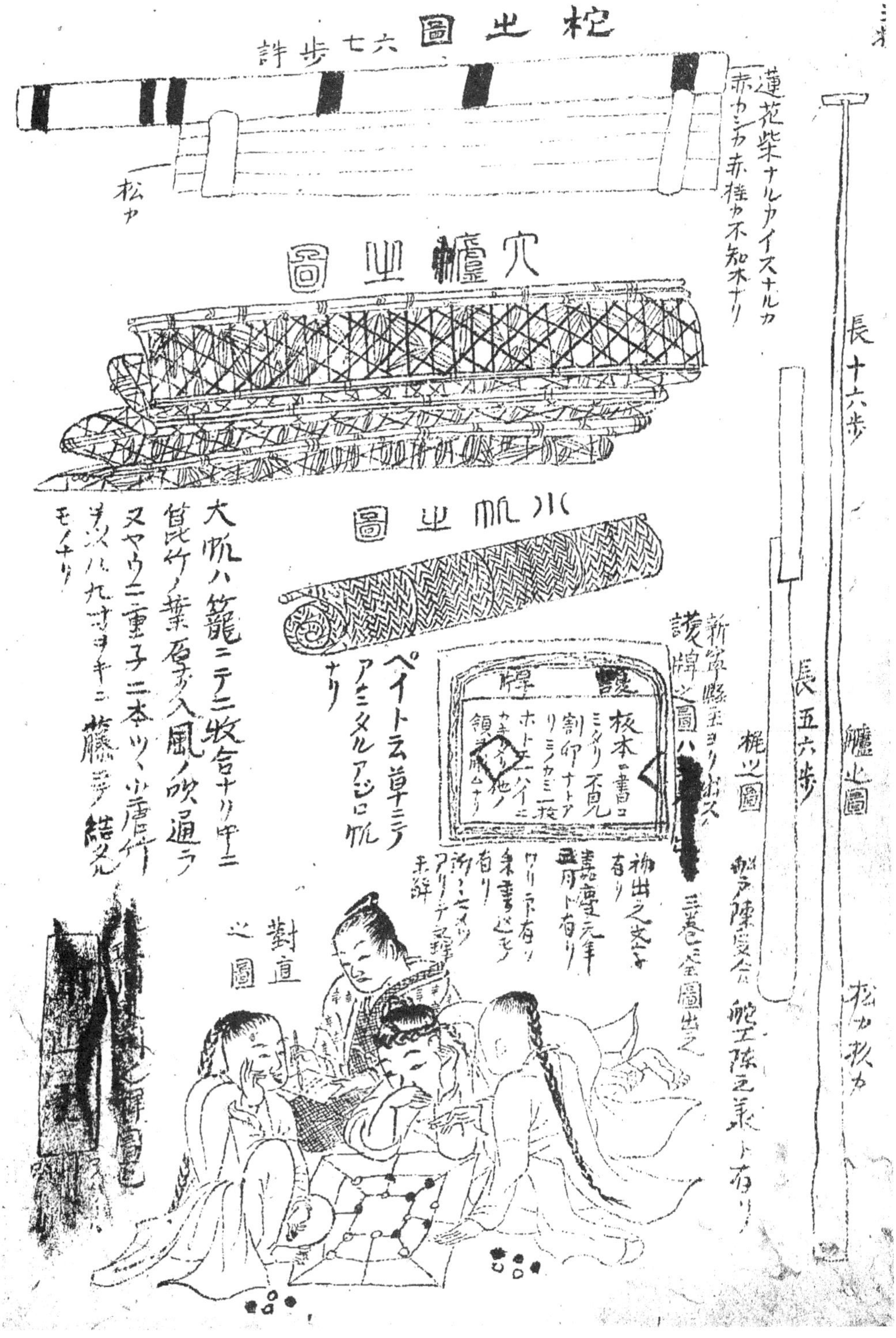
柁之圖 長六七歩許
松カ
蓮花柴ナルカイスナルカ赤カシカ赤樫カ不知木ナリ
長十六歩
艫之圖
松カ杉カ
長五六歩
梶之圖
穴艫之圖
小帆之圖
大帆ハ籠ニテ二枚合ナリ中ニ笆竹ノ葉ヲ入風ノ吹通ラヌヤウニ重子二本ツヽ
ペイトト云草ニテアミタルアジロ帆ナリ
新寧縣主ヨリ出ス
護牌之圖
對直之圖

○出港以来無病死之人歟。新寧縣ヨリ海外ニ吹流サ
レテ日本ヘ来タ其中ニ煩テ死タモノハ無キヤ
口出港船行十四人全員矣。イヤサヨウニコサラヌ
ノリ出カラ十四人何レモ達者テ
六月廿六日ニモ成テ大年寺黄檗坊主ヲ三人相下サレタ
密山（大年寺執事） 秀山（大年寺執事） 慈聞（侍者）
志時萘問曰是三禪師嘗在長崎港接大清商客今受官府之
命来接你輩禪師歟我同客舍今日亦要同你輩上岸請擇人
如昨日。是坊様ハ唐ヘ行タ人テ先年長崎テソチラ國ノ商人
ニ逢テ通辞ムキカ合点テヤ夫テ官府命シテ東藏
ト一所ニ問セサツシャル今日モ陸ヘ上ル相談テヤ
弟問老先生長崎港居住何貴地。陳世德カ云ヨウハ弟
老先生ヘ問致ヿカ有長崎ト云ハトナタノ港テカナ有
スルト秀山坊問カケタノテヤ福州府ヘ行タ氣象テ

秀山問曰興福寺、如何答曰南京寺也崇福寺、如何曰福州寺

也福濟寺、如何曰漳州寺也三箇人一同在崇福寺

◎手前三人ノ出家共ハ福建省ヘ参テ来タソナリ◎

世德問曰先生今豈有大清人在止貴寺。

秀山語曰大清商客在留長崎港凡一千人計

○キミタチノ方カラ商賣ニ来テ居タ人千人餘長崎ニ有

世德問弟不曉長崎之港門居住何府州矣

○前ニモ出タ何國城下ニ長サキト云カ有ニス心得ヌ

時恭告曰長崎之港在日本之西隅肥前州。是ハ字ノ通ソ

陳世德謹問之曰老先生何日引我之船回國

○扨御ウア、ヒ申ニス何日大清ヘ御回ヘシ下サルヤ

志村時恭示陳世德林光裕陳元合。

△

本州官府已有議定以岸上民舍為客館明日使你等就館衣

服傢伙米粮菜蔬之類隨用送給之此皆本州君上之所賜也

一十四

你船及所載諸件亦皆上岸不敢用任你所為然後出
日本大王海陸之道路各隨時宜護送數十國可以到長崎港
詭大清之商客使你等回鄉自今以來莫勞憂念雖然海外殊
方相距不知幾千里所過各州各府皆有法度故不得違率發
程你輩休要性急欲歸且請放心以待至期

○王曰人評曰是カ不通這箇ト書ハ通ス禪師ト書テ不譯
和尚ト書テ通ス詭ヲ寄ニ易ヘ許ヲ呂ニ易ヘ匂ヲ
莫ニ易輩ヲ等ニ改テ弁ス俗文ニテ通カ故文章ハ
放心ト云ハ物忌心ノ放コニナル。変テハ安ドスル
コニ用ユ全体福州ハ廣州ノ隣国故語相似ルト雖
黎語通ス可ラス寿山文法ヲ以問ニ不通音亦十カ
一ヲ通ス志時恭カ功是ニ於テ大ナリトス時恭無

四

シハ廣人如是俗文ニテ問答ノ事知レ難ニ似タリ
余初會ニ漢文不通再會ニ委ク通ス是俗文ヲ合点タル故カ
口我政人任従國王旨意ニ。扨ミ今迄ハ萬事不定
心テ此字ニテハ大ニ喜我政人（是廣東ノ俗習語也）我衆人国王御
付ラレシタイニ仕マスト旨意ノチヤ
何ヤ彼ヤ色ミ有テ示問ワレタ五日六日テ漸通タ了ユヘニ
大義ナ事ヂヤサアソレカラ
○問（時恭也）欲送衣之後。船中所用則粗衣。在家所用則長
衣。初欲求短衣。至此求長衣。示以深衣。布與素木綿。問其
所欲。曰。欲以文布作長衣。以木綿作短衣。然船中無長衣
故國有下同
。衣裳ヲ下サルヽニ深ト白トヲ見ス深タル木綿ニ
テハ長衣トシ白布ニテハ短衣トス家ノ中ニテハ
長衣ヲ着漁船ナトニ出テハ短腰切胴服ナリ左衛衣
裳船ニ有長衣ハ持参セヌト云

○可得汶紙作長剪様否。紙形ヲ拵ヘヤレ
□船中無紙可作矣。船ニ紙無紙有ラハ拵ベシ
○有紙則可得作歟。紙ヲ今日渡スユヘ作レ
□今日有紙到船明日可作矣。明日紙離タヲ切立可
○用腰帯歟。コシオヒハセヌカト問ヘハ
□不用帯矣。大清中国ニテ帯ハ致サヌトニウタ
丈カラ船ノ物家ニ運フ日ニナツタレハ
○明日須起貨你船中傢伙要齊整不相混你船不倒桅則
不可引船上岸你等可得倒桅歟
□曰暁得咱之。カテンイタサタ
□明日起貨ノ船ヨリ荷物ヲ陸ヘ上ルニ各手ゞニ始
末シテ取散スナ。帆柱カ有テハ岸ヘ引付ラレ及
ソナ達手勢ニテ帆柱ヲ倒スニヨイカ。心得テミ
□先生先見之字可送弟也。其御書付御借下サレイ
○要明日還我。明日ハ返テタモレ借テハヤルガ肯之

○明日起貨先奉船神次可起諸品然船神與諸品同一船
何如。舟玉ヲ先ニ陸ヘ上ケ次ニ諸道具ヲ運ブカ一同
ニスルカト云ヘハ
□為人在世以尊神為本故人礼拜神公以重為人可感
矣。人ハ神ヲアガムルガ本テイ也。メツタニシム
ヲ人トハ云神ト人トハ同シカラスシテ亦整時同
舟玉ト荷物ヲ一船ニ在ルコト不同意ト見ユルユヘニ又問ナリ
○先奉船神安之此館然後起貨何如。舟玉先ニ荷物ヲ
後ニナサンヤトハ安置ノ心起貨トハ荷揚ノ俗語
□船中神上安貴館者福以後船中家居之物雖在先
生詳意乎。サヨウニ仕ウ雖ノ字日本人ヘ子ナリ
無用ノ処ニ入タ先ニ誰カ雖矣ニ字ヲ書者有見タリ
以下同世徳先船上岸入客館議可安置船神之處然後問之
○明日上岸之時奉船神者何人。明日舟玉ヲ守リ申人ハ誰ソ
□等大公之人。タンナニ同キ者ヲ致ラゴザル
○然則陳元合乎。ソレナラ船頭ノ陳元合カヨカロウナ

船上銘　字干　楊調老之書也　萬師刻之

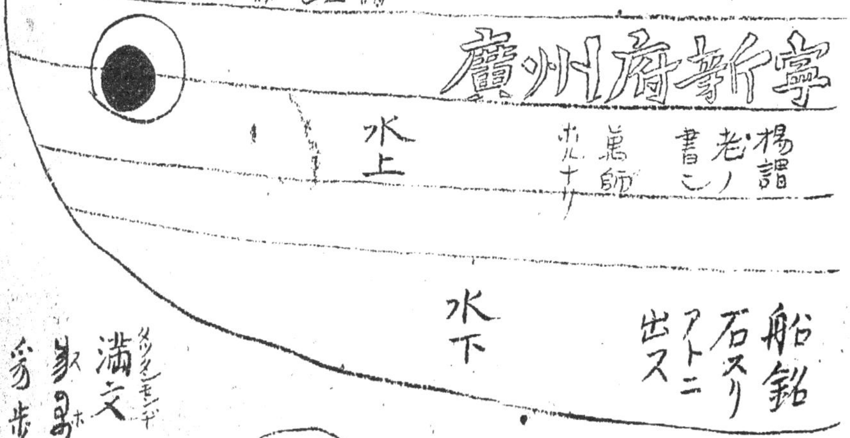

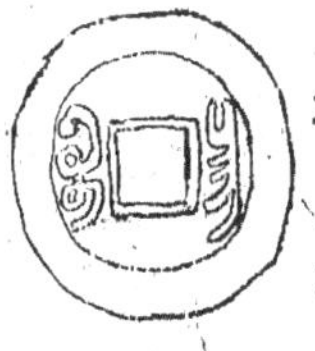

ケンロンツーホ

表
王曰人所持之

穆々宝珠之文アリ

裏

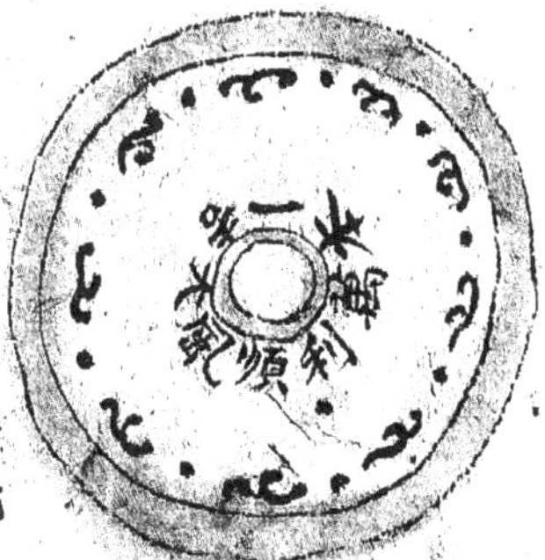
表
桃生郡十三濱追波肝煎
攝左衛門ニ借ヘシトナリ

滿文（ダツタモンヂ）秋水春風
𣥺𩇕𠀤𢓜ナルトアレハ不審ノ事
象ノ字トヨミシナリ。神錢論曰。無足無脚飛母孔方
象歩ノ字カ象ヲシテ歩ムトスル心カ難字不解

一ノ十六

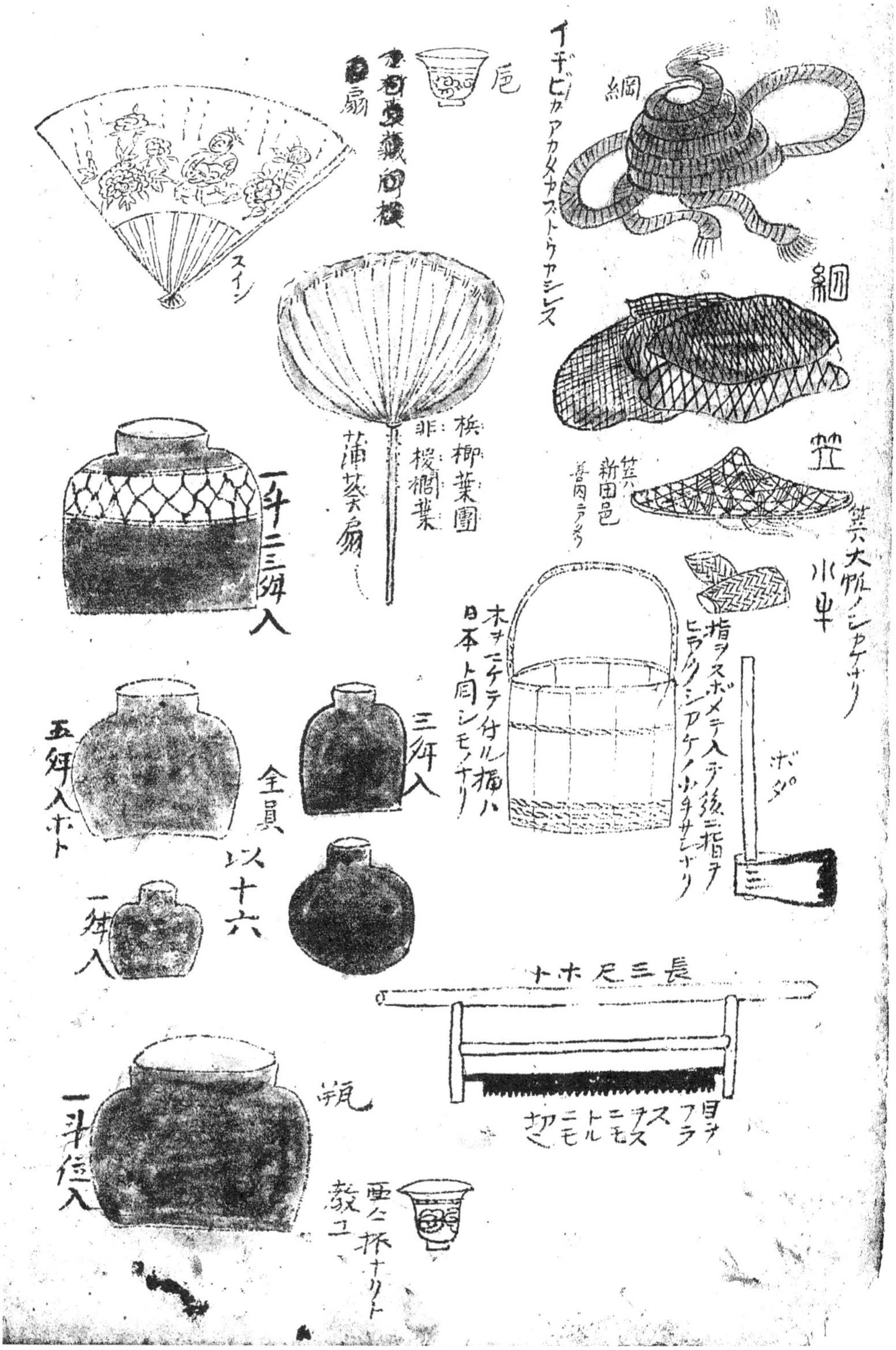
網
イチビカアカメカズトウヤシニス
綱
笠
箕
新田邑
小箕大版ノシャケナリ
指ヲスボメテ入テ後ニ指テヒラクシアケノ小チサシナリ
木ヲニテテ付ル桶ハ日本ト同シモノナリ
長三尺ホト
一斗二三舛入
五舛入ホト
三舛入
全員
以十六
一舛入
瓶
一斗位入
西人杯ナリト
巵
扇
スイン
蒲葵扇

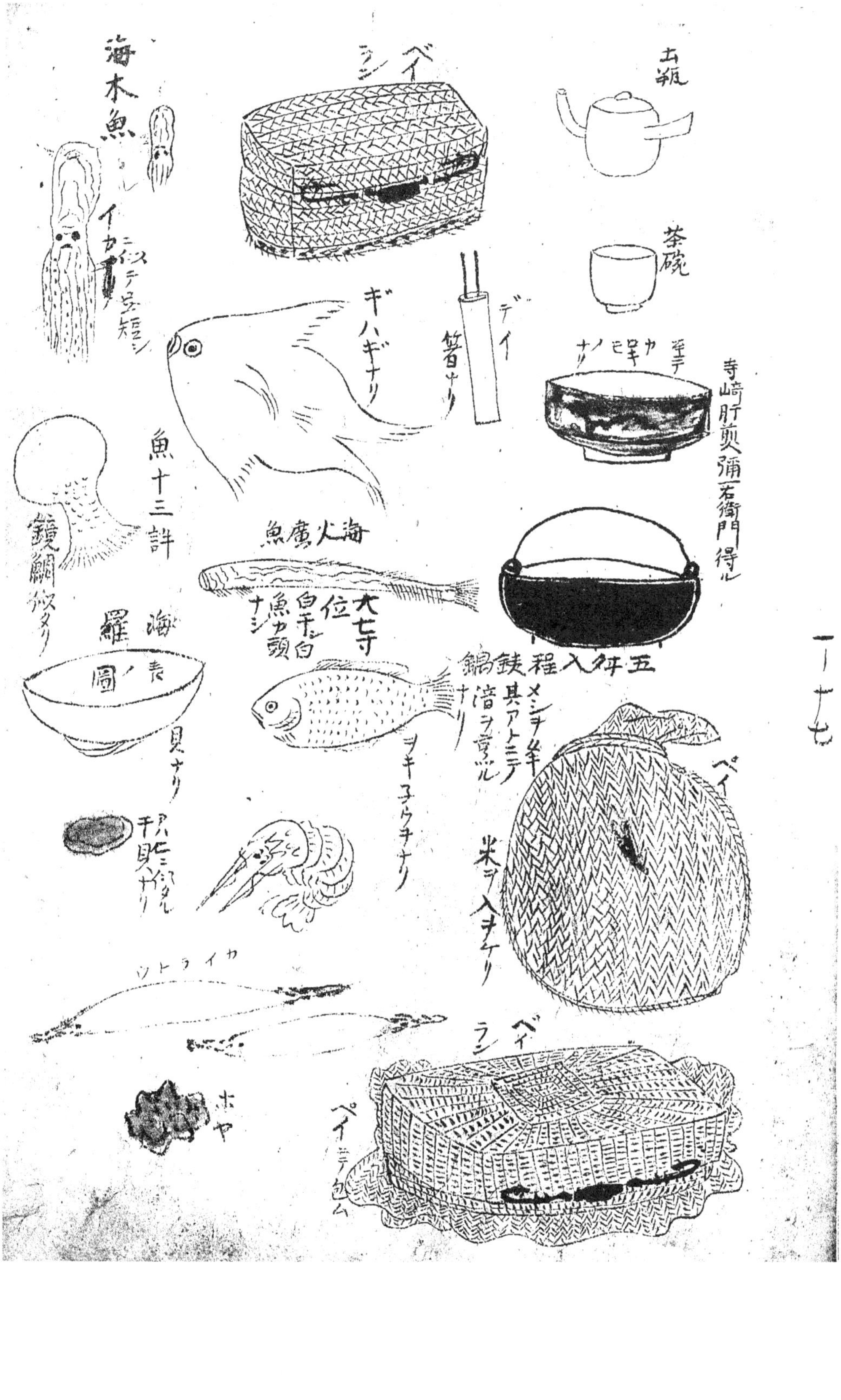
十七
土瓶
茶碗
寺崎肝煎へ蒲一右衛門得ル
ペイシン
デイ
箸ナリ
ギハギナリ
海木魚
魚十三許
鏡鯛ノ如スナリ
魚廣火海
大七寸位
白キ白魚ノ頭ナシ
海羅ノ圖
貝ナリ
五升入程鉄鍋
ヲキ子ヲウチナリ
米ヲ入ナケリ
ペイ
ペイラン
ペイヲ包ム
カイラトツ
ホヤ

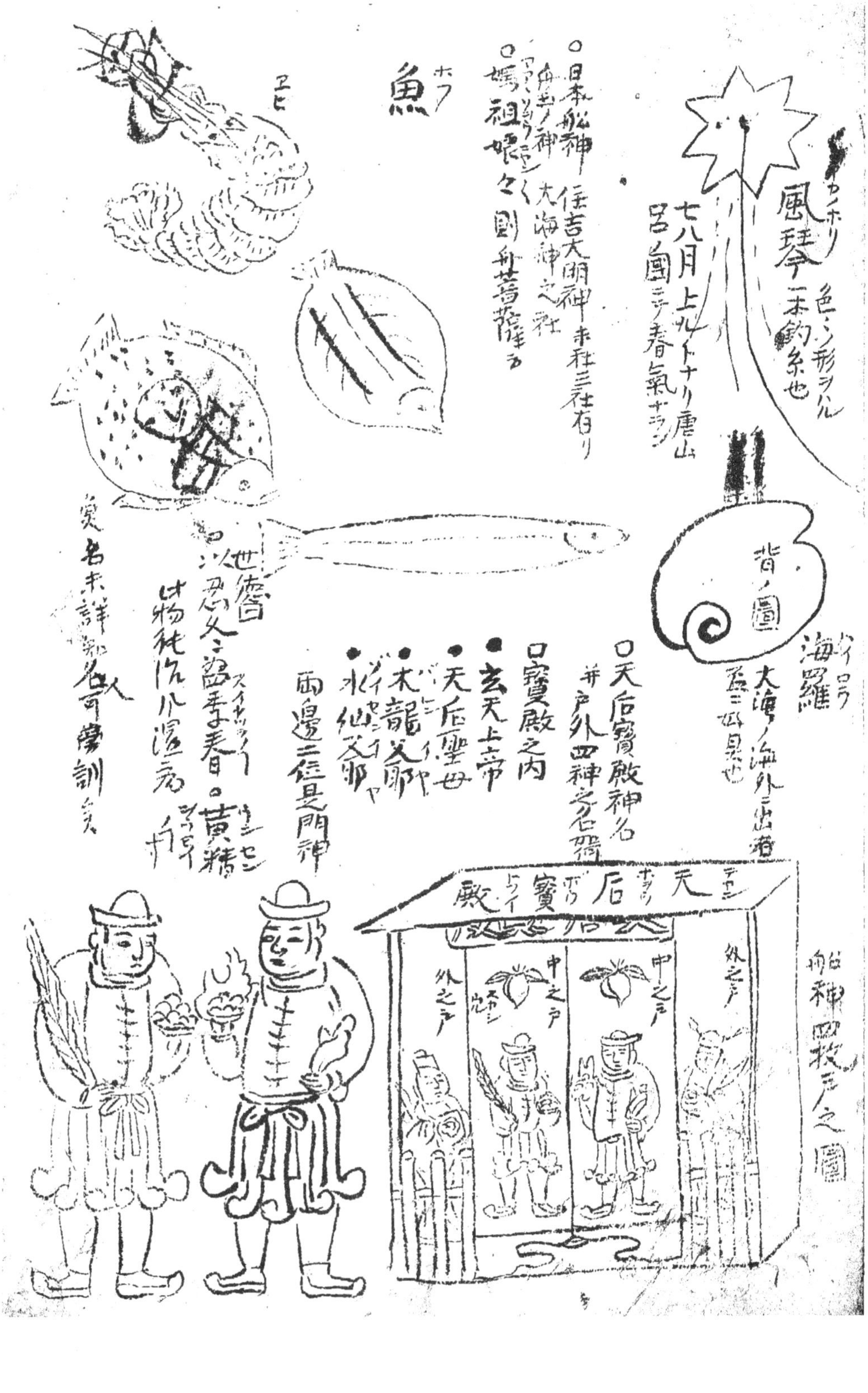
風琴 カイホリ
一本釣糸也
七八月上
海羅
背ノ圖
大海ノ海外ニ出
○天后寶殿神名
并戸外四神之名稱
○寶殿之内
●玄天上帝
●天后聖母
●木龍父爺
●水仙父爺
兩邊ニ在是門神
黄精
名未詳
○日本船神 住吉大明神 本社三社有り
大海神之社
○媽祖娘々 圓舟菩薩
魚 ホフ
エビ
天后寶殿
中之戸
外之戸
船神四殺之圖

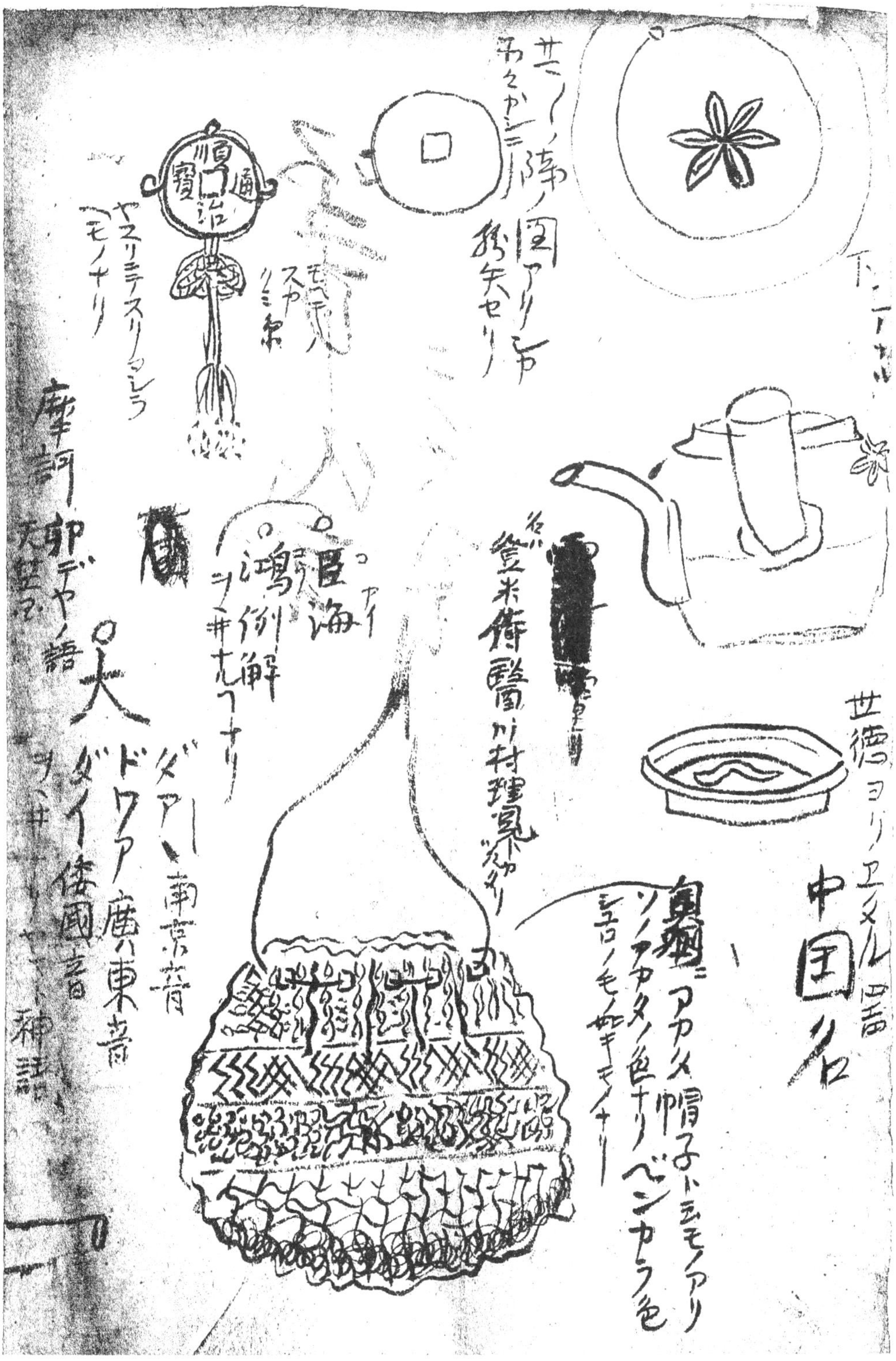
中国ノ名
世徳ヨリエヌル器
順治通寶
南京音
廣東音
倭國音

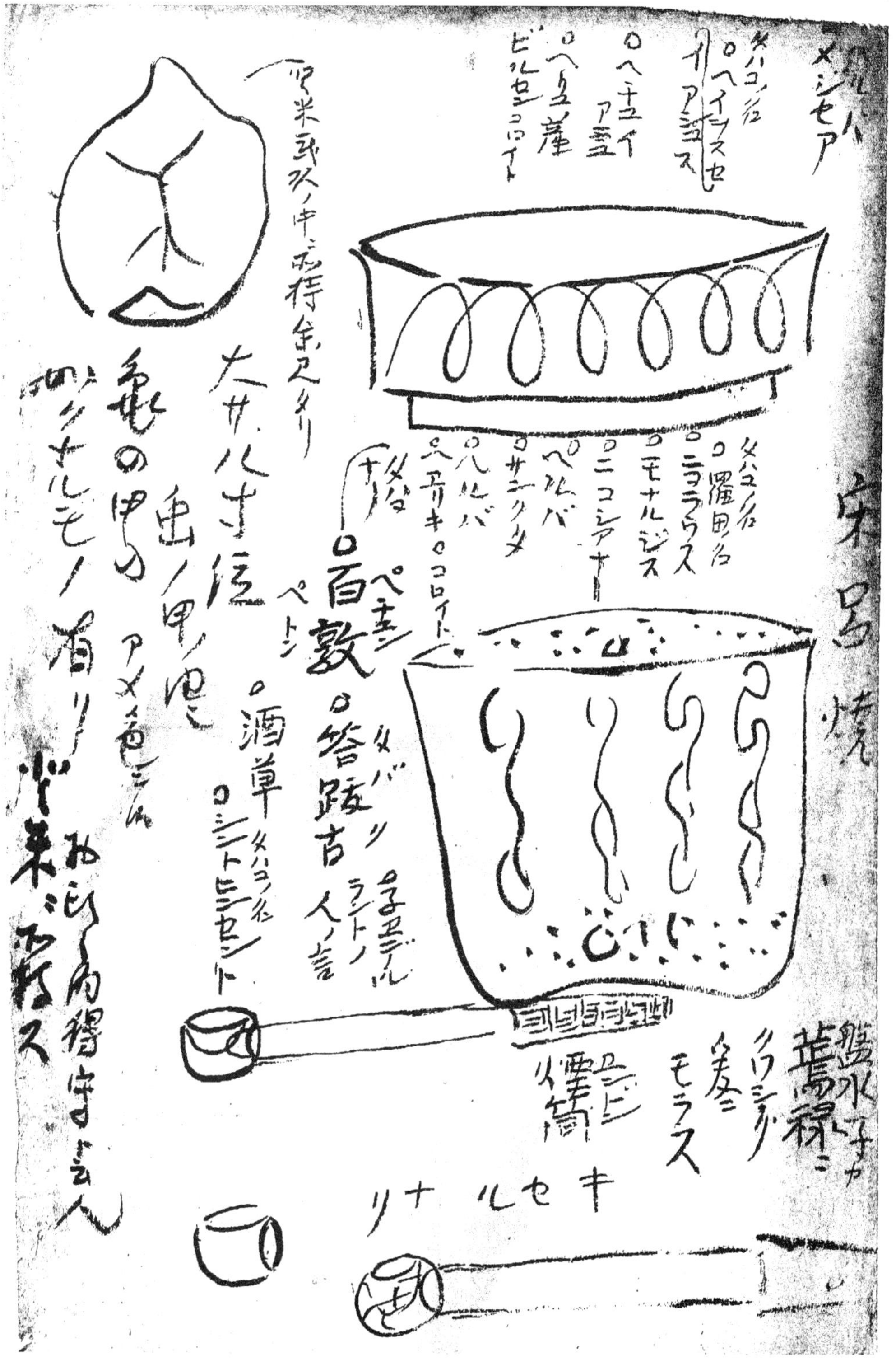
宋呂燒
大サ八寸位
酒草
答跋古
キセル

二十四日

○明日早晨衆兄弟可収歛諸物然則先発一船奉船神上

安客館然後又發舟二隻載諸物衆兄弟之在船者亦乗

之上岸何如。アス夜明前カラ各ノ道具ヲ取揃テ先

元合舟五ヲ抱申シテ家ニ入亦舟二隻（般くタナノカハリニ俗用俗語ニナス）ニテ皆

ノルカヨイト云ヘハ陳世徳皆ニ相談ヲナサシト云

□俟弟上船向衆兄弟議定可哉。然則到船議定連報

回示。皆ニ吟味致テカラ又参テ御挨拶致サウ

□今先生之字可送弟也。先具書物ヲカシ下サレイ

○明日可還我　。アスハ必モトシヤレ

□弟問衆兄弟。皆ト相談致タカナルホト、皆

老先生龍言説出之事我衆兄弟喜上貴館従老先生

之言我衆兄弟恩愁無礼物可敖大恩（コレハヨク白ノ答ナリ）

。有難フハ老先生ノヲカケ御出サルヽ事毎ニ付

令ラヌフハナイ唐日本ト阻テ父母ノ言ノ如テ

カ様ニ大恩ヲウケ何カナヲ礼ヲ申タイが

□茅渓還前日老先生之字ヲ。二十五日是ハ廣人ヨリ
包紙ヘ書カヘシタルナリヲ書付カヘシ上ト云フ
斯シテ岸ニ上リテ大概事ハ濟タレ𪜈皷多クシテ難渋只
君上ヨリタマワル所ノ諸許之目録圖

一 蚊幬　四
山上皷夜ニ設幬一幬須容三四人之臥席故不得一人専之
一 紙席　十四
一人可専一席為防蚤虱
一 莞筵　十四
一人可専一筵
一 臥褥　十四
一人可専一褥
一 枕　十四
右五許為寢臥之具

一カヤ四張ナリ
一人シテ用ズ
三四人ツヽ入
一紙フスマ蚤虱
防ナリ手手ニ用
一ゴザナリ一人
一人シケ
一フトンナリ
一ソヽリ枕ナリ

ノ三十

一人可専一枕

一巾　二十八

右一誹給拭汗及沐浴之具

通六誹

今日始得引衆兄第入館船中之人全員平安起貨已完本州官司以下安意同慶右物件送之以給朝夕之用要使衆兄弟各曉其意

日本寛永年丙辰六月廿五日

前田川信利主之

志村時恭告之

小山清保副之

一巾　通テハ巡上
一　字ト云義ナリ
誹ハ六品ノ心
○今日無事ニ
入全員同役モ館
大ニ安心下サ
レ物ハ各有亘
ク存シオレ

前田川文治　代官職

志村東藏　儒官画

小山治左衛門　見番役

○銅四枕十四拭六竹皮草履十四花ゴザ十四鼻紙三帖只烟管十四

剃営十四塵紙一帖只帷子十四フ上ミ十四紙衾十四

奈良屋ナリカハサル、御制衣師三人下ル無形デ

トスルト彼ノ廣人モアリ難サノ儘ニテ礼ヲ申上テアル

國王之大恩
官府之大力
先生之大愛
鄉老先生引船入港之恩
我衆人受之大恩無物可報
報恩我衆人
拜
拜
拜
弟陳世德
弟陳元合
弟林光裕
謝国王如天大
謝官府老先生如泰山
謝鄉老先生如父母
嘉慶元年六月

○力ノ事○愛ノ事○鄉老ノ事
○弟トハ向ヲ兄トシテ手前ヲ弟トスル程ノ事ニテ敬ノ義
○泰山トハ大清五嶽之一山五岳トハ嵩山衡山南山泰山華山國中鎮護ノ岳ナリ孟子華岳ノ事有論語礼記泰山旅ノ事有リ事ハ最畏
○カホトノ御恩ヲ我衆人受テ恩返シ致ヤウ無シ六右衛門ニ助ラレ老先生ニ申次カレ官府ニ世話ヲ肝煎ラレ大カヲセラル故国君ノ指圖モ出ルト云テヤ天地父母日月山川ノ如ク有カタク事心語ニ述叵シトナリ

丁丑

○口佽等祇爲漁而出港歟日領焉。初テ攛ニ出ルカ如命

○請問出港之時日且幾日遇風波。乘出テ個風ニ遇タ

口辰年四月初一日出港至初七日逢西北風出海外我

致人船使見山者不曉上下之山矣。此間ハ十千ナ

問タ前ニ問タノ千ヤ後ニ附屬　全体初キ漁攤

出タレハ船心削レ又坊カ　国地ノ山見アテヲ失

何国知ラス漂流致ス當年ハ乾隆六十二年改元テ

嘉慶元年丙辰四月初一日ニ乘出乾悪颶ニ吹出サレ

天外ヘツイト持テ行カレタレハ上下モ合点不知

初一日トハ唐ノ暦ニハ十日迄初字カ附テ有ル十

一日ヨリ初ノ字カ取ル國々日割カ違テ委井サツそ

暦迚有ル同フテ廣東日割ハ朝鮮ヤ四川山東テハ

割カタカ用ラレ又アレハ日本ニハ折入ラス又ヿリ

○你等遇風波来此其間無見国地否。吹流中人里見ヱ

口我澄海縣王出之日以前年八月出我船到大澚港

八木

與新寧縣ニ収メ入ル今ノ船ノ中ノ之牌ハ是レ新寧縣ニ出ル回港之牌ハ船
以テ到ル澄海之港ニ牌ハ與ヘ我カ澄海縣主ニ収メ入ル。此答不應問
扨問ト答ハ別々チヤケレ氏是テサツハリト分明ナ十隻來
合カ有テ五日程猟ヲ為タ 左五十カ書上ニハ大舟カ有テ小舟ニテ漁リ一艘ニ付テ七八隻ツヽ出テ大船ニ漁タル魚ヲ漬込ソレカラ
津々浦々エ出テ商スルヿニミヘタリ秋アデトテ日本ニモ有リ 新寧ヘハ海澄ヨリ九日ホト道法有レハ
江戸ヨリ南部檜山マテ上セルト云塩鯟テアロ牌ト云ハ
美濃紙ノ一番ニ押タ印本書込有符ナト有リ他ノ領分ヲ
犯スナト云ガ重テ外ハ見分カラヌホトチヤ去年八月縣主
手前領ノ書付ヲ先ノ新寧縣主ヘ上テ其所ヨリ又別ニ書付
ヲ取テ其所テ猟ヲシテソレラシテ国ヘ戻ル折ハ其書付ヲ
取替ニ扨テ澄海縣ヨリ持参シタル牌ノ御印判ヲ受取テ
家ニ帰ルヿトミユル全躰唐ハ春ハ律テ秋風秋ハ呂テ春
メク日本ハ春ハ呂テ秋ハ律チヤ風琴モ七八月ヨク揚ト
云テ見ヨ志村東嶼カ問是盡タリ カズ〳〵珍事有レ氏モラス其事状ヲ知ラセシヤクメニアラ…ニシハカリヲノスル上
白語兒訓初稿終 初ニ大室ヘ…

外ニ

唐船 蘭舸之圖 有

日本ヘ古来指サスモノアラジト云ヘリ唐船来ルモ恐ルヘカラス

大元御覧曰人皇九十代後宇多院亀山院ノ頃仁ノ大元孔弘至元十八年正月蒙古
勇之朝世祖皇帝下知ノ大将阿刺罕范文虎忻都洪茶丘四人兵十万
ヲ率ヒ六万艘ノ兵船ヲ日本ヘ来ル七月平壺山嶹ヘ着ル八月一日大風吹テ舟悉ク破損ス
兵船並范文虎等諸将ハヨキ舟ニ乗テ行方不知逃ケ行十万ノ軍勢ハ五龍山ノ下ニ
漂ヒ兵粮ナクシテ餓食ニ苦ルコト三日ニ及フ去レトモ校尉ノ張百戸ト云モノヲ頭トシテ
舟ヲ造リ帰ラントスル所同七日日本ノ兵押寄テ攻ルハ蒙古戦負テ討ルヽ者多シ
残兵ハ三万人ヲ生捕ハカタノ八角嶋ニテ斬殺ス其内于闐莫青呉万五ト云ル三人
ヲ免シ帰シテ語シトテ謝帰ヲ云ム此條時致時宗ノ時ナリ
日本ノ大王大ニイカリ玉ヒ龍田山ノ神ニ祈リ玉フニフシギヤ俄ニ大風颶風之然ト
神社ユトクノ西向キナリシトカヤ龍田姫ノ司ル神ナレハニヤカクノ如ク云伝ヘリ
日蓮上人ハ金剛経応無所住而生其心ノ歓キヲ以法ヲ行ヒシヨリ
大風吹タルト云伝ヘノ蒙古ノ国ハ時宗書ニクワシ定ニモアラス
モウコニテモ暦ヲ用ユヘ出スメリ

以筆代言

廣東白語謄筆叙

石巻寓居旭市軒無名氏　題

王制曰。五方之民。言語不通。嗜欲不同。達其志。通其欲。東方曰寄。南方曰象。西方曰狄鞮。北方曰譯。鄭氏曰。皆俗間之名。依其事類耳。鞮之言。知也。孔穎達曰。五方者中國及四夷。言語不通嗜欲不同者以水土各異故言語不通好惡殊別故嗜欲不同達其志通其欲者謂帝王立此傳語之人曉達五方之志通

傳五方之欲使相領解其通傳東方之
語官謂之曰寄言傳寄外內言語通傳
南方語官謂之曰象言放象外內之言
其通傳西方語官謂之曰狄鞮鞮知也
謂通傳夷狄之語與中國相知其通傳
北方語官謂之曰譯譯陳也謂陳說外
內之言鄭氏皆俗間之名也依其事類
耳者中國通傳之人各依其當方事比
類而言說之即寄者寄付東方之言象
者象似南方之言是依其事類者也鞮

中

與知聲相近故鞮爲知陳氏集說方氏
曰以言語之不通也則必通其志以嗜
欲之不同也則必通其欲必欲達其志
通其欲非寄象鞮譯則不可故先王設
官以掌之寄言能寓風俗之異於此象
言能倣象風俗之異於彼鞮則欲別其
服飾之異譯則欲辨其言語之異周官
通謂之象胥而世俗則通謂之譯劉氏
曰此四者皆主通遠人言語之官寄者
寓也以其言之難通如寄託其意於事

物而後能通之象像也如以意倣像其形似而通之周官象胥是也狄猶逖也鞮戎狄履名猶履也譯履其事而知其言意之所在而通之周官鞮履氏亦以通其聲歌而以舞者所履爲名譯釋也猶言謄也謂以彼此言語相謄釋而通之也越裳氏重九譯而朝是也宋僧傳曰象胥氏通六蠻語狄鞮主七戎寄司九夷譯知八狄今四方之官唯譯官顯著者何也疑漢已來多事北方故譯名

○甲字之隠皆大凶有
福寿全之四字及七帯
為差之四字婦人嫁娶
之隠有千子万孫之四字
及夫唱婦随之四字男女
隠小而有柄婦人之隠大而
無柄

○先生之
燈用何油麼
トモシアブラノコト
豆油 茶油 ツバキノ 山茶
馬油 地豆油
馬油是虫樹之籽作之
地豆是地花生根上開花
地裡結籽

爛熟矣又如周秦輶軒使者奏籍通別
國方言令君王不出户庭坐知絶遐異
俗之語也蓋謂五方之官寄象狄鞮譯
也是君王撫御安民御政之術也屬者
王君子嘗謄筆歸廣東白語五旬曰紙
端就書余小子惟此往寛政頃支那漂舟
之譯策而正仁術經國之事也支那尤
浴仁恩歸鄉域矣所謂盛徳至善民之
不能忘之道也可仰　可敬　小子云何
哉唯東醜拙需勿用手寧不如止雖然

二八四

亦只辞无術敢摸典文据經言為章欲
應象君博洽豈為能焉是揖博洽高明
也此蘭棄廣人白徒之言雖然今經濟
之細也何其乎爲弄余不敏就書嗚呼
愿矣云爾 曾寫和奉子遂且月吉旦

○廣東福墨紫作箸
赤象牙作之
赤以銀作之火箸以
鉄作之為上

○中國沼馬炮 テツホウ
射物銅火藥用

杉木尺

同異傳

○茶三セン ○義煩漁 ○長春堂

○中国之銀一頁之重七星二分 乾隆通宝
古錢之重商今時銀一頁之價大約當
五六十錢

○庸於十銖為一兩 一斤十六兩 乾隆錢
一百六十文為一斤之重 官一斤七斤為
一斗鄉四十斗為一斗 斗形 
一斗廿筒

○廣東畝十畝收有廿三四石粟
十二月 十二日同 ○米一斗之價三百三四十錢
[illegible]凶歲故十一月十二月
四百五六十錢 今年三四月
一斗千餘錢
日本[illegible]

○光緒曰赤沙糖比一茶碗之價[illegible]二十餘錢[illegible]地之
價[illegible] ○大约五六十錢

○是廣東聯世紙 上者
白棟紙[illegible]
一將十六錢 中者廿三錢
上者三十四張 其它五
色紙[illegible]將[illegible]張[illegible]

○紙一帖[illegible]

以筆代言中

廣戸白語巻之二　○王曰人問之　□陳世德答之

大清

日本　王曰人戲譚

扨唐人ノ画ヲ見ルニ鬚カ有リ雉髮ナルニ此度ノ廣人ハ
坊主ニテ中髮立タルハイツカラ別風ニ化リシヤ王曰人ト
ハ俘モノヂヤ咄テ聞セヨ儒者方咄ハ漢文テ曉設問ノゾ
王曰人先生ラシク居直リサモ博学者ノ氣テ語テ曰成程
ソレハ誰モ知テ居ルヿ赤本ニモ有ルヿヂヤ先大清乾隆
トナツタハ大明十七代思宗帝ノ時韃靼勢カ起北京ト云都
ニ乱入タ順天府ヲ責落テ城ヲ築キ南京ナントヽ戦勝ツイ
皇帝ト号テ大清ト改タリ順治暦ヲ拵ヘ直シテ百性ヲ𠂤テ
テ坊主ニ剃コボチテ中髮ヲ立テ豕尾ノ如ニ仕タ大風吹テ
石瓦飛シ屋ヲ到タ冷シ井騷動ジヤ日本百十一代後光明
院御宇ニ當リテ正保元年ニ當ル亦乾隆元年ハ日本櫻町
院御宇ニ當リテ元文元年ニ當ル其髮ヲ国中剃タ頃ハ睦

順治元年五月中ト覺タ王曰人カ生レ又先ノ事ナヤ一俗
云國性爺ト云龍義兵ヲ起大清ト挑戦ナ五年勝ハ勝タカ
商孫兼舍カ頃降参シテ大清一統トセラレタムコヤ康熙
六年ニ兆タソウナ三年メニ（日本寛文四年ニアタレリ　忠義傳出）書カ出タ丁ソウナ
廣東省ノ丁ッ書ニテ圖シ廣音ヲニ語タヘ合廣東省廣州
府ハ十府九州七十五縣有中ノ第一府也其廣州府ニハ十州十
五縣粮米十五萬三千零ノ場所也ト有ルカナ書ニアリシ
五道十府九州七十二縣ト答タラノミレハ三縣覚違カ瘢カ
日本寛政八年丙辰秋七月廿八日王曰人筆語（三十篇加之）

名刺
我是日本陸奥州仙臺府民官第四伍武者所遠藤清石衛門
之尉藤原定矩文規
別曰王曰人君粤号蓬洲年三十七
居梅華崎紬道庵
原ノ字ホトヨム
雲元トヨム原トヨヌテ聞スレモポト許教タリ覚
違ト見エタリハチソウナ字ナリ實ニ白語ニ極レリ

陳世德ハ納音ナリ林光裕ハ清音也　幼名ダヘイト云　元合
七人子アリトソ本月産ニ臨タル有娠婦ヲ見テ愁世德ハ
女男二子有トソ和訓ナカ一聞知タリ
○王曰人九分四方ヘ二百六十一字
中ハ仙歌百六十一文雕タルヲ見ス其時　春江花月夜年号月日姓名所　篆刻同ク飲
○志村東嶼曰石ノ名如何ロ陳世德答曰石ノ名ハ第曉字者并ニ曉
ソノトキ鱵石　青田石ト書テ見鱵石ヘ指サシプツト云ヘリ
辛崎乃松者花與朧仁天　芭蕉翁
○陳讓光ニ是ヲ習ウ
王曰人カ手ヲ取テ
林光裕改ニ教ユ
讓光色ノ字カト書曰人芭ノ字ト告ツ世德曰讓光不曉ト答
○南部侯臣椽内与兵衛　篆刻余ニ学フ　魯細亞人来時兵ヲ曳テ向
津輕御濵御殿ニテ貌ニセツ圖ヲ見ス　志村　何国人ト問ウ
紅毛國人答　但王　這箇圖者魯齊亞人也非紅毛国人　三人不曉
ヲロシヤト書ハ頭掉テロシヤト書ハウナツケリト

唐詩之趙氏連璧ノ句日本人子
モコロニテ頼ミヲロシヤ人ニ書セタ
リトエ紙ハ色浅黄ニテ膠地ノ
如シ水ミニス竪ハ五寸横六寸
許ノ紙ナリ様内与兵衛トエ人ヨリ
遠藤清右衛門ウツシカリラル也

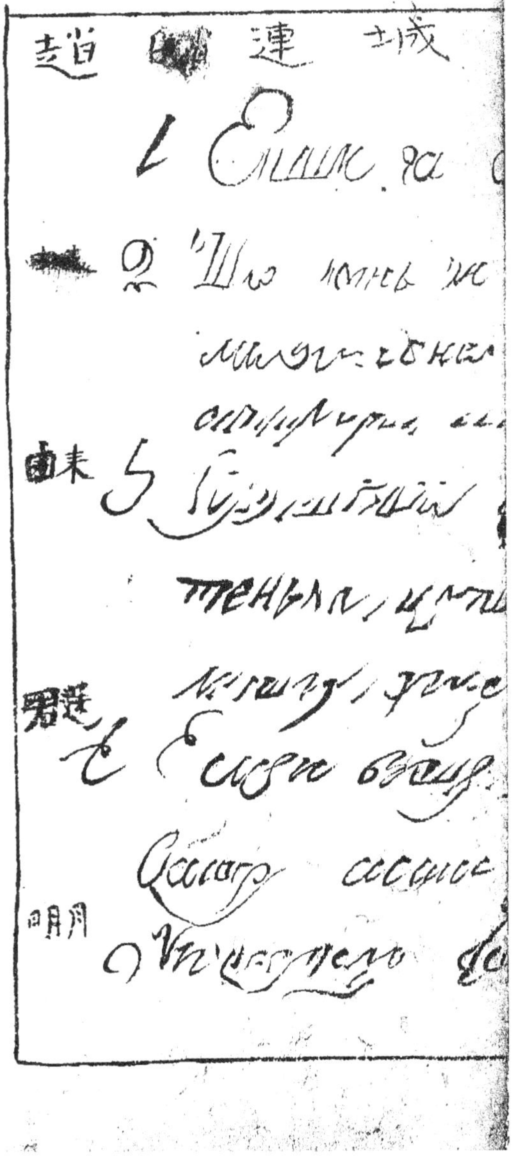

○聞廣州古時国号如何 口古時国号弟以不暁

○王曰人問曰乾隆国王八旬初慶之時国中同齢之老大相饌賜之珠玉有之如何 陳世徳答曰弟以不暁 其故亦問八萬養之書有篇集聞之乎 曰不暁 是者源知明所問也文理不通設作文字義相轉而亦再問之漁父何得知之哉

○銀一員換銭幾員歴。カラテハ代相場何ホトチヤ

口銀一員換有乾隆銭九百五十文 九キ孔方 康熙通宝乾隆通宝ナントナリ

○金一員換乾隆銭幾員。金ハ何ホトチヤト問ウ

二ノ九

口金以有上中下金中者一員換於乾隆銭二千二三百文
○廣東人参廣州之中出所之地名如何。何国カラ採ゾ
口人参出於北京之地廣東人参是於北来地。北京ヨリ出
○出於北京之地邑何謂廣東人参乎　本草ヲ以種々問ウ
口人参以有正人参乎下人参是於楊参矣。外國貢楊参
○曰人戯誦歌冊之時問廣相初学之人何書讀歟。童何讀
口小児初学讀於四書之内第一本大学以第二本中庸矣
○簷者幾尺。海ノ深サ何ホト有ルト問シ時是字書ケリ
口簷者五尺也　。岸ハ五六簷沖ハ十二三簷ナリト答ウ
岸ハ三大ホト深ク沖ハ五六十尋ノ深サト見エ大概ナリ
○潮州澄海縣去国王之都幾里　在所カラ京都ヘ何里アル
口潮州歟程到北京君王六十餘日到廣東十七八日
○廣州新寧縣去国王之都幾里　口亦六十餘日廣東生在
南近西潮生在南近東。生ノ字胥ノ字ナリ近ノ字京ノ字
○早稲ノ事ヲ問フ有早冬ト書リ三月九月モトルト答リ

○中国暑如何口貴地之暑多ク有ル者也○二日程大暑有常變

○好トハ太美ト同意极々能ト云フ、猶外好ト祖徠ノ書ニ有

○今日雨 今日好 ○居敬 ○花月 ○行善 ○天后寶殿 ○米

○大室濵 ○海國 ○清國 ○篤信 ○日本国王 ○錢

○仙臺遍寶 ○詩 ○竹 ○水 ○麻 ○紙

○廣州府新寧縣大灣港漁船戸陳受合大字十七号

○乾隆通寶 ○大明米色赤粒長 ○米[illegible]国ヘテノマチヲ以告ク筑前

國船越港太黑屋時五郎カ曰四国南海ニテハ二度米ヲ采

稲穗實ヨシ粮米迚作ル赤米也一斗出ル土地ヨリ二斗モ出ルトカヤ子ハコホレテ田ニテウテハ蓮ニテツルヿ也

ノ如シトカヤ枝持方切米ニ渡ルトヤワラ一把三十五文ホトナリトソセヤモノチツムニモ把ニ細シテ太キゴキトチ用ル也

○人間 ○心身 ○夫婦 ○唐砂 ○古今 ○如何 ○小刀

○煙艸 ○煙管 ○衣類 ○字刀 ○善悪 ○兩刀 ○脇指

○金ノ字今ノ字ニ用ユ冬ノ字稲ニ用 ○音ヲ用通韻ノ勢

○曉 ○不曉 ○清風明月 ○高橋西藏條治軍 ○父母子

○口 ○鼻 ○眼目 ○天窓 ○耳 ○足 ○手 ○臑 ○毛 ○髯 ○指爪

○陰莖 ○陽莖 ○陰門 ○交合 是四ツハ民俗ノ戯ニ問所ナリ虚實不知 ○牛房葉ヲ見ズレハ

○チヤウシヨウヘイ 日本カボチヤト答ヒシナリ ○アチヤウ 青カブ付リノ葉シミセナレハミユウ ○手拭 ○簪

○デイイ デイイトミユンナリ ○男女 ○娘 ○妻子 ○眉 ○肘 ○乳 ○臍

○硯 ○筆 ○墨 ○石 ○不通 ○脛 ○腹 ○胴 ○肩

○一二三四五六七八九十 咽ヨリ音シ出ス 東国ナモリミノ難得 ○毛 ○扇 ○團

○鮑 ○酒 ○手 ○蠟燭 ○髮 ○服指 ○藥 ○月代 ○庚

○藥鑵 ○喰飯 ○坐禪 ○歌冊 ○歌本 ○不歌

一○大室濱鰹釣船三五六右衛門ニ見セタル東アリ

○大清乾隆中國人廣州府新寧縣漁船被風来地流来矣未[illegible]

国王曽[illegible]正得回得可[illegible]家中父母妻子

○船中政人思鄉父母無食之事 船中至今着浪者小之不哉

何日可回之

海ハ高クテ丸ク[illegible]地球カンルモノナラン

○ムスコエニ吹ナガサレ先ルモノ石巻ニ

群居ス[illegible]日本ニ[illegible]ムスコ

ビヤン人ヲダマシテワレハ日本ニ

[illegible]ハ米ノ[illegible]ハ自在ナリ

[illegible]

下[illegible]石巻

[illegible]

ハシリ成[illegible]

行[illegible]

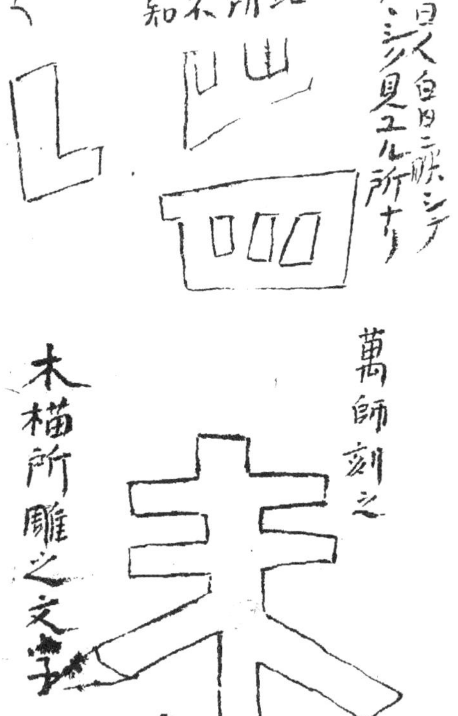

二ノ上

○珍事ハ紫所ノ書記ヌ知覚ノ人書ツキ助成シヌヘカシ

○王曰人問日舳所画朱玉者是日輪歟□陳世德答曰此物海中大寶名萍濵孔聖夫子言之

△王曰人按家語曰楚王渡江江中有物大如斗圓而赤直觸王舟舟人取之王大怪之遍問羣臣莫之識王使使聘于魯問孔子子曰此所謂萍實者也可剖而食之吉祥也唯霸者為能獲焉使者返王遂食之大美久之使来以告魯大夫大夫因子游問曰夫子何以知其然曰吾昔之鄭過乎陳之野聞童謠曰楚王渡江得萍實大如斗赤如日剖而食之甜如蜜此是楚王三應也吾是以知之

家語曰
△白屋 草屋也 白語 訛音也

○王曰人志弘強ニ家楼ヲ習得タリ種ニ有リ見エタリ一ヨリ二論ズヘカラズ剝ニ許文
陳世德自ラ護ス人ニ教シナリ

昇在郷之目欲剃以請剃工ヲ剃之在人之限則二十文武ヵ三十
或十文或八文大氐是五文

○陳世德問曰仙臺之国地方何里程曰人答曰仙臺者日本之中央也東西三百餘里南北千五百餘里亦問曰玉石金銀出山中答曰金銀銅鉄玉帛錦綾珠寶国中存物

廣州漁船錠用所之字 ○碇（テイ） 字彙曰丁定切音釘 錠舟石也

イシヅリニ アラハル、ヤタテ也

咍来

鐔翼異ニ擣タル所 知レテ鳥金ニヌリテ也

咍来之字也

ヨロコビキタル

コノ所スレ失レテノ不見

後篇
廣東珍事目録

○義鼠事

○石人ヨリ米出事

○タハコヨリ金ノ了

○唐酒造方二法事

○妣（ヒャウ）之字ノ了

○百十五丈塔ノ了

○商人屋号ノ了

コハ五城先生ヨク知レリ

南京人
○鴕音ノ了

○タノモシノ了

○女婦白粉油ノ了

○虫伸豆伸ノ了

○諸商人物シフルノ了 曰人習テホヘタリ

○ハサミセラキ二法

○セウギサス傳

○陳世德系圖ノ了

○神ミノ名ノ了

○鳥音ノ了 ○唐紙スキ様ノ了

○官吉ヘ見テ先ル唐船廿隻ニ向フ了

○龍ト大魚ニ逢シ了

○南極シ見ヘタル了

廣人
○七種ノ草ノ了

公私
○門額ノシメイ

長サキ来タル
○南京人ト芸感達シ了

○長サキニテ別ノ了

○農業ノ春秋ノ了

○仙臺ニ南京音ノ文ノ了

○佛事ノ了

○インシ酒モリノ梅ノ了

○論語ヨミセ先音ノ了

○シトシ咄シカニセタルノ了

○カセリウタモノ了

○元日ニ天子ヲテ御意ノ了

○二歳ニテ児ニ衣シ不附了

○火鎖支度ノ了

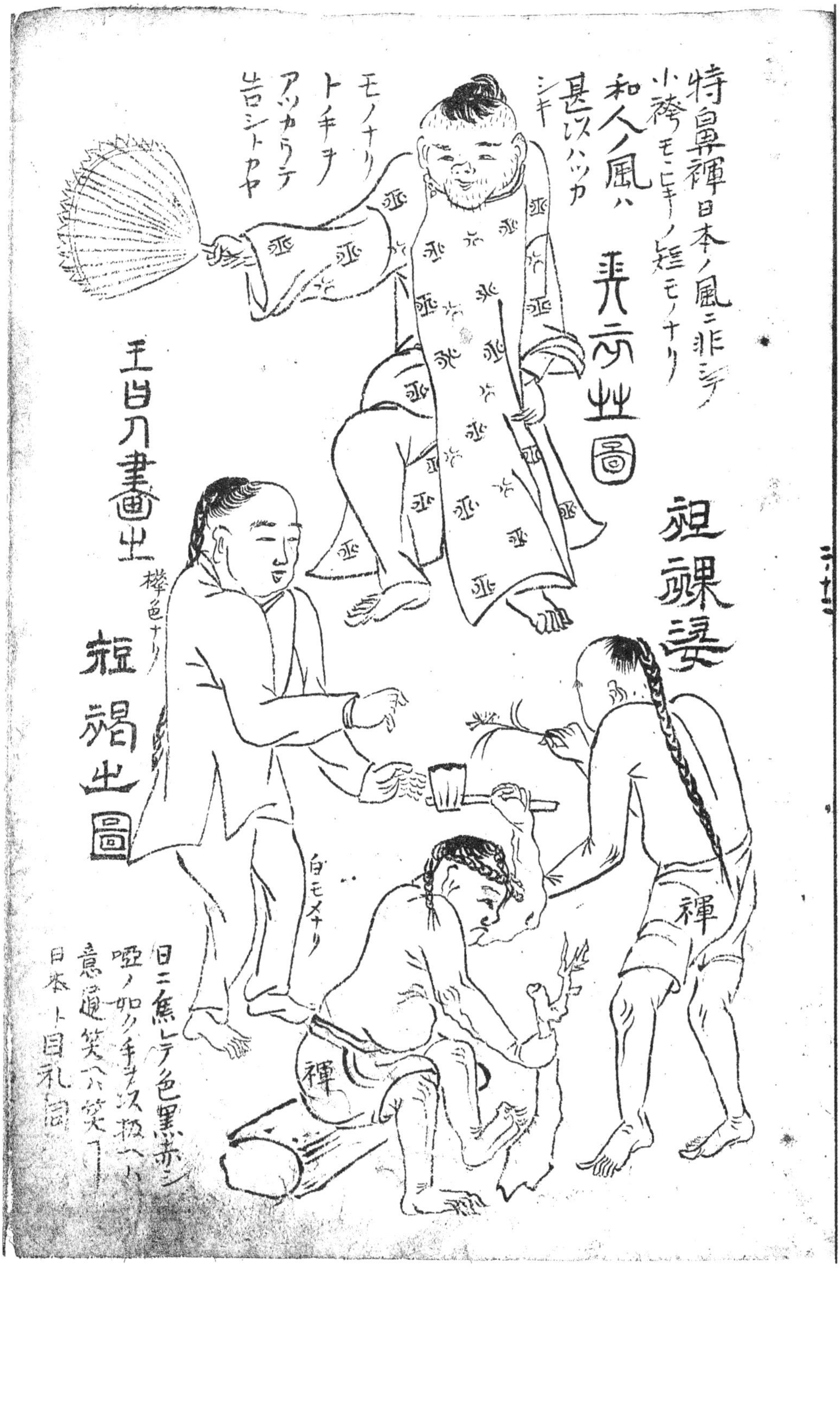
特鼻褌日本ノ風ニ非ズシテ
和人ノ風ハ
短褐出圖
樺色ナリ
白モメナリ
褌
褌
日ニ焦ヒテ色黒赤シ
唖ノ如ク手ヲ以扱ヘハ
意通ジ笑ヘハ笑フ

○世德曰先朝鄭成功之將陳大班指名賓是我祖先之人戰死於福州罪其日埋中遺當時因姓之鄭王甚勝之曰我月手持十八斤戰而被困死此人在世之時碎食十斤肉十斤餘酒米十斗。想是天時遇亂之日有奇人之刀　○又曰國姓爺王初鎮大宛？死後賀南京被？將聞房祖後大宛有數百子孫　○陳姓系譜

子 賓

陳大君第一子

陳夫君第次子名賓精力絕倫常持十八斤之戰世稱曰大班指曾為國姓爺王鄭成公之臣戰死于福州後建塔
遺子孫建錦在大宛吾世德曰中国謂大刀之為大班指

曰人云大灣守

官一品謂之威公

○曰人曰世德到玉島說武士於戰先生其曰也者於仙臺告為武士則恐懼於刑戮讒而所謂漁父世隱於梅与漁者俱與助商利者欽

夫 陳

陳世德曰我先祖之名字不知其詳唯至天子之道元亨利貞八字我知焉

之 號悟之

道 名廣舍 號道標

元 名捷 號元英

亨 名大 號宗亨

利 名策福 世德號利舍 妻鄭氏

貞 世德曰第初生於乾隆五十年生。

●次有男乾隆五十九年生○弟劉大満
之時男二歲名未作家中老親
在家想孫亦作我国初生之詞
女子名阿鶴

二十九

此表紙切損久補也

●五城先生曰你回郷則為何業麼
口常在家之日以農為業男有八九畝田園也
圖園之主亦有之想学還業澄海之世亦農圃曰在国居中而針指以供日用想学我妻
不能為食已令須嫁于他人可恥可恥
●你等去夏漂流之時有他船幾許麼
△吾有一百餘船同発港中有船友
十餘艘那時故不知漂流何方也想衆弟兄是互生之人
●今我經五千里之海程而護送等風浪日日心中不安今日到此港（日人云オカサヤ瓊浦）始安安了
△先生之深恩衆弟故知謝謝
○自石港抵兵庫港海程三千九百餘里○自石港抵浦賀海程八百里
●自浦賀抵兵庫港海程三千里○自兵庫抵赤間関海程一千五百里
許○自下関抵長崎海程七百五十里自石港抵長崎海程五千里

廣東澳甫白語下巻

日本　王白人述

贈謝

日本陸奥州仙臺武官王白老先生　廣東生潮州府陳世德

聞君名誉満東方　満腹詩章萬里香　心至青蓮源意在

彩毫揮太公鳳凰翔　。コノ詩ハ源義路ニシタル詩ナリ余ニモ示シタリ一詩ヲ以テ人毎ニシタルナリ漢文ノシワザナリ

秋風吹海浪　弘強　勸君一杯酒　匡敕　森々林上松　義路

暮雨感不佳　世德　不醉莫言歸　弘強　欝々歳寒容　弘強

何憂滄海外　匡敕　杯裡回頭望　世德　日日照青嶂　世德

文接共開懐　義路　海雲掩翠微　義路　捫蘿訪故蹤　匡敕

雲鬢衣春映李子花枝　義路

捲得珠簾似想思　白人

片月照来君不見　世德

楊貴妃冊書引

代大清人漂流到日本思故鄉之意庸上作　王曰人

西風吹斷海門秋萬里隨波一片舟。對客欲言情未譯。進君為報意難酬。天南明月雙鳴下江上白雲別鶴愁。大國乾坤空極目。夢魂遙耐望鄉樓

九日寄懷大清陳世德林光裕二兄卽事

故園載酒菊花黃佳節愁人遠望鄉。醉問茱萸雲外指歸心何似雁南翔

其二

鴻雁雲飛萬里愁江天望裏一孤舟無由我已憐客恨九月秋風隔二州

其三

欲登高否日將斜登海遙憐漂客家。大室歸帆雖未發前期待到莫長嗟

〇中華樂府歌冊画名如何

〇舞妓名人花達者大師及ビ李蕙蘭三人者何時代何州之娼樂師ソ

〇世德光裕阿猪阿娘
元合手ヲ以テ子テ見ヌレ共言語不通
其理不通ナリ

〇本朝者忠孝以樂之貞節以歌之耳

日本歌舞妓纏芝居

番附繪之圖

〇降雪辱府。一本別ニ父トアリ辱府ナリ。カラノカブキンハイハ日本トチカヒテ
能狂言ナトノ如クナルヨシナリ曰人陳世德林光裕ニヒソヘモノ学習シタレ伝ヘ
得カメクシテ止ミヌメリヤスト云ヘル長歌ニ似テウメイ出高来細詞ノ折ハ

明朝之民
三月清明浸種圖
作埂圖
犁田圖
翻耕圖
耙田圖
撒秧圖
插蒔圖
車水圖
耘田圖

○自澄海縣至新寧縣新程有幾日要

□澄海縣從行程到於新寧縣以有十昔之路也□行船於水路以七百里有以於十里為一鋪 茶屋ヲ鋪ト云 以上路而行一日行一日行百ハ九鋪之[illegible]回一日行者八十里每日行有四十里之間

○從本吉郡大宰灋至肥前長崎港六十里又二十九百八十里從長崎[illegible]至廣東八百四十六[illegible]里總七千六百九十里東嶼大凹日考之

□京城之馬報以有一事之來同八九報也澄海縣之民事[illegible]者以於日日文書行也武事以軽者月月於文書見於皇上廣東之名山高者是蓮花上高也中山下者甚多矣

□今七月三十日日本與中国同是三十日日月二國之示[illegible]矣

○関帝君祭何月幾日

□関帝君祭五月十三日殺牛祭之武官同祭拜

○中国常用猪乎日本亦山猪野猪多而樋田畠用者稀也

□猪是家之處[illegible]用飯湯養之

○虎者廣州有多乎

□廣州虎者以小之[illegible]良用七物者小人

○牛羊豕者如何而食用

□牛羊者食ら青草食也以炎而[illegible]食

○酒一斗之價乾隆錢幾貫乎

□酒一斗乾隆錢三百三十文 同累 酒一升二十九錢

○中國初日十五日二十八日月々祝乎

□初一日以無月初二日月出姑娥眉也問不[illegible]

○大清今歳改元ナリ改元無鑄錢アリヤト問

□前以三月尾見黄榜文四月初一日出滿旨事弟不知也

三ノ十三

六

○書用白竹紙竹如何而製紙　口竹逕地之初可作爲紙粟草竹與水久浸可作爲紙
作紙之時用紙藥落他可作也貴国之紙浸潤中国之不潤
○銀頁重乾隆錢二卜半圓径一寸四分　銀一頁換乾隆錢參頁　口金浸有上
中下金中者一頁換二千二三百文

陳世德
圖之
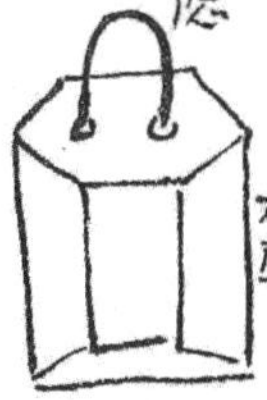
六面
燈斗
火
是提燭也

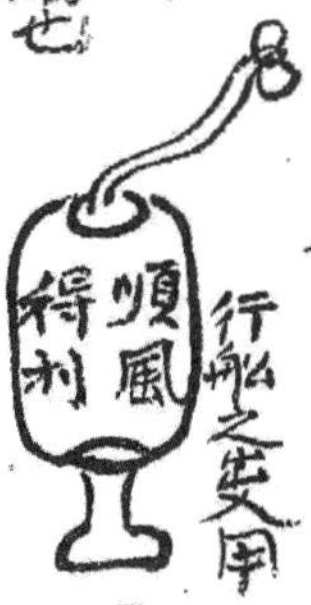

行船之吏用

是家內用其人性ヲ書記
ヘレハアンドンノヿ

アンドウ

右二常用ヨシ
是得子之年用常不用

圓経二寸四卜内法り
深四寸九卜内法り

○米五合入ト云竹筒也二筒ヲ爲一舛日本ノ舛ノ米二筒ヲ以積ニ合五夕ホトノ見然一舛日本舛三升八七合五夕程

○此筒卒非斗斗
井筒爲斗斗

○斗形如何

口斗是杉作斗杉竹有大小此作頁一尺長

口中国三年一閏月五年再閏
○丈幾尺口十尺爲一丈
○我国在東海極魚甚肥美兄等貴国海何物尤美
口廣東海外之魚是洪多魚者美鋙魚
亦美海麻魚亦美鰻鱺魚亦美
●赤鯮魚 チヤサンフウ 鯛ノヿ　黄棒魚 ウシンフウ エオノヿ エウモ云ノ
○海麻 鰹ノ鳥　在海上飛魚ナルシ世德書　伍魚 ウゴンヒウ　鱸ノヿ

マナガツヲ 鋙魚 ミナカツヲ 鯧魚ナリ
サケ 鰮 鱖魚
本草綱目
エイ 鍋蓋魚
タイ 奇鬚鰻
サケ 過臘 鮭 一名鰍魚 石桂魚
アゴ 鯵ハトビウヲナリ

三ノ十四

○屐 洟波五六枚合シコミウノ面サニサ 烈々ノ地ニトキモノ三ノ作ル ○茶頭 蘿蔔根 ○壚銭草 燕菁ナト云モノナリ

○月体蔽日体是日体失明有多少貴國亦同日本国年書中書有些事

○臣敷問曰与大清陳楚兄飲客館酒耳美三兄徹醸我等又同為我国潮州佳山水

回即出紙 不国 請無辞此是下物好笑 已ハ臣啟唐紙ヘ富士山ヲ画シテ 世徳曰此高山

此地到高山有幾多路程 ○臣啟曰到富士山自此地大略 経半月餘致此山

□衆弟船前日見高山不暁然則是之此高山

○時英曰兄等見一高山是何日 德 五月二十八日

○時英曰向西見之麼 世 弟見此高山在西北

○時英曰山上白色麼 世 弟見山之雪満山上不暁何色

○時英曰必是冨士山 世 此山与高雲頭一見也

○此山最高聳半夜已見海中日出時積雪不全消独立於伊豆駿河

遠江之間 德 弟見此高山只是下面之山従東而起到背豈地水木

無矣衆弟當天拜求有貴人引船港取其水不知是貴國之地

○兄等亡見高山則必可知国地之遠近 □衆弟見此高山尚知何地之邦

○此高山叙引兄等是兄等天幸之所致

冨士山

○我日本宮室有牖有障子者是本方言細析木為骨兩旁建小柱下施板闌

圖使人之出入者即兄弟館所面見也南京廣東有此制者乎娥鏡玉名乎

□海中生有此物不是玉石矣○匡救問指障子而問廣東有此制乎□紙窓亦

有娥鏡白与紙同○窓如何而出入□窓有门好開樓上亦有窓

○门一名户乎□一門為之門户矣○匡救指茅屋而問廣東有此制乎

□是白土作篇銭○戱是何物 按廣東ハ茅屋ナクシテ白土ニ 屋上ニ塗土ヲナランカ □是之灰作

○兄所論者謂壁乎□内是掖外後面是墻 按此辟イヘシ同ト思テカ

匯 人壯中庸有藥可食人好第有一片可送暑天人若痛可吞

冷痛不可用人身中冷不可用此物涼也

○信利問冷庸之意我不審春夏秋冬之人身

無冷者固病有冷不用乎

□米下有病此涼病寒之風之病是涼病夏暑日照之

若病乎○千年首廣東之産乎 回外国来

○木審笑乎草寅之麻 是草寅世

○王曰人曰千年所養之者七八種是千年首方言乎

千年首

信利ニテクル 薬ノ名ナリ

王曰人モ所持セリ

是ハ足且任ル前ノ

凡ソ世

德圖ノ

卓彰

二頭 西コレナリ

傳

是ハ家ノ土間ノ處ナリ 圖メミセリ即紅壯

是土間ナリ

傳

□此物是大凉之物人壮中痛吞下可也人身中凉痛不可吞之○凉是何義□人身上冷气
不可吞之
○信利問曰貴国謂衣綿袷衣固然入綿用亦袷衣不言此□寒袷衣入綿秋袷衣不入綿
○長衣是庶人之服乎□類之　○女贊脂草　アナサノフナリ　ベニイロノ花ナリ
○諸木花何月而開　□正月以梅花開三月以眼花開　四月以蓮花開五六七月以洪花開　以書蘭花開　八九十月以百花了　十一十二以雨霜雪落地也
□船中之工事（タシカノ）不李（理ナリ浮）工事者是不尊船法之人也船法以重我衆兄言語三回不從以是船法行也弟以上船言我衆兄弟今以到貴国亦依
老先生情意多厚于愛苦亦言衆兄弟今可忍氣性情不可多言（コレハ船陸ノ上ニトモ世トノ等ニ）
（給事ヨリ衆弟叫味セシ譲ル衆口ヨリ用ニヨリ）譲之ノ樺嶼ノ自ミキヨエ進亦卿老ヘ訴私動ノ今欲車此船没無好萆麻（雷ヲセ大綿）
○清人治折傷之妙方□女草一亦塩錢末丱是前日光裕誤指飛開
戸外之草採而青汁吐自口以女草卷指忽愈日本之
□房洲海外漂流異国人之贖（コレハ三年前房洲へ吹ツキシ唐人ノ事ナリ）
☆本船無舵無蓬難去進港求貴国速
着以小船港内率進感恩不浅
○女草　ジヤフロウ　薬制　口傳
曰人直傳

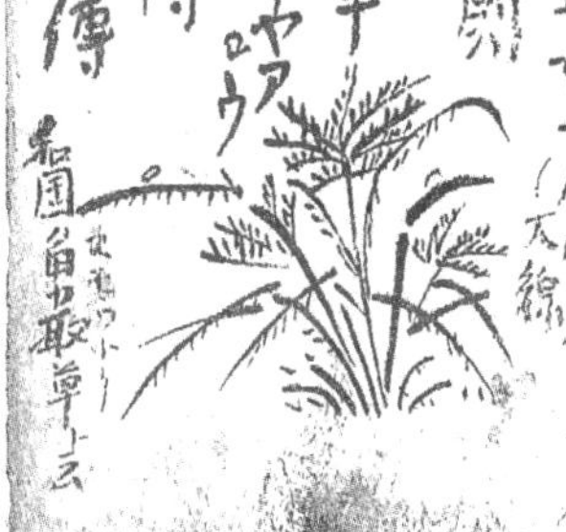

唐国自ヤ取草ナニ

△峨眉山月半輪秋影入平羌江水流夜發清溪向三峽思君
不見下渝州

石巻ニテ聞之ナリ日人音律四邑傳之伊呂波和音ヲ教ルニ
中ナラスカネヘカメシ字モ習ワセ也ナスヲ止ミ又

△伊呂波仁保邊止知利奴留乎和加與
倭国字母

太礼曾門禰奈良武宇井能於久世未
計不己江而安佐幾由女美志惠比茂
瀬世寸為

○不呑　王曰人酒ヲ世俗先称ニスムノミスト云ハントキイユリ

○閒　○室　○茶

△潮洲西商錢塞關海外秋風拂客顔思愁回郷何日到楽
頭遠望雲山　廣東潮州　澄海縣陳世德

○至孝　○礼義　○福壽　○忠臣　○花鳥　○日月　○篤敬

○口　○膳　○孟臺　○著　○飯　○不皿　○茄子　○大根葉

護牌之圖ナリ得難モノナルヲ私ニ写取モノカ　○今日ゼ好　○風

○卓案 ○婚礼 ○掟 ○鏡 ○美 ○屏 指テ同 ○葡 ○葱

○竿 ○草履 ○頭巾 帽子 ○鬢 ○爪甲 ○美女 ○盗人 チヤンメ唐云

○富士山ヲ画ニシタル紙毛詩ヲ書タル紙ヲ林介裕懐中セシトキ相川村逼辞シミタル

太郎左エ門スイナンヘトクリカヘシ云互ニスイナンヘノハムレケンミソノ紙モトサス曰人スイナントト言セ

言ヒチレハ恥タル色シラモトセリ 正音ハ友ブミシ白音黎宋言ハ日本音唐音モ相同

漢呉両音官語正語白語黎語四色分別有ルト云ヘ凡唐人ノ俗ハ日本ノ俗ト同

附會ヨリ樂譜言人

ダア正音シ ドハ白音ナリ

大 官語リ ダイト云ヘハ 陳世徳自書テ傳

○知朗謂曰人日渡唐之芭蕉可使清人書之云云

曰人和訓ヲ吟シテ以世徳ニ字ヲ賦ラセタルナリ

芭蕉桃青翁師

也琴與琴展得流芼之室門水

高矩閑國樂

嘉慶元年丙辰冬十月十二日

蝶夢ヨリ傳来書ヲ来 許六筆海傷

蜜園有リ

為日本陸奥州仙臺王曰人老先生 大清廣東有潮州府澄海縣陳世德書

右件ハ王曰人鱓翼ハ鳥ニ偏テ好事者ニ

○瑟○奐○高○雅○傳

天涯見日傾清秋東海莫義月華流深山本是之

神仙閣明君盡心憐客愁○慶秋王　九月祝天子萬壽

コレハ世德作ナリ

○古哲曰ムカシ唐人ニ筆硯見セケレハ分直○松蘇利ト書シトカヤ飜ツ尹曰寺書

日本人ノ唐音ツノ和訓ニ直シ手無理ニ點訓付ルコトアカラス誤有キナリ詩經ニモ

月居日諸出自東○月居日諸東自出ト有リ有ニ新酒○新酒有○雅俗ノ文音ナ

者ハキコナリナヤイトニ云フ日本ミノハサイトニ云チヤントニ云フラシシトニ云チヨシトニ云フシモシトニ云ニ

音ト和訓トニシテ萬事ニ推シカタカランカ明師ニヨツテ問ヘシ

○馬蘘漠　○麻手擱　○般若波羅密陀　撲呉ハ二音

ツンニ音ト云ハ漢音ト呉音ナリ
長安洛陽前後漢音ハ正音

○音シ引ク四聲ノヒキ同ヂレサル人ノ耳ナレハキノ字シテイトニ云ワル、ユヘケイトカナツケタリ

ケイトニ云言語ノ間ニキノヒキ有ルナリ珍ランカラス合口四聲シ明弁セハ得ヘシ仙タイ音

自昇ニカリテナニリ唐音甚似カタシサレモ曰人白音シハ傳タルカ切シ自昇シ難テ習得タリ

○世德是ニ對テ再會ノ作ヒヤウテノメノシイテヒヤウテトニ云テリコテモタウワンヤツナシイデヒヤウテ

トニ云ケレハ世德ハナツキタリコレ音律不通ハイカラウナツノヘキヤ字ニ音曰人曉世德ト書ナリ丈

王曰云今晩天氣好トスナテニ云ヘハ通ズルナリ志ハ子ツリテ四聲シタテニ云ヘハ不通

三十七

玉蔵先生○ニアスサンシポ、リヨツ、チヨシド、ハウハンヤツナンド、ハメパ、アツ子シ、ポ、リヨツ、スイサアン、ド、ハト云ケレハ何松ハ高クワライシテ然タリノゴハンバカヨ、アカメタルナリコレハ酒ニヨイタルモタハフレテ云ケルナリ

ノウシク知ヒリ
ユミモラス

東崍散人諸本ヲ扳萃シテ唐音便導ノ書五巻ニ編ヨリテ是ニタノミテ書ス、モノナリ

○将棊之圖 コレ象棋ノ事ナリ

碁ノ如ク十文字メニウツナリ

コミ子手行ハ世徳カ圖精微ナレモ備ハウメカワシキナリ局面モウメカハシキナリ

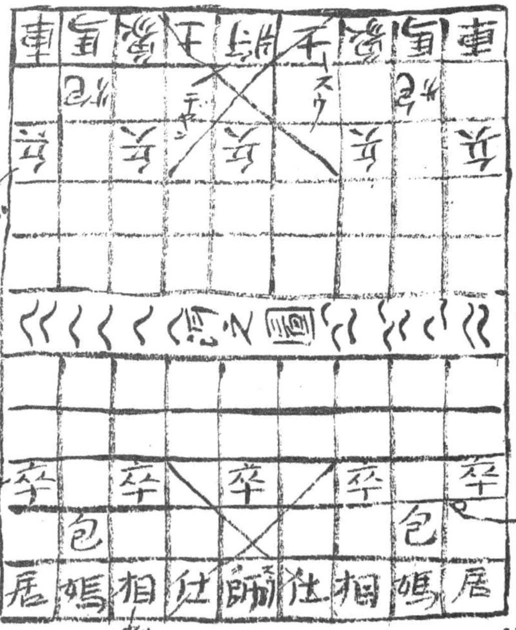

○或書[redacted]ベヤコレ圖有リ見合ノタメニ出スコレハ世徳自圖ナリ
世徳流ハ王日人習得タリ

將 ヂヤン 朱色ハ師横三間ツヽ行田ノ内出ス 師同シ

士 スツ 朱師ハ角ニ一間ツヽ行 仕同

象 セイ 一間四ニ角ニ行アトニモモドル事アリ 相同

馬 べイ 日本ノ桂馬ノ如トシスアトニモモドル也 駒アレハ行不能 朱筋ノドリモ行

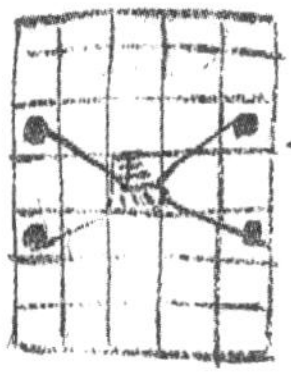

車 四方何間モ行角ニ不行 居同

炮 車ノ如シ三テ一ツ隔テ向駒ヲ取ル 不能 包モ同シ

コノ圖ノ如キハ向相取ル

兵 一間ツヽ向ニハカリ行 モドル不能川ヲ越テハ一間ツヽ四方ニ行角ニ行不能 卒モ同シ

コノ圖大ニ大明ノ書トハ齟齬ナリ
ヨリテ後ニ出ス処ノ圖ヲ可考

○星日人日[redacted]大明之時象棋局面圖式 ○世德カ圖ト照合テ見ヨ知ル人筆ヲ加(玉)(ト)

(師) 白方之師　(將) 黑方之將

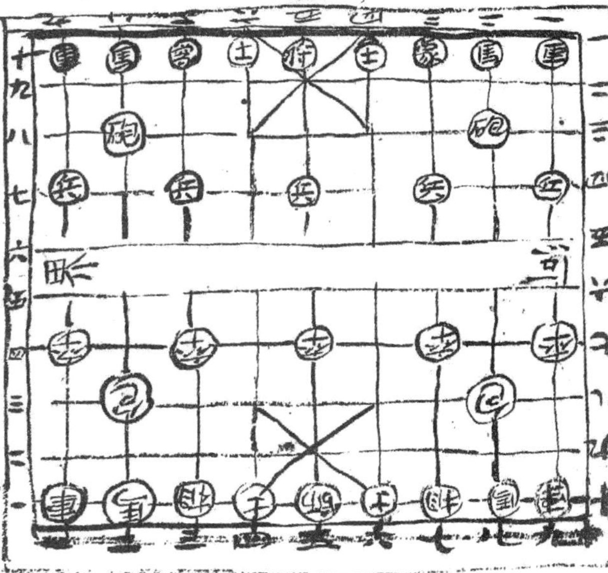

車四進七將　師五退一　兵三平四將
師五退一　砲三退八　車包一退五 打車
車四平五將　相三退五 去車　砲三平五將
相五進三　象七退五 將　相三退五
象五退三 去車　相五進三　象三進五將

○新 ○玄 ○和 ○象棋譜式
(御) 茶 サストモ訓ナリ ○守和

△行子指明
向彼行曰進
向己行曰退
横走則曰平

將軍不離九宮内　士相隨テ不出宮
象飛四方營壘　馬行一步一尖衝
砲須隔子打一子　車行直路任西東
惟卒止能行一步　過河横進退無縱

○中砲局
起砲在中宮　棋氣象雄
馬常守中卒　士上將防穴工
象要車相附　卒宜左右攻
居將砲車敵　馬出渡河容

○士象局勢
砲向士角安　車行兩路前
過河車砲上　砲在後為先
集車牽士相　仍教砲向前
敵人難不守　捉將不為難

○飛砲局勢
砲居辺塞上　臨陳勢如飛
虚陣藏象　衝前敵勢危
絶敵奇先手　無語自沉吟
車將車破敵　變化少人知

相三退五　象五退七 車去　相五進三
象七進五 将　相五退五　象五進七 将
相五進三　象七退九 馬去　和

△宜用心扎

象棋易習最难精　妙着神扎自巧生
得势捨車方有益　先棄子必定成
砲強己弱須兼守　彼弱吾強可横行
訣：此書胸臆内　會教到処有芳名

△勝宜得先

得子得先方得勝　得子失先都是輸
車前馬后須相應　進退應須要付事

△九変進退平守字解

凡云一進十以己局一路上手行至彼一路曰
一進十退曰十退而云一平九従己局在手
一路横行至右九路是四字局势内有変
字有九局　必有幾変喩欲之妙如盛
守是局只可守守和觀彼后有動静
如何宜細討之

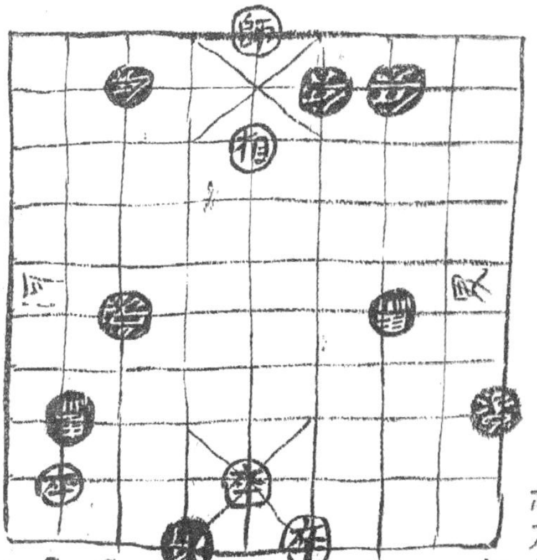

○象局势

象局势能行　先車出両边
車先河上卒　馬在後遮欄
砲急常行動　上士必相圖
相眼深防塞　中心卒莫行
势成方動砲　攻敵両河边
勸君依此訣　提将有何難

○砲車势

一車在中宫　鴛鴦馬上攻
一車河上立　中卒向前衝
引車塞象眼　砲在後相従

○最切ノミノ我カコニミノウタズ也
○雙陸ニ似テ已カ子ヲ引ク
モノニ見ユル世德カ圖ハ宮シ
誤ルモノカコレハ余カ閒ニ非ズ
故不解

兵六平五 将車　師五進一
兵去　兵三平四 将
師五退一　兵六進一 将
師五平四　馬七進六
卒三平三　象三進五 和守
不要打去
之局法也
コノルイカズクアリ

三ノ廿

割稻圖
打稻圖
篩米圖

日本仙台貴国君大深因心如天大之清廣東漁船四衆弟受大深恩蒙且所賜
物件甚多今又賜美白紙一百把各人二箱又賜珍珮金巤二百入一箱又賜大美袍
衣巾帽又扁箱柳小箱又足袋二十八双各一人衆弟多受大深恩大如天
貴国君慎正仁徳之明君中国廣東漁船漂流到此貴国貴国君尊愛院
衆弟何時得報大恩今又欲送衆弟回國回御四衆弟回家之日家中父母妻子
大喜知其貴国之大深恩及其御奉行縣奉人等亦知貴国君之大深恩及貴国
官府老先生御老先生之恩力

日本寛政八歳十月
大清嘉慶元年丙辰歳

廣東漁船 衆弟拜
陳世徳拜ノ書

巤艳ノ[illegible]
帽ノ圖

口是ハ君上ヨリ ヨシトロメンノワタ入長衣十四品 粉紙百帖 柳ゴリ一人ニ 大ナルワツノ[illegible] 黒[illegible]ツヅ[illegible]斤[illegible]十四
ツキン十四人ニ
汪曰人云
口第陳世徳 兼テ 第ト云フ [illegible] 謙退ノ辞ナリ 滄溟大人隨[illegible]答汪ノ正 [illegible]
部ニハ 口何難[illegible]詩遊是酒人哉。弟[illegible]有兄弟之[illegible] 云フシヤレハ[illegible]
弟ト用イタレハ 拡着自分ト云フ[illegible]ニカツレリ
口仙人ニナルモノアリヤ 曰天然ニシテアリ 薬ニテ仙ニナルモノアリト云リ
世徳曰
口北京之地 嘗有貧人 落霜之時 天大寒[illegible]
有[illegible]多美与貧人同眠 [illegible]其無衣而不[illegible]
口義氣ノ[illegible]
口[illegible]貧人[illegible]愛[illegible]故有[illegible]

衆必亂紀助令見人即近邑所謂真義亂也
○摘識ニ家亂知數恩況於人乎哉亂三ヲ
可愧然世間不識之吾
○ミニテウノシスルハ
ヌスミ取ホリ
麥飽トテ云ヘリ
○日人五城翁諸日ヤリニ草ト日本ニテ云ノ巻出稲泊ト津ト
ウヲ長崎ニテノアサセク情客商人ノ是ハシテ
ラルニ汁草唐地ニナシトモ云ヘリ酔ル草ナエヘ
此地ニテ酔ル草ナナシ民備志毒母菜之部ニ[redacted]ルニ
蔓苞四惟花也是ノ花ヲ用ユ恐ルヘキワナリ
ミシメラ千京ナ園中ニアリ大毒草ユヘ皆ロ不植
○毋葉ト云草斑猫ニカエテ用ユ俗ハ仙人草ト云リ
仙人草別品ナリ蔓ニテ秋細白花ヲ生ス桃生山家ニ
ダシ南部ノ庄ハ此草ヲ土蔵役トシテ汰山例ハ家法ノ
芸菜トシテ雪ニミシテら（モウトナン）大芥ト云草モ
○馬ノ歯ヲトシモ斑猫ノ代菜閣菜ヲ用醫家ニ
ユツリテロミニモラライ

○造酒加行
○番白廣東造酒ソ之精州名草米糟木
古三色雪州成酒又方ち米作成糕糕得三色
剛酒
○廣東之人有病吞菜則喰魚不喰牛
不知其茶法是何
○五城翁日本邦菜法ち其地法大同故為
家禁忌之物同之醫使病人不喰禁忌之
物喰禁忌之物
○東岸先生菜遠禄一部
ヲ作為シタリ此序ハ
東岸先生ノ自筆ナリ
女菜
此草菌ヲカクニ
妙チリ加味アルトイエリ
ツケルト直ニカヘル
フ己豆ヨリ甚
見聞シタリ
餅ヲ吉ニ
ナ用ユナリ
毒ヲフサウ
アトソ
○カララジコト云菜
二日立イニ吉し
せく文アリ
果亭
アサギ色
モ朱色ナリ
如斯
大サナリ

ヨリ二十

以筆代言巻之五

日本王日人国字譯

漢文ニテ土俗ノ見得カタキヲ以テ和語ニウツスヘシトシキリニ請故ニ右字ノ
タメニスルニ非ス董世家ノ和書カラシカタメニ書ク假名ヲ以テ

○陳世徳カ伯父儒家進士ナリ幼ナキコロハ此家ニテ学問シタルトナリサレト貧家ニテ世ノイトナミノタメニ文字
タリトゾ大室ニ来ルコロハ至テ能カミ手書ナリシカモト学ナクシ故ニ自ラ書モ直タリ大元國集文郁家臣ニ
テ武士ナリ系圖有リ按スル所カ伯父ハ薬店ナリ薬種モ安覚シチリサレト陳世徳テ三回テ林氏ニ問ヒ比ル
故不答ナリ○南極星ノ見ユルタチハ唐土ナリト知タルトナリ南極見テ東洋異国ナリトカトヤ
漂流ノ中大魚ヲ見龍ヲ見ル大魚ハ元ヲカゾヘルホトデ有リシトゾ○日本モ四月初七日ノ颶雨ヨリ朝ニ大へ
リ廣東モヨソシケニテナカサレタリト答○大室デノ颶風字ハ漂ト音同故ニ颶ハ相通ユヘニ颶風ト書
国ナラハントリ漂風ハ心ナリ○日本ノ人物ハ唐土極天ト云○福建章州ノ筆書ヲ合セ用ユン
ホカハ無ヌ廣東モ合セ用ヒス潮州モテノウナシン○和ヲ大黒ヲ華ヲ大狗ト云○潮州ノ景ヲ略

役水塔　高五十丈高サ

塔高百五十丈石ニテツク上ニ鉄胡盧有リ
○潮州府城門外仙子橋有リ船ハシナリ船十八艘橋二十津文公ノ孫仙子ノ作ルトナリ橋ノ余
龍盤宝塔有リ別ニ鳳凰臺有リ一竹アリ風音ナリ一銭千ヨリタヒヲ接ストナリ
○三早州一外潮州一外廣東江西ニ外温泉アリ頭湯ヨク卵ヲニルナリ○廣東ニ庫
二十二三四石収○陳世徳日本山色ノ海深キ廣ハ海ニ遠山近ハアサシ○蓮以倫上山ノ上ニ池有蓮
○大陳徳外ニ十山ナリ東風ニテ出帆ナリ西向キナリ○韓文公祠潮州府中数外ニ有リ
薩子膳カ辞文ニ秀リニ及テモラス鱷渓ヘ六十餘里○大室ニ居ルアイダ旅愁ナクサムヿ無カランニト云キ大室
山海美ア異ナ冷ヲ渓ヲ此ニ工ストナリ岳徳曰富士山ヲ何ユヘ芙蓉ト云答曰山峯八葉ニ分レテ

形蓮花缶シ○箏初生五月十六月盛 ○カラモス、ハラヒスルガ爲白指竹此處ヨキ月ヅミ竹光ル竹
日本ハ臘月十二日ナリカラハ定日ナシ○十二月廿四日桃符門神春帖福 鹿頭和合諸図カ上ヲヒ
カ紅イカミヘ字ヲ写シタルナリ○カラノ僧十二月廿四日仙来湯ヲシクレルカナニ藥味ヲナヤ、爲「蘆米」
「乳服干」「燕米」ヘ瓜獅君「香菜現在米」ト同跳湯○問人日五辛盤ニテ七種ノ供奉有リ
ソノ廿米ナニノ管正月初七七色菜ニテ食ヒ○大菜（ダイサイ）「白菜」「阻蓬」「比菱菜」「僧菜」
「重阿菜」「春菜」ナリ 何草ヤラ日本ニテ知レス○二月初一日花朝トス○二月十五日佛入涅ラ
ニツルカイ三日カラテハ清明之日祭祀爲春三月三日祭首ナ○丁巳元旦志村公翰護送ノ手リ紙ち
清客十四人来テ渇書曰「今日是新正元旦伏惟 五城老先生上旨日高昇外寿如南山福如東海
萬事如意大吉 加肃 正彦（カテトラ口）歸家方来拜」ト書テ持来レリトツ
上中下
○元夜ニハ（カサリヒ カケトウロナトノワ）戯火之竹甚多火炮（ハナビ）小紙竹馬ル音撒果影戯ナトアリ男女遊戯スルナリ日本ハ
七月十五日ハカリスルナリ日本ハ元ナリカラハ土元モスルナリ（トモリ）
○四月初八日更衣同唐 劉禹錫曾称自是曲曰「稍嫌喧裕童初博故元同」日本ト同クアワセニ換ル
○携先裕曰唐京ハ男ハ七寿ナシ女人ハ七寿ス○楊謂老先トヨンクツ蓬吹繫东ツ外东胡卿之人
今ノ六十有餘ノ生今ノ時康健ナリトツ○七尺半高人有リ三尺ハ九寸ノ人モアリトリ
○秋先裕ナ女子房ハ姓呉氏名長花年二十ノ世德婦姓印名為芝蓮年二十有三
○天生人ハカノく図ヲキヒシノ守テ入レズトナリ○浙川ノ女毀南京尚国くニヨリテカワリ有リ
出竹ノ作ハハナカンサシサイ 塞夫ニハヒタヒノ上ニ辺巾（ボウシ）ホムリモヨシノ如シル一所中ノ彩ハ三百銀ノモノ
シテキルトナリ○大シラク庵ニ遊女十六ハ有リ今ノ官府禁メテ今ハ無シトリ湖南地ニ斗有不移モ
○昼德ハ昔湘楊臨ニ謫セラレテ廣之公在リソノ日浙川ノ人礼義ヲシラス始ハ学ヲ文シテシヘ
ヲヒヒシトナリノ王曰人云是一事ハ古文眞宝ニ韓子膽韓文公碑銘ト蘇節ジヲ答昭

三ノ五

〇巨人長サキノ吉嘉月丹五月庵ノ鞦氣ト云モノヨリ時々月餅ト云モノヲ送ルニ橘官ノ甑ヲ以テ蒸シテ油アルモノニ
シタルモノナリ二寸バカリノ大サニテ中ニスホウ色ノ寸バカリノ角ナル下アリテシテギウノアジ云本ノ實ニテナニシ入テ
アブラゲニシタルモノナリ　橘皮アフラアゲモ同シ　羊油豕油ナルヘシナモノサキ味アリ
〇介人ニ及ビ長サキヨリ四国ノ時和人ハ情浄ナリ蘭人美人ハ悪臭白毋ナシシクリ舩中リサクシテ入カタシト
云ヘリ和人ハハノサキフナシト云ヘリ　獸食セザルユヘナリ
〇巨人思桜スルニ獨活ノ食スルハ発汗スモ巨シ食スレハ降ルスヘテ食物ニテ心氣正邪シナス牛馬
羊豕ヲ食スルモノハ牛馬ノ心ヲシ自然ト横ハ塞偏アル氣シウケテノカタオチナリ津輕ノ人鯨ヲ生ニテ
膾ニシテ汁ニ煮テ日ニイクノ丈モ食スルシミル四月アタナリト云淮南子神人ハ輕為ナリトアレ氏金ノ[illegible]
〇非捕正成伊達安藝片倉小十郎松前節之助等忠伐天下ノ上鉄石心糸ヘシ預譲カヒクシ人名
称スルニ巨人イブカシ歟ニアイテチナシクシノ歟シミノカシ衣シサシトシスハカリニテ主人ノカタキシトリ人名
分ニスマス丁ハ日本ニテハセヌ丁ナリ評定タルニテ議定セニ油断ニヤ伝ラン片倉等ノ態ニトハ自[illegible]
同シテ云カラス大石内蔵之助カ主人ノ諫メズ成ズニテノ歟井シナシテ主ノ家亡シタルモノナリ
ニハナルマジ臣タルモノ誰々モ歟ハトラテオクノヘキヤ々ハ太平治乱平生ニ武士ハ武者修行ト心得
油断セズ加賀ノ大臣大田土佐守カ礼儀ノ何流ノ兵リ伝授取リシヤハシラノスカスハ
三軍遍狐疑ニ過ストカヤ孔聖夫子仁義ノ軍ノ旨トシテ正実ノ術ニ目ハカケ玉ハス
向所勝サル丁ナシ義ノタカウ丁ナケレハ丁ニテ又理ナリ大道ストレテ仁義テフコルト道ストスルナリ
平生ニ百事ノ太平ヒトヘニ是　東照神君政宗神君ノ武威ニテ我[illegible]
汗馬弓箭シハ外ノ両ホウカヘ羽サリノ働ニシボヘ筆ノ書詩文ナレトモ[illegible]
アリカタサ誠ニ聖代ニ生レ合ヒタル壮会ヒ此上アルヘシ英雄モ人ナリ孟子モ人ナリ

奉送別奉使護送廣人志公轍志弘強二先生歸崎陽　王日人撈別

臨別牽衣留不留，離情直是向歸舟。
布帆爲遣微風遂，疑乃凌雲到九州。

其二

舟子無心不識愁，江天萬里去悠悠。
請看別恨添明月，一清光送君游九州。

○王日人曰：汝等漂流而到神州，一旦得父母妻子，爲沒可不堪悲，今亦回鄉縣，爲樣全可不堪歡喜者矣，願爲

王日人云：我今送別來。陳撫德曰：曉、、弟有失禮

老先生厚情謝、、

日人亦曰：於笑室濱一別，復於石巻港相逢也。兄等今日回

御國，中國之父母昆弟可喜，本州之仁政實永住仙臺矣

世德曰：諸位老先生厚情，衆弟是漂船之人，不曉禮，得罪、、、

林炎裕曰：老先生愛衆弟之情，無物敢謝、、。老先生作詩，弟可書

陳讓光曰：逢老先生，絕回厚情，拜別

日人曰：相別可送字，日本爲永寶也。世德曰：明日可書

世德曰……

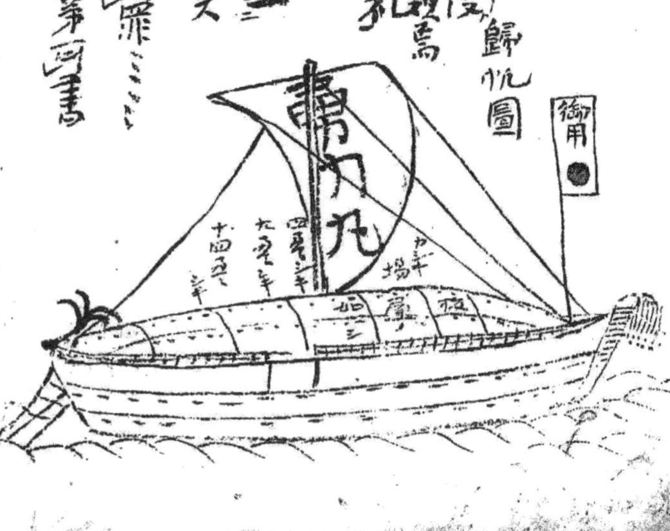

歸帆圖

三ノ十二

送別陳世德還廣陵即事　王曰人船上無紙筆以指書席

歸舟憶爾上空虛。蠣壁揚州萬里餘。旅館永留王粲賦。離筵遠得季鷹魚。千艘鯨噴沫鯨鯢久。[redacted]驚霧初否矣重溟南越遠隔年日月奈音書

石馬踏濤[redacted]

長崎奉別陸奥州石溪先生　廣東陳世德

清風憶昨拂雲開。邂逅蓬萊君吐鳳才。万里東西逢送客。同船殷勤渡海來。今朝分手情難忍。別後何忘馬中陰正知錦衣帰国日慈親平安待君回

同前　廣東林光谷

扶桑西海長崎限。万里波濤送客來。無奈今朝分手處。深恩未報恨難哉

○殊外寒而極之寒哉　日本曰人白　南京陸雲和曰

○落花落紙無所書　詩成吟誦鳥和聲　此句ナカサキノ蔚風カラノ狂ナリ

一日拉百花共見日本曰人白賦以賜之　外ニ本紙在リ略ス

泉田時氏　太陽君ナリ

文勤芳名人自知風流稚奥弄毫時錦瓏數字聲如玉酱田造詩仙
不你誰

戯送日人翁

春日青葉城上直以後到泉田大夫館陪宴酒闌賜詩及舊作

清暦白楮依而賦以奉酧同事　遠藤日人君與

奧路春寒縣未開仙城擺雪翔風来鶏鳴入直先析坐漏

盡加餐命駕回憶昨樓中觴出没謝今旋下月俳徊高韵郢

曲狂因賜愧巴詩難得催

清書スベシ

水晶コツプ

あをぎやうしんホリアリ

○長サキ韃風ヨリ蘭人持ワタリノ水晶ノコツプニ送ル西海ニ松前昆布買テ外ハツキウシ国ノ合所一ミテ
シクリ来ルニソノ器ヲコナウス紙一重ミテ裏ミタリ天平ノシルシアリカキワナリ乱世ナラハ
イカテカルヘノアルヘキヤ唐土ミテノ太平ヲ三度見飛ノアワセ金アルコソ恐ルトナリ天子ノ
金ニテモ唐土ミテ巡トルトナリ日本神国ニハ主人シミステ、他ハヘ王ヲ我スルモノ一人ナシ
大平ノシルシ道有代トハ云ベキナリ

三ノ十三

以筆代言敍

凡覆載之中不出目兩口則何邦無禮何人無情隆然之境限以海分其音亦隨焉我限以海之内合爾情而通然令把臂乎一堂之上侏儒䮷言聱啞絶倒耳胡辯明彼我之旨殆甚道不能抽明果哉果不能采鳩摩羅什隱四十二章自翻譯釈之道大行東

漸遷之昌也。詳自天降乎。況三藏師後識
語出。雖阻以海外乎。舟車之所通。又姑舍
哉。不辭不揩。不明不揩。已于之何道。不識首不
思索乎。王曰人皆海外人。把臂乎一堂上。飛耳
於北溟。圖南於掌中。九萬里咫尺。照云歡
笑。示歸拜馬侏儒暢然歟。吾嘆喬彼我
絕倒。使平子雖如何爲。句如草。至言致廣。

三ノ五

大盡精微其妙三尺使此錦爲齊魯念彼人
旅居九夷謂亦可也其邦原同關文明誰知
哉式勤有功國華日人之意在斯乎之曰
錦乎已既其蕙纏素祠領及會津儒士東
郭花牧諸彥亭貝備之又何言矣

寛政九丁巳歲秋九月

後樂齋謹稿

讓以筆代言發對契海氏潮醫生

始余在東山時聽有滕氏人未弱冠慕禮經樂文賦風詠象甚茂雖他諸技無一不為稱天縱多能也厥後遷居于斧邑視氏之文賦風詠及諸技所著作乃如東山之聞也而無何氏之構業於斧邑市駅之傍間亦竊教授生徒于城之貝亦備所謂有文事有武事者也文賦風詠今猶不改雖紛擾塵陷之間挫抑所不能屈人之稱大隠海氏潮醫生為予語不已至是始知滕王曰人瀾齋秀才考者則滕傳門雅伯也予往昔交已有年而不問至今雖為有災故何瀾實予非人也頃以筆代言生是秀才所著也後禮修經文賦風諷他技庶加之書画雅而不俗多々益秀徹豐重始所聞氣象茂并亦可知也讀之

三ノ九五

坐上忽海上生奇觀。如蜃氣幻起梁間耳。此舉也未足以見秀
才之材。然既是所對異國異音。談何容易哉。妙年弋器斟英
氣相秀發。試一吐之。則吾邦蕃賢。因此足以示其所常加之
彼地禮典所存。陵刑所出。百官之富。宗廟之美。辨同異。序尊
卑。自犧尊俎豆。金木錢竹。龜珠齒角。列鬼神。達冠昏喪祭
至閭巷市肆。衣服帶裳。屋宅楊廗。土俗之航同。巴歌童謡。圍碁
六博。村夫婦子。擲中原之蔬。遺秉滯穗。寡婦之利。輯者數百条。
山嶽江海。所有草木鳥獸。風雲萬物之象。若其與經歷游覧
歡語。不唯少文。画頓飛揚。司馬浮湘矣。重潮生至。傳說跋尾
數附拙語。予受再閲之。曰。今夫試令人邦内名蹟。郷里之事
故。雖邇乎。有志之乎。即志有能載其細。若親見乎。里音異
國。數千百事。縱横環海巨億萬里。能志之。有是哉。立言如

亟有是哉。文唯其有之，苟難誦乎。心不易記。心不易記乎，從之無由。詞章不可已記誦，不可廢。誰闢捷徑，雖道命德仁，以何傳焉。文之不朽，心之不暗。我思古人，獲我心。未嘗不欲讀一字，編群玉之右，況於有道家之好乎。予本不例探觚家，知之淺識之不溥，所人之知也。知而命。今始習人以不敏不可讓。當表信圖也。憾鋼未解，豈非其罪也。可辨鳥語，畏敬而辟，似不息者。因以今未有所言。唯三嘆而掩卷還對，瀏生反復報，刮目於秀才之盛業爾。

無一長著稿

○四目兩口 三國志又通鑑 ○侏儒馭古 孟子 ○平子絶倒 蒙求 ○鳩摩一一 佛子蒙求

○北溟圖南 轉用 莊子字面 ○辨明 廣大精微 中庸 ○喙三尺 荀子 ○居九夷 論語轉用

○赳〻干城 中原菽 寡婦利 獲我心 各詩經 ○詼何一一 漢書東方朔傳 ○大隱日

○辨鳥語 論語轉用 文事武事 不息者 各論語 ○畏敬辟 大学 ○不朽者文

不暗者心 于鱗語又見侏〔?〕唐詩選後 ○少文卧遊 蒙求 司馬浮湘 史記 多〻益辨 史記

示
○忠士轍曰官府已有定議備舟槽載薪粮教你等回鄉因為遣官吏以下數十人衛護你等我亦受官命為船中總管你等凡有持疑不便或不便之事可告我我為你等取便叉本州是個去處名石巷閑船可以到長碕你等全員同上歸路實可謂大幸矣然須看定了天氣好風順波靜時方得開船如不然胡亂開帆到江外遇着風波進退多難你等安意候期

○謹而暁得　陳世德　林光祐

○慮（キドクナリ）

示
○自你貴鄉到此海程不知幾千萬況遇着大風在大洋中東洋中東漂西泊有數旬這是多般苦事誰能恙之今妻你等無恙可謂天幸也

○謹而暁得　陳世德　林光祐

示
○今第時恭遇前受官命再到大室澶真你等救晉筆語解任歸家爵為語曰世德光裕二兄雖則漁船之人戲佗後世家道如此光成加之會得寫字填個而況漁為生者了故無相會傾恣膽講說平生之懷亦可謂奇遇也這次間你們全員打張寧西鄉國順風走洋大為安妥了多々善致意衆兄弟則個詳細在個書中云

示
○前還是相浦加眞港有官舍置衆官員凡有過港船室問其情由照檢其所装載船人出刃信文書官人查看一遍無有所疑則乃許開遣去該作

舘姓名及出港之時日皆須從實説要免差池

○船内禁約

呆須知人舎口角爭論厮鬪毆 ○不須倣假話兒説惑人 ○倣叓的人休要放蕩
怠慢混揮公叓 ○船中的人各守己分不要 唐突無礼 ○大禁賭錢
○須要謹慎火燭 ○若載什物要同船的人各々眷實識得牢記無
失誤且船中狭小叓々多不便了 総不如意的叓且下且忍耐些子就是了
如有違約拗挨之叓不得不依法問其罪

○唐

一 二テベイ 三デユ 紅毛国員数
三デリイ 四ヒール 五ヘイフ 六セイス 七セーベン 八アクト 九 十
一 二 三 四 五 六セス 七セーヘン 八アクト 九子ーゲン 十シエン
大概云通詞 蘭学楷梯 進ミヨル

本清音 一ウン 二テウアー 南蠻国 四 五 六 七セイス 八 九 十

一ウン 二ヌウズ 三ヂイス 四 五 六セイス 七セイト 八ハウト 九 十テイス

○一 チエツ 二 ノニ 三 サム 四 シイ 五 ゴン 六 ラン 七 セイ 八 ポイ 九 カウ 十 ヂヤン

廣東白音

コハ廣東音白音ナリ

○梅ノ時ハ ○廣東ノチン酒盛和人ト同也

（チエン ホワイト云）

一箇冊 イツコホアイ 二箇冊 リヤンコホアイ 三箇冊 サンコホアイ 四ーー シコ 五ーー シヤコ 六箇冊 リウコ 七ーー セツコ 八ーー バツコ 九ーー コウイコ 十 ジイコ 齋倒

○朝鮮國 一 ハナ 二 トウル 三 トイ 四 ソイ 五 タソ 六 ヨソ 七 イルコ 八 ヨトル 九 アホウ 十 ヨル

○井テヤ國 天竺ナリ 卯度

一 ユシカ 二 トラス 三 テレス 四 シテシイ 五 セイセイ 六 七 セイテ 八 シイテ 九 ニーシ 十 ヘンテキ 百 セレン 千 トン 万

○チンスル者ニ出スナリ クロトク

蘭学子煽ナムラランドホノ学子ヲ大槻云澤ニユツリテモラフ

咽ヨリ音ン出シ 長崎ム佃屋産 鼻ニカカリテ習得カメシ 時林芝輔ニ巳人鼻ヨ フサカレタルカ不知ナリ 林芝禮漢音ナリ

解夷人数量策田撰帝夫街 實ハ児 ツナシリ軍師 ユツリテ矣ニモラフ 之ヲナニ

日人神人圖（夢）

夢裡分明

与日人舞

花神月影其

遇物也髣髴

架出空中許多

欞閣春其名

吾意之

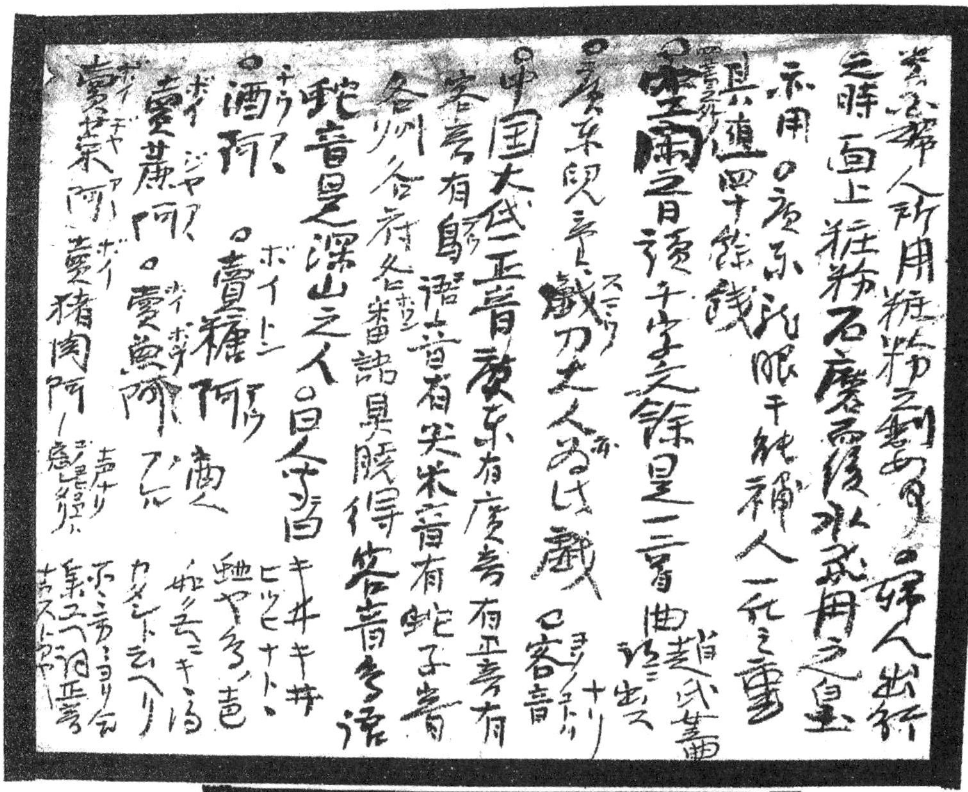

○婦人所用粧粉之剤也 ○婦人出行
之時面上粧粉石膏而後水或用之皇
示用 ○広東説眼千純禪人一元之重
其価四十餘銭
○官商之音讀千字文餘是一音曲
○広東呼之人曰識力大人而呼曰識 ○客音
○中国大抵一正音 広東有広音 有正音有
客音有島語之音 有尖米音 有蛇子音
各州各府各邑諸異 勝得客音多語
蛇音是深山之人 ○曰人字曰キ井キ井
○酒阿 ○賣糖阿 商人
○賣薪阿 ○賣魚阿
○賣米阿 賣猪肉阿

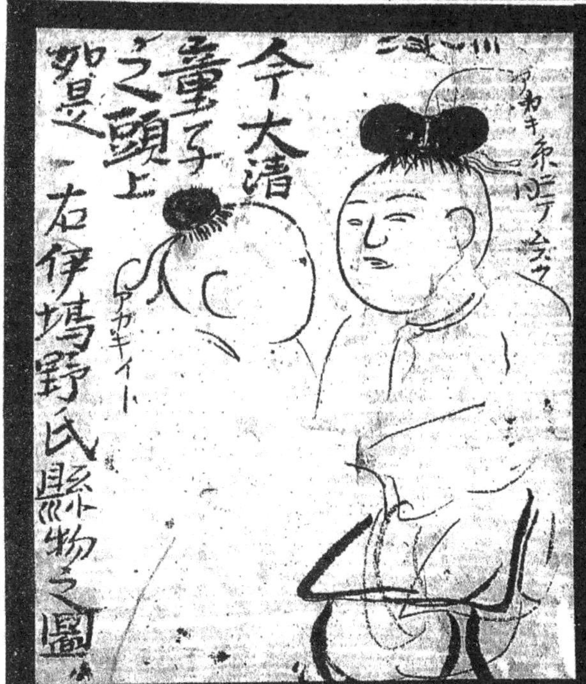

義溪詩集

安南范敦仁（一八六八年進士，曾任河静按察使〔一〕）所撰《義溪詩集》，寫本，殘本，長28.6厘米，寬15.7厘米，六眼綫裝（康熙綴），封面有題簽，無序無跋，無頁碼，有紅色圈點。該集内頁深棕色，内有黑色字幾行，有的由於紙張剪裁的原因無法辨讀，其中可辨的是：『嗣德十二年二月二十六日。』左下方有署名『範輝□（運或蓮□）』，并有方形墨印一枚，印章模糊不可辨認。封底前也有一張這樣的棕黑色護頁，模糊可見寫有文字，但僅可辨『嗣』字。詩集中有評語。

据臺灣『中央研究院』越南漢籍目録，得知《義溪詩集》作者爲范士愛，字敦仁。東洋文庫藏有范士愛作品。復旦大學出版的《越南燕行文獻集成》中并未收録范士愛的任何詩文集。

從詩集内容來看，作者似曾到過廣西，并游桂林一帶，交游唱和。且其祖籍恐怕也在廣西，如《記桂林會諸友》：『萬里關南屢刮目，十年江北故族心。歸鴻欲度千山月，好鳥空傳隔樹音。寄語滿（後缺）。』

此寫本爲不全本，據字意可知，第一頁開篇八字爲前面一首詩的文字，但前面的内容均已脱落，故不知具體内容，開篇八字爲：『是。正思戎馬淚沾巾。』此後還有一首七言詩，無題，估計與前面的應是同題二

〔一〕據單周堯主編：《東西方研究》，上海：上海古籍出版社，二〇一二年，第二四六頁。

首，今録於下：『鄉迷江樹淚空頻，何事浮名絆此身。才子風流難定見，文章心事每相親。莫愁前路無知己，若比同心是幸人。珍重彩衣歸正好，園收芋栗未全貧。』從詩意看來，是送友人出征之作。作者在該詩集中多次引用唐人詩句，如杜甫的詩，可見其漢學功底深厚，并熟悉古典詩詞。詩中還有集句詩。

從詩意來看，作者與杜暉甫、高敏軒等交往甚密。集中有多首詩涉及交游，如《和高敏軒游西湖漫吟見寄》，此『西湖』可是杭州西湖否？待考。另有《憶西湖春景因寄河内諸親友》。有《聞河内故居失火》，可知其故居在河内。又有《憶河内諸親友》。

從詩集内容來看，作者與北行官使多有來往，其中有幾首送某某北旋詩，另有一首抄寫并不完整的詩《續何閣老、吳郎中九月九日登越秀山懷陸大人之作》：『秀峰下見趙王樓，漢節何年此地游。不是使星重到越，未應（後缺）。』又如《餞翰林侍讀阮黎光充如清副使》。全集并無目録，今據詩集整理部分詩目如下：

《上疏請外補就近養母，允請喜題（由辭禦史職）》《代母親喜題》《題畫蘭扇》《訪高敏軒暮回 次敏軒所贈原韻》《廣昌莅日思家集古二首》《京中思歸（集唐二首）》《早起》《餞快州知府阮之任》《記桂林會諸友》《端陽前一日邀諸同心》《暮訪方亭宿館，方亭爲鎮海城之遊 舟行席間喜賦》《與杜暉甫對酌話 適冬至後一日 夜雨偶成》《重派董理清查順慶二省》《登感山寺》。

就筆者管見，目前國内論文談及《義溪詩集》的，僅有王小盾教授所作的論文《略論日本所藏越南漢文文學古籍》，[一]文中著録其版本資訊如下：《義溪詩集》，寫本一册，三十五頁，首尾皆殘。范士愛（一八六八年進士）詩文集，存詩約一百七十四首。王小盾教授還指出，日本所藏越南文獻，尤其是越南漢籍，『不僅有特殊的史料價值，而且有特殊的文獻價值』。[二]關於作者范士愛的生平資料極少，承蒙長期在越南河内從事研究工作的大西和彦教授的賜教，得知范士愛（一八〇六—？），海陽縣平江府唐豪縣張舍總忠立社人（舊地名中的總、社名所用的漢字未確認是否正確，漢喃研究院網頁上關於《義溪詩集》的提要指出，范士愛爲海陽省唐豪縣中立社人），范士愛是阮朝明命九年（一八二八）的舉人，後黄甲（也稱爲進士出身或第二甲進士出身），歷任禮部員外郎、禮部郎中、河静按察等職後，被推舉爲兵部侍郎兼嘉定試場正主考。現越南漢喃研究院藏有《義溪詩集》抄本三種，篇幅在一一六頁至一二六頁，均高27厘米，寬15厘米，提要指出該詩集爲范士愛的詩文集，另有表奏、啓文、帳文、祭文等。附有黎峻、阮思僩等於同治七年至八年（一八六八—一八六九）出使中國期間所作的詩文。《義溪詩集》也被收入《立齋詩集》（詩集合集）中。范士愛的詩文集除了《義溪詩集》之外，還有《唐中范敦仁原草》，藏於漢喃研究院。

越南學術界關於范敦仁的研究并不多，現將其研究摘要如下：

《范士愛致高伯適的懷舊詩》，刊登於《漢喃雜志》七十—七十二頁，一九九五年第一號（通卷二十二號）。該文是對范敦仁在順化期間（一八三五—一八四〇）寫給既是自己學生，又是親友的高伯適以表示懷念的詩集《憶高敏軒》的介紹和翻譯。

《關於范士愛的籍貫和生卒年》，刊登於《漢喃研究》四十四—四十六頁，一九九五年第二號（通卷

[一] 北京大學國際漢學家研修基地編：《國際漢學研究通訊》第四期，北京：北京大學出版社，二〇一一年，第三三〇頁附表。

[二] 北京大學國際漢學家研修基地編：《國際漢學研究通訊》第四期，北京：北京大學出版社，二〇一一年，第三三九頁。

二十三號）。該文經過調查指出，范敦仁的籍貫是海興省美文縣，生於一八〇六年，卒於一八四〇年，享年三十五歲。

是正思戎馬淚沾巾（原有兩人）

鄉迷江樹淚空頻何事浮名絆此身才子風流難定見文章心事
每相親莫愁前路無知己若比同心是幸人珍重綠衣歸正好園
收芋栗未全貧

上疏請外補就近養母允請喜題（由科御史職）

玄毛未許雪花侵栖柏烏還戀故林寬著繡衣鸞體瘦察粘
慈線覺情深自家且近龜山腳有母應行若水心
聖代正方隆孝治小臣微悃十年令

代於母親喜題

浩浩甚嚴是蓬萊哨算行期半歲來祿養何人知善養不才不子莫言才憂深花以宜男解孝動爲知哺母回依首絳紗门裡捲如今且寫宋兒闲

題畫蘭扇

公子来何暮，佳人恨未忘。薰風吹不斷，出谷有清香。

訪高敏軒暮回次敏軒所贈原韻

園亭人醉落花朝，好鳥幽窓隔樹嬌。興到多時應独往，何来一日為相邀。移人緑蘭香生几，送客黄昏月上橋。路入東華淳不覺，滿城燈火正歸朝。

附縣山西安山舉人薛南阮先生詩

廣昌落日思家，集古一首

不知何處是西天，零落殘漶倍黯然。多病所須惟藥物，（吃鴉鵑）為官不取一文錢。高堂明鏡悲白髮，（母老髮）天上恆娥愛少年。（妻少笑）自是不歸歸便得，西樓望月幾回圓。

京中思婦，集唐二首

十年船繫未酬身，水送山迎入富春。生理惟憑黃閣老，（時有黃閣老官資每月二十貫以供烟政）無金寄與白頭親。由來習俗輕文字，（辰院內有官所惡）未見古今爭賦質。日暮閑卿亦殷

海月當留清興到南樓

早起　旦氣正融融，旅齋客夢慵。池塘新雨後，城郭曉霜中。對座山千疊，當簷菊數松。欲為園圃學，却謝灌花翁。

餞快州知府阮之任　快州界首是吾州，萬里重來擁壯遊。賢勞娛親兼白晝，江山送客入清秋。長卿前記橋當路，小謝新詩月滿樓。槃錯從來資利器，知君到處播聲猷。

寄桂林會諸友　羅城一別到如今，回首西風思不禁。萬里閩南虛到日，十年江北故鄉心。歸鴻欲度千山月，好鳥空傳遍樹音寄語滿……

端陽前一日邀諸同心

疾病相關久閉門海天風雨逼黃昏安知一夕同心話併起經年旅夢魂半榻有懷移竹徑一樽徒恨隔溪源明朝即是蒲陽節可有芳情當酒樽

暮訪方亭留館方亭為鎮海城主遊舟行席間喜賦

不出東華近半年東華橋畔長紅蓮依人路入花邊徑送客江催月下船半席涼風生扇底一團清影遲薰絃知君樂與添多少鎮海城高水接天

早夏熏秋使旌特銜孀珠筆官書重來近白頭樊錯由來

資糾器未能長嘯謝公樓（布置合宜詩意甚佳）

與杜暉甫對酌話適冬至後一日夜雨偶感

江山三至後天地一陽初細雨催春起寒燈逼歲除相看俱兩少可

惜是三餘深夜依稀燭千金抵一書

董派董理清查順慶二省　捧檄辭丹闕推車出禁城闱

河天向暮風雨歲將更伏枕妻無死臨床子敘生東西陸子

訴敢說家情（公余志払）

登盛山寺

一到盛山寺，悠然百感生。落花侵古徑，微雨暗孤城。太宰歸何處，殘碑剩有名。憑臨天向暮，莫惜酒杯傾。

屠省楊武衛副衛尉宗室燮送蓮子湯，走筆答謝

美哉蓮子湯，裁自冰雪手。（頗涉療道）贈我意甚真，一啜悦肺腑。但道予香潔，失蓮心苦。乃知君子品，不與尋常伍。

中秋夜與經歷黎燕山顏於省城南樓

永寧別後四星週，旅宦相逢又一州。此夜與君重攜手，滿第教我重徘徊（眠頭）。鄉國三千里，縹緲關河一半秋。剩有片輪滄

消息近黄花秋来秋去渾無迹落得詩愁幾度賒

餞吏部左侍郎調補嘉定布政蘭大人赴任

南陲注措繫淵漠重圃藩宣屬大夫聖眷也曾書殿壁臣心從此繫江湖烽烟萬里吟邊靜禾黍千村雨後蘇却憶鳳凰池上柳幾回明月夜来孤

夜坐大風雨

雨涼連朝急風濤入夜驚江湖通海氣草樹混秋聲滿永重門寂寞燈半榻明幾多卌澤國帆檣太関情

以存忠厚

重陽後一日得何芳澤君昌派原唱見示走筆答和

不去登高拚斅枝今年又作去年思病中白髮栽偏早濟後黃花發独遲三徑久辱陶令酒隔墻還動少陵詩一官安得身常健留與佳人作後期

夜起

寒風颯颯夜迢迢院静人稀正寂寥江國愁無連日雨海天夢破五更潮疎鍾永漏聲同永冷孤枕寒燈淚臆消借問陽關多少路幾人牢落旅魂遙

餞與安按察武之任

赤營古壘赤藤洲天下繁華第一州地控東南河際海天和水

心似百花猶未開，看花心事重徘徊。瑶籬彩蝶無知識，點綴花叢去復來。

蝶態貪花不自持，多情還解爲花痴。哀余久作莊生夢，蝶態花情兩不知。

中夜述懷呈阮循甫

一簾殘月五更風，心事悠悠不可窮。入世已應安淺劣，在官未敢説衰癃。綫莖髮度愁中白，無效花開分外紅。可是同年同病客，知心應此興心同。

贈兵科給事中武先生調補海陽提學之任

珥筆烏臺鬢欲霜，皂囊換作六經囊。十年蹇蹇辭南浦，千里歸帆出海陽。紫氣重關連曉邑，菫花三徑動秋香。吾州士子能爲學，憑伏先生此振揚。

餞鄕人先興府丑院華岑赴任

與我與家去，而君有母存。客逢歲月官，養及晨昏。晝錦人千里，秋風酒一樽。先興連故郡，別意爲予言。

初秋夜護興

拙宦栖遲此一衙，故鄕月畔客中家。隔墻蘆蔭芭蕉葉，滿院新添歎稻芽。三伏失蒸歸白露，一年

寄贈心友杏壇玉秀才

鳳城一別各天涯夢裡關山隔歲餘彩筆虛邀薇廳月春風遲到
杏村花塵埃老爾顏猶白風雨驚余鬢漸華何日相逢一樽酒
鳳凰池畔說山家

病中端陽節酬同舍郎阮循甫原韻

彩扇新傳雙鳳翩蘭湯競浴五陵家帝城幾處香爲縷郎
署何人鬢欲華病態三分終怯酒詞情一片強看花風流別有
東厢客朝罷高吟醉彩霞

端陽日看花六絶

夾竹桃邊萬壽花鳳仙陰裡剪春羅蒲陽也遮韶陽艷淡紫濃紅自一家

小園風流未便貧一春去後復留春滿城桃李無消息太半芳情總為君

睡起看花花正紅輕烟淡照渡微風病來不惜蒲陽酒孤負濃花一兩叢

懶酌偏能苦索吟凭欄終日坐花陰主人自瘦花無語誰會（清老不相）悠悠一片心

散釣龍愛半醒人歸清鎖閭月上紫薇廳縹緲層城外晴雲

擁雜屏

漫興

黄昏訪友逐明月隨人歸螢光流淺當樹影霞

疏籬八门興未闌迎簷履大微洗禁鼓動瞅星河希萬慮

忽以棄陶然欲忘机相看不厭久露下侵裳衣

送鄉人原任茶榮縣尹不爭民歸田

春江橋畔送人還春草萋萋春水寒萬里烟波山復海知君

生渡廣平關

三月七日（紫山會日）春卿潘相公追憶故卿紫岩之會延僧嘯客偕諸僚友即席賦呈

紫山勝會白雲間潭水岩風夢未闌一夜禅溪春裡聽十年烟景畫來看金蓮座上天花落錦瑟聲中霽月寒漫向溪山偏道趣輞川真意畫應難

偕僚友陪潘相公夜宴奉和送春原韻

等閒無計駐韶光回首東風慕悵長惜別不辭深夜（多情）燭相酬又傾一（莫惜仰頭）年觴南樓老子詩仍傑北海高朋酒欲荒桃李漫傷春已去相公尚有待春堂

八十高年八十孫，頭揚有子慰高门。美哉天爵兼人瑞，到底家慶是國恩。昼錦香浮斑彩席，玉珂響引紫霞樽。東城拭月春深處，記取桃花第一村。

偕同朝餞署工部尚書裴相公歸休 公青池人，渭清字

三紀風猷見老成，官閑痛去拮完名。從天雨露來新渥，隔嵐烟霞遞風盟。盛烈潭通花徑潤，黄梅月畔錦壺明。東都餞別重回首，春草春波一樣清。

餞諒山案察使范台云任 范台北寧金堆人，己丑科進士，先世大夫曾莅諒山督鎮

使君擁節鎮山城，萬里烟花出玉京。車馬平橋通二徳，軒裳（有声有色當遊三舍）
故步滿記三清。北門鎖鑰逢無事，西蜀絃歌定有聲。從羨
七卅尋話譜，范家世作宦遊程。

賀禮部郎中潘正甫高堂六十壽

眼看燕桂五枝芳，一子承恩彩署郎。母道久從家教識，天元喜
與歲華長。六旬初度瑚仙帨，四世曾孫稱慕觴。遥羨梅湖花
似雪，一年春酒（句有情致）一甌香。

通篇布置有句一結宜覺清嚴推起

禁直曉起

花邊繁曉露，殿角（[illegible]）帶春星。玉漏聲初

不勝吹風霜，不管先彫葉，雨露相看後發枝，張緒風流成雅趣，王恭態度強相競，主人莫惜題高唱，尚有（係須不通）宜乎（活有餘情）訂吐綠。

江城晚望

乘風尋古徑，落日出東門，淡靄連江合，孤霞半嶺吞，鐘聲霜裡寺，燈影水邊村，宿鳥歸何晚，寒梅失（本言）。

中夜漫成酬何閣老原韻

寒燈獨守五更深，落月芭蕉一院陰，盡看暗驚殘臘色，芳園半繫隔年心，寄身天地猶為客，回首風塵直到今，何處梅花吹一曲，滿城烟露正蕭森。

走筆答和御史阮抑甫原韻（時抑甫擬見所作詩文，留中有不願恭觀之語）

好在圖書世尚賢，浮推偶到客臺邊。南山不爲霧藏豹，總爲文章未蔚然。

立春後一日謾成

江山將送臘，天地早歸春。草色和烟合，鶯聲帶雨新。百年同過客，千里自遊人。爆竹誰家響，鄉心寫甫頻。

元旦早朝 丙午以下

五更鼓砲動仙臺，銀燭搖光禁鎖開（鑰閣）。環珮響從花裏去，旌旗影逐日邊來。鳳簫韻協三多祝，螭陛香浮萬壽盃。亦忝一官承雨露，椒花宴罷袖金回（德負不承帶大德朝罷袖香今作袖金更覓取）。

賀兵部右參知臨大人高堂八十壽

亂忽滿浦鍾聲帶雨跡莫向湖山悲歲暮暫時難得是三餘

寄贈吳暘其　江上清風入小亭主人猶與竹松齡已看元亮
詢三徑又見河汾說六經樂在圖書能養氣勞與案牘解忘
形徘徊別有江南客一枕梅花夢半醒

泣長婦亡　十載奔北正為誰一生辛苦自家知可憐
風雨相依日尚記雲山送別時弟遠重更夫亦客家貧況復子猶
痴門闌寂寞空回首腸斷西風淚滿衣

先親諱日適臨亡婦百日淚隨筆下

客舍蕭踈一草莚，老親泣婦倍潸然。生離死別千餘里，徃復新愁十二年。柔柘寒侵風雨夜，雁鴻響斷水雲天。飄零身世成何用，回首家鄉獨自憐。　道居活淵遍處人

奉和何閣老寒坐原韻

禁漏踈鐘棖裡頻，輕烟淡若靜邊真。落梅風雨天將晚，芳草（清絕）凋河嵐欲新。萬里不知家是夢，一燈與影相親。客來占有長卿賦，賣去朱門未了貧。

詠院志軒新栽山柳　長於庭階未厭遮，輕烟㶊卿

獨秀遲々還解蕚

冬梅　紛々雪露迭相催，帯得東君信息来，却憶南窓（不是東風春信至）
新雨後，枇枝強半未全開。

冬日　漫天凍白忽舒紅，霞避晴暉雪避容，總為江山
蕭索意，故留可愛入寒冬。

冬寒　朔風凜々雨霏々，争得人間缺襲衣，病客邊憎
寒大逼，寒多直欲放春歸。

献得意喜　三年宵旰出淵謨，盪定功成古所無，大振夏（稍切聲雅）

能敎治從來叛逆宣誓誅烟消狼塞聞傳捷日霽龍門見
授俊簪筆鳳池無寸補尋常未免愧爲儒

送醫者春陽武先生歸鄉

市城未定待幽居留去（洪逸）詞雲何所如曉月清迴芝木籬春風晴
長菊松蘆橘留南浦香仍遠雁過橫山影漸疎独有李梁
形氣病憂（相典吳治有情有致）來猶自按神盧

冬夜與阮楷甫焚香覓書

蕭蕭朔氣拂簾初一盞寒
燈一瓣爐遠意（自有得處悠之意）相同双對影古心寸照此覓書滿城砧杵鬼

立冬陪春卿潘相公夜宴奉和送秋原韻

秋來秋去迭相催，眼見黄花過幾回。天地暗驚新轉候，雪霜猶覓後凋材。庾樓霽月偏堪賞，謝室清風穆有懷。莫遣芳樽虚此夜，桃寸意氣瀉涯湄。

病中寒甚年家玩猶甫贈以裘因而謾成

張齋一臥長幽憂，又見香江送一秋。雨意正多還暗滴，霜花漸落未全收。長卿病甚猶思賦，范叔寒深謾憶裘。珍重重貂分半去，從來意氣藹吾流。

病中述懷奉和何閬老病起原韻

乍送商飈去，還驚胡氣深。孤燈千里夢，殘雨五更心。菊瘦 五字佳
憐同病，寒梅苦索吟。山陰虛有興，未解放舟尋。

病中有憶寄上何閣老 通菴清朗

愁來一日強爲澈，坐擁高春怯曉寒。病骨三分秋共瘦，幽情
太半夢相關。風高北海樽應滿，月靜東山局未殘。傳道梅花
春信早，何郎清興伴誰看。 用何遜故事

冬松

淩霄千丈出高巖，不見人間有雪霜。百歲漫傳君

乃尔氣候別寄言河髙秋髙秋不解説

九月九日和年家既猪甫原唱

芳心自信未成灰忍負黄花幾度開九月樽空消病酒隔年人在望鄉臺數聲別雁霜前過一色遥山雨後来不有勘中高唱起風流誰識孟君才

餞原任河静案察使回貫寧家

一官歸去老烟霞數十年前得到家道德一經㦗白髮風流三徑醉黄花咸今共識皇恩厚遣別偏餘客思賒樽酒秋風重别

目德星夜〻偏天涯

夜起偶成　秋霜何冷冽秋月何皓潔相爭一庭光不辨霜與月

觀自潦　腊恠庭前潦徹〻一夕多來難從定迹進豈待盈科不雨天何水無風也忽波豈階非爾擴滄海是君家

筮着　前卦得謙初六象曰謙〻君子利涉大川吉
後卦得升九三象曰升虛邑無所疑也

靜捉幽情詞祭着分明繫象辭君知大川利涉何妨往虛邑宜升在句亐物有窮焉終有變神無思也亦無為從來易道貞為吉看取初陽漸復時

天行支字初讀似乎寬贅再讀殊覺契切適

生約不用新亭暫別歡

賀弘道進士院舉甫榮旋

丁未往令復乙未，吾師已往推吾子。大科鑽出禮詩家，一脉足徵文獻地。青雲故宅錦初旋，白髮高堂春正娟。古来移孝即為忠，四十看君強以仕。

賀樂場白黃甲榮旋

异格賓興第一科，少年拔甲屬才華。即令姓字登黃綵，從此文章羨白家。倚席香浮重慶酒，瑤琴譜及滿庭花。春風得意如

君少極目珠江五彩霞（說詩風流可名）

秋潦四首

昨夜苦秋霖，今日苦秋潦。蟻避上簷階，蛙鳴（真景洵絕）八尺竈。坐守一床隅，縮縮萍與藻。孺子怯無堂，行人猶在道。

秋風故不停，秋雨復滔滔。清晨整衣笠，去去風雨路。問君何用忙，耐久不覺苦。嗟我許如人，敢避風與雨。

蒲道曲如鉤，兩水深過尺。蹇裳向淺處，淺處泥偏澀。迴笠從東撐，西邊復滴滴。但得身無濕，衣笠何足惜。（意以尚無負）

年年最淋漓，都在八九月。北方潦落時，南方潦盛節。南北同一天

送富川潘擧人北旋

藝園潛心髮欲霜，一名遼倒爲君
北。南宮月待梧桐老，北直雲連草樹長。一日能安存義命，百年無（稍有理趣）
定是文章。歸來正及秋風便，叢菊相看入醉香。

送福川黎擧人

客程嗣爲送客難，香橋之畔柳漫（所謂送故鄉人送故鄉）
漫。三江水合通河廣，萬疊山橫出演雅。太史文章歸後定，廣川（英尊）
德業靜來看。相逢還有他年約，樽酒薰風話舊寒。

送富市高擧人

三年不接橫亭路，千里相逢香水波。（河內語居）
孤館幾回兼暑雨，平橋此別即閑河。交遊似我無情極，遠化於君

有意多歸去北堂春正茂秋風樽酒當高歌

第三四但穩平實敢僭改之

和饒高敬軒

隔年京館猶爲客千里河橋又送君才學共看推伯虎文章未
離別有悵空備（惜）酒太平此會正崇文
信誤劉蕡凌雲賦在人偏遠折柳詩成日正曛過却橫山一回首江山秋思兩平分
傑步唐人

賀饒月岩進士劉較甫業旋

較甫先世亦從乙未科進士而較甫又爲諸同志約爲文會名日桂林故并言及之

三甲殊題屬世家鳳池洗盞送鳴珂旗牌復出南山路契券相傳乙未科錦席風流猶足以桂林氣色爲誰多襟期自在平

聞高敏軒不得入場之信

賓興盛典為誰開，造化無端辟妬才。一夜憐君眠不去，滿簾（誠可惜）

月共徘徊

駕幸順安海口夜泊記見

海潤天高夜色清，六龍江上彩雲生。巖燈散入卽陽庯，皓月平臨

鎮海城。接岸檣帆通御氣，横波簫鼓應潮聲。清時有幸陪清

蹕，独坐深宵看斗横。

順安海口即事

沙洲横障百川東，南北襟喉萬里通。鎮

海城臨靈祐廟御碑亭接順安宮柳林拂撒連崗暑石堰
撑迴斷岸風爲喜六龍時駐驛新栽萬樹走青葱

興何闌老有約不果夜坐謾成

美人宛在木蘭舟浩蕩予懷不自收星月滿船（清絶）人獨坐緋細海國
五更秋（神情飄逸）

坑方亭高敞軒移舟相訪席間喜賦

烟合柳林暮波澄桂海秋一官同邑驛二客偶移舟扎海樽仍
盡東山月爲酬安和千里別此夕復斯遊

答謝何閣老惠贈筆紙並詩一首

十年翺佩直瓊華，日近蓬萊醉彩霞。鳳詔栽餘香氣滿，蒲膠蕪墨湛思多。雲箋捧出圖書府，綉筆分傳翰墨家。獨有陽春難盡和答，緋細坐對紫薇花。

奉充會試場同考因便索筆寄高敬軒

江亭日永小園深，一水相涵五夜心。彩筆幾曾來好夢，鎖園從此隔濃陰。青雲路上人如海，玉尺量邊客獨吟。早晚紅羅傳捷墨，鳳池樽酒一披襟。

園中即事五首　林園深鎖一重〻隔院南薰草色濃
睡起晴窻天向午風搖花外一聲鐘
皇恩注念及文場解暑玲穀出上方中使前宵初送藥大官
今日又傳湯　重簾燈火照籬明籬外重籬驛有
聲儕卷未闌重送卷傳籌繹絡到三更
祥衢一筆重低徊閱罷燈前掩復開莫道文章全定命一分
賞處即栽培　文垓理罷復萧然梨院春深解索眠
滿永風微茱與歇重门静鎖日如年

偶興　午窓睡起日遲遲，花拂簾帷柳影垂，案牘不来人
亦静，一聲啼鳥意偶移。
曉起　東窓人寤闌晒晒晨風起，萬象生虛（太清）空，獨覺無始
春鳥囀麗語，芭蕉入檻翠，呼童剪蘭芽，忽然得佳味，所以贊之
人貴在平旦氣，此氣能常充，浩然塞天地，唯予久汩沒，從從為物
累，一日惟此時，此時復有幾，静思益賢言，是用抱深愧，童子不解
事，向我問所以，不暇與之言，夫抱（此時此間氣象之別）得書至。
興高攸軒夜叙謾成

今夕是何夕復得話昔世事如轉蓬光陰亦過客問君尙
追攀君日半荒易人境能幾何胡爲乎從從噫予久不歸
而君亦遠客進物有浮名未可長寂寞百花及春休皓月望
秋白日月不我與尙爲少年惜

端陽節前一日邀諸同志和方亭所贈原韻

洗觴與酒邀端陽水竹懷人自一鄕病火却進門館寂相情半（久病忽驚時序換）
爲循書札重巖（過雨）雨過運山翠一徑風微滿岸蒼剩有蓮花橋
昨月別來（請亦如蓮）幾節愛中香

寒嶺出雨綠過江来一萬株桐淺紫花宿霧開蒼々松檜外
別有梵王臺

送吳陽亭歸田

此君歸釣渭江濱送客閑山酒一卮
桃李無言春晴長菊松有約晚偏宜吾儒隨分皆為樂天意
生才未可知。聖代郎今優養士未應高卧學莊龍

餞海亭教授武先生北旋兼賀高堂七旬之慶

十年對劔此重來共道王孫潛意回芳草初經南浦別吳萱正待北堂開
筞遙日永舒斑袖海屋風和引鶴杯自是一官能遠養此情太平當君催

暮春感懷

客館蕭疏重暗然，春風吹入起梅天。鶯花鴨(美女簪花)眼經三月，桂玉瑚心又一年。幾處歌鐘傳甲第，誰家蠟燭照新筵。夜來欲作田園夢，無那春愁不許眠。

暮春臥病二首

千點一聲人愛殘，影花幾點雨籬着。春將送日翻多感，病到窮時不少寬。瘦骨三分驚伏暑，卑衾一幅護輕寒。愁來尚有青山曲，東興京畿暫解顏。

一為南浦客，三過帝城春。天漸寒更暑，人惠病復頁。奚囊金自製，冊灼火翻新。別有悠悠感，落花客外頻。

歸橫亭明月上幽徑靈洞暮鐘深翠微羅城一去無消息此意
依〻在胸臆不以悠以思重來不易得近聞荒旱餘風景不似初
西湖亦寂寞南郭多蕭疎橫亭已易君而埢靈洞韓荒予
故居人事相違每如此故軒近日將何如清音嫋〻將於其人

春旦 乙未以下

九陌鶯聲報曙頻東風吹柳滿城新
雲霞捲向天門曉雨露移從上苑春討御節欣逢壯歲軒
叢未解有今身朝回焉憶年前事斑彩高堂拜兩親

奉和何獨老詠 齋宮新載小松之作 松繫以金牌

一擢扶疎向日開，新從上苑移根栽。無情任是風霜妬，有分全教雨露培。此日同看金字繫，百年長候翠華來。春陽不解難賡處，寫爾君廊大用材。

春丁前一夜舟中齋祓待漏

雨夜維舟泮水潯，袞衣章甫儼前臨。半窓露重頻欹枕，一盞燈明獨洗心。石堰初通新漲急，春松正倚綠烟深。跡鍾何處遙山響，影過寒江從整衾。

丁祭回舟中睡眺

釋菜筵初散，歸篷客半催。雲根

建昌風物近何如，見說民醇案牘疎。別去兩年成遠夢，謝來一日卸安居。年臨琴靜江風晚，幾着棋殘海月初。自是此州饒臥治，不須歸去就蓴鱸。

贈年家濱州知府杜暐甫

迴溪十里是州城，渺〻平原歲一更。雲霽錦峯春裏色，潮回桂海夜來聲。玄暉自有登高興，杜牧能無惜遠情。借問郢中高唱曲，年來春色許誰賡。

清逸

漫成

紫薇簾外拂輕涼，退食人歸月滿堂。醉裏不知花下睡，醒來猶覺夢魂香。

稍閑之氣

聞河內故居失火

家酌龍城一兩椽，如今回首又悵然。可堪堂構惟餘物，況是居樓數十年。松菊也應埋荷徑，圖書幾復剩遺編。未亡尚有心田在，何用桑滄感變遷。

憶高敞軒

念我意中人，湖江敞軒子。落筆驚千人，横波瀉萬里。磊落負奇才，湖海多豪致。與我品尚各不同，雖然所同在聲氣。憶昔與之遊，携手西湖頭。西湖烟水接淇湫，撥棹諸歌天際流。時或倚徉南郭外，南郭道中多古刹。拂碑看遺文，逢僧發清話。斜陽古道[清騎諸寺]風吹衣，長吟一曲頹然

秋槐　萬綠叢中幾點黄，霜前消息報秋光。何人漫作南柯夢（白居易鶴林願見新），愁殺操觚爲爾忙。

秋菊　不與群花併作村，孤貞一點晚猶存。淵明去後誰知己，獨立西風笑不言。

秋鴈　搖落關河思不堪，楚天雨雨復三三。年來朔氣知多少（竊謂文選本易用充本處），一夜隨風盡向南。（細推物理須行樂）

秋蛩　吟霜咽露爲誰悲，洛澤寒颸不斷時。可是北邊（亦本前不作此者）催禍早，五更和雨織絲絲。

不寐書懷

一幅單衾墜不齊，五更風露正清凄。芳心未化莊周蝶，壯志虛驚祖逖雞。戟舟幾回遷塞北，天書何日到濶西。御兒不解閑心事，博塞通宵聒耳啼。

餞杜饒湖奉往江流波 饒湖行以復月

聖朝聲教迨西洋，萬里舟車接大荒。宇宙由來渾分事，江山從此足文章。烟雲變態周三極，雨露生机起一陽。記取星槎歸去穩，薰風盃酒八丁香。

贈半家建昌知府范潤甫

愁病相關而不除淡心人對五更初隔簾螢度微霜外繞砌
蛩吟積雨餘往事回頭都已爾浮生到底亦紛如茫茫天地無
窮意月過西牕樹影踈

秋興十詠

秋山
淡雲淨處斷崖懸一片浮青接遠天獨有京嵓看不厭峻
嶒病骨太相憐

秋水
寒潭潦盡出晴瀾淡蕩遥天一色看借問清漣誰濟似冰
壺一片畫來難

秋雨

滴瀝濛空弗肯休孤齋終日長離憂夜來未許人眠去搔入

芭蕉一院秋（梧愁透冷）

秋風

滿庭落葉正紛紛冷冽幽齋不可凋回首西園蘭菊秀緋網底

意独疑君（保石身）

秋月

纖塵不動一輪孤萬里江山在玉壺凋塞離愁都不管却拖

雁影過平湖

秋霜

昨夜青娥駕駟回瑤塵玉屑滿天來凋河莫厭催搖落紅

葉青山不易栽

應上一層樓東橋燈火烟初散南浦笙歌興未收此意遥知
狂昨日吟邊拙步一人酬

餞禮部郎中吴暘亭充河内試場監考（時暘亭賚捧旗扁出）
三署聯班第一不十城（此次河内什省合試）擁節此重來綵袍公子何年去彩筆仙郎
此日回珥浦秋風尊正美鄰江夜月菊初開閣门記取差回日
桃李英華運手栽

餞牙家錦亭奉充南定分考
南場新典選東署前司勳衡鑑看精别芝蘭惜暫分馬嘶

鴻嶺月帆載渭江雲看取回軺日若回頭搞客香爐可待薰

七夕後一日追憶

牲抱經句病安知七夕秋橋應今夜撤酒是隔年酬往事空同夢佳辰不可留西軒回首處河漢空悠悠

中元節晚望

一年強半八中元客舍如僧臥小軒萬里早秋清涼生漢漠半簾跡月動黃昏愁催髮鬢無句病夢繞家山隔歲詭技籙來入詩料漫傳今古說悠悠誰向此中論

與猶甫夜叙戲成

客中今日復端陽，靜掩書齋卻自傷。暴暑有權欺病骨，蒲醪無力解愁腸。對時秖憶端居樂，入世從知遠況非。剩有庭蘭新茁秀，門闌喜色當良方。時新產一男，故及之。

初秋夜與年家循甫對酌

何處涼颸轉綠苔，秋聲秋思暗相催。五更甯鼓桐初落，千里音書雁未來。病向客中驚伏枕，人從別後喜傳盃。相君相對成相憶，籬圃黃花已半開。

寄年家濱州知府杜暉甫

一別香橋畔，相詞冷水消孤

燈殘雨夜遠岫暮雲時病久翻無藥囊空剩有詩愁將
憔悴意報與鮑君知

中秋節臥病書懷

一年佳節半相違疾病經旬臥彩幃偏恍響分三署履滿
城人自五陵衣清香未斷惟丹桂靜意相看有紫薇回首
可憐成往夢蘋橋昨夜賞燈歸

憶河内諸親友

無燈無酒過中秋薇署簾低小坐幽遙客獨看千里月故人

徐延綍今日循甫將南還誰知吾子又接武人生會遇從來難焉得
時時相聚首于寧四郡稱雄藩要劇無如順安府河堤防障秋徂冬
陵恭伏我夜以晝其中刁猾紛如毛荒歉遺民安所措朝廷作
意求莠牧撫而安之在良宗朝歟澍海非無誰不見龔遂與虞
詡循甫一去今更春日下稍能綏輯否近聞太守能風流理繩之
下多高致峴山宿雨究山雲月德江花天德樹傾壺嘯客當高歌
著跋登高得佳賦循甫平生吾所知武者閭里已安作勉哉君子
復此行記取吾言更此去江山共看送迎辰燕鴻來斷去來路春風

惜別相贈言足行更以詩猶亦

餞同年副榜陳岩甫之天長分府

絳闕分符出海天香橋折柳送歸鞭卿思馬蹬春風去得意

人看晝錦旋澤國恩波通故里渭城景邑對新年相期不用

歌三疊官績遙看被管絃

清明節感成

清明佳節又重臨三載還家直到今薄

晚悃樽成懶酌松楸幾處正蕭森

端陽臥病漫成

帝號壯歸劉軒轅寂空千古城郭依向九秋漫吊夕陽
無限意菊花酒得挿盃頭

棋聲　竹樓遠韻漫來斜何處丁丁響更賒半局輸贏
渾不計先籌畢竟屬誰家

琴心　一副瑤琴備衆絃清音猶未許人知平生不
作相如曲流水高山屬子期

劍膽　千磨百鍊出金鎔三尺縱橫始露鋒牛斗
休驚寒氣逼伊吾鯨鯢未戚封

禁直早起　午闕鐘聲散曉霜彤庭燎影動晨光三秋露通金扉冷独坐人唱玉漏長侍寢遥傳温室語司衣正襲御爐香夏勤翩略慚無補簪筆屋墻粉署郎

戲呈家杜暉甫之演州　命途遲早不由人演郡原來再厲君從事年多應試政談心人遠独傷春錦峯霽色常愡見乾海聳潮入望閑漫説南陽歌杜母相看此地績芳塵

戲呈兄家武度甫之順安並呈阮猶甫

去年猶甫之順安我亦辭君出甘露渺渺予懷天一方徘徊中夜

贈原刑部侍郎華從本府効力沆老臣

老成品望出華宗，更以遷人臥僻墉。人世波濤驚莫定，天涯萍水錯相逢。桐經爨下聲仍壯，劍滯豐城氣未封。豪傑從來無久屈，莫須暮景嘆龍鍾。

登甘露城遠眺　孤城一片倚崔嵬，四顧微茫曉色開。山崗晴嵐圍堡障，江村宿霧遶樓臺。牛車從入前林去，象槖遙從遠麓來。獨有長安看不見，野花啼鳥共徘徊。

深夜聞簫　半輪山月照孤城，一曲梅花訴五

更遠客自知眠不去莫教別怨入秋聲

一臥寧城歲未週 皇恩不

留別甘露府僚屬

許久淹留惆心簡牘無成狀回首江山起勝遊月間烟霞生

遠岫花林草樹帶晴秋碧江迢接香江水不斷餘情在一舟

三江口曉眺

路入三江水秋當一葉船白鷗

分大海紅日上遙天霧落帆初出烟深鷺獨眠謾傳波浪惡一帶盡晴川

償何閣老吳郎中九月九日登越秀山懷陸大人之作

秀峯下見趙王樓漢節何年此地遊不是使星重到越未應

次原任南策府尹從本府勁力黎延山頗述懷見示原韻

自笑浮名繫此身，偏年衬㪅老風塵。人生那得如心事，世路猶多（風波漲之）未了周。關塞幾回雲度鴈，樓臺何處目宜人。（神思飄逸）客中有容堪相贈，借作征東入幕賓。

秋夜書懷

城外寒砧度遠，（悠悠揚揚，唐人風格）高城中刁斗送殘更。半簾風雨愁相逼，一枕關河夢不成。河北遺民相戴路，關南戰士正連營。孤燈寂寞秋聲冷，愧負明時有此生。

八月十五日憶河內勝遊

良宵無計遣離愁，回首羅城憶昔遊。燈燭誰家通九陌，笙歌幾處下層樓。百年樂事渾如夢，千里歸心正未休。見說河堤新漲急，烟光可似昔年秋。

次年兄杜暉再見寄原韻

秋風吹客過山隈，鎮日支愁臥小齋。流水久居江上咱，春陽誰道劫中來。彩毫著處皆成飲，絕調吟時盡落梅。錯佐羈懷寧不起，分明昨夜為君開。

未解作風流

甘露城即事

昔聞甘露道今到永寧城地僻峯巒合天低草樹平塞荒新
列戶強把化爲兵誰是長年者高樓日暮情

静夜聞泉　何處潺湲更深徹耳繁竹絲來別浦風
雨過前村添〻疑雜樂滔〻定有源幽齋人独臥此意共誰言

登仙人崗　殘碁何代落遺跡至今留仙客知何去騰人
空此遊村烟藏岳麓海氣亂沙洲日暮傳鞭洞荊原草樹秋

捍江溪夜舟中聞歌

扁舟愁絕五更闌，何處菱歌徹耳端。調急遙憐香齒滑，曲終偏憶玉容寒。春移別浦酬偏寡，秋入孤蓬夢亦難。隔岸與人前致語，江天遙遞綠漫漫。港之何

秋丁亥記舟次捍江，適年家范潤甫之南定候補知府，遇兩留宿，舟中夜酌敘別

一別京塵到此秋，天涯落落憶同遊。安知祖豆離陪日，恰是帷幢出牧秋。萬里秋風帶遠響，一江烟雨幸同舟。御杯且慰明朝別，會晤前程說未休。

握手春風出御堤可堪驛路此分攜梅花唱罷餘韻響芳草
燗深送馬蹄朧道曲迤平野盡暮雲側入遠村低鷓鴣不識
人離恨時向江樓故々啼

弔甘露府舊尹之殯

問爲遠宦去偏方來者空爲往者傷舊政猶然留簡牘羈魂
何是到家鄉三春旅舍侵寒雨五夜殘燈伴曉霜浮世悠々
復轉眼孤城憑弔爲誰忙

奇心友禮部郎中吴陽亭

午闕榜邊滿響遞御溝堤上柳低垂皇州景色同三月遠
徼烟花又一時案牘漸希能養拙江心雖好未成詩寄言
赤筆隨班者多少芳情及所思

謾成

獨卧孤齋半掩扃淒風滯雨不堪聽道
院外無情極又送蕭蕭聒耳聲

與親友登甘露城遠眺

孤城臨絶塞落暮上高樓村落連三縣峰巒接二州携持皆
遠客嘯傲入清秋王粲偏能賦安仁獨自愁謾憑樽酒興

西湖一派水天秋，淡靄輕烟接遠洲。鯨響落來蕉觀曉，漁歌歸去月臺孤。誰家隔岸柁蓮艤，幾處垂楊出繡驄。一別烟光何處問，故人應有相憶遊。月臺乃鳳嘴洲之别名熙前是臺千此胡号

和高敏軒遊西湖漫吟見寄

坐憶西湖二月天，春風載酒綠楊邊。重來對酌知何日，一別湖山又隔年。舞榭合彫蘋水柳，禪房應長甍公蓮。故人自解離思意，點綴湖光當畫箋。

答謝幕舉縣尹惠扇

故人惠(遺)我扇來自幕莚城幕莚豈無物斯扇言有若湘竹
斷為柄剡金鏤作釘齊紈比輕白一舉涼風生憐此意中君
和中不暫停非日無他好珍重故人情雖然物以贈未如心相成

贈年兄阮楯甫之順安

四科進士出知府未有如君之順安世事從來難著定人生得
意是榮還城瀌怕嶺嘗秋見家近藴江隔坐看龍肚親朋
如見問十卅鈐轄盡遲蛮

捍江城立望阮楯甫漫成

頭上有君親俛仰傀一己求乎臣事君曰忠也則未求乎子事親孝難
總一歲睽違千里程羈婦無假子三月有三旦臣力云竭矣不能守玉音
但願死玉棄深淵遂雲路總情昌己詩成置桌子望拜君王別置一桌
子望拜父母祀成而沒決此省察御君与列憲兵同云即赤狗節今在此有廟祀云
為三忠廟

輓高平按察使范按卿

臨危見大節雄哉范按卿生平善養氣無物無所爭窮通（切按卿平生）
一境遐頸晦無殊情蓋所畜者大豈無虧與盈所以一旦歲沛
然塞蒼濛宜光徹邊警賦彩廷高平孤墉援以絶更手（可作按卿花）（可參按卿庭策）
從難樓報國誓一死全体還所生鬼神泣壯烈山岳湧餘靈

烈烈衆使君，凜凜劉從與同殉。有三仁惟君樹先聲，大節不欠

將世教終當明。鸞書錫顯美，廟宇嶽峥嶸。道也與君厚

於乎何訴。嗚美人不可見（詩有情有致），徘徊空洒淚。

餞翰林侍讀坑黎光充如清副使

雨露偏承寵渥多，乍離禁闥又皇華。江山有分歸詞客，驅

壯歲情屬故家。能壯烟光明晝錦，蓝基風物足豪花。

男兒自古業專對，着取春風此註樣。

憶西湖春景因寄河内諸親友

○義溪詩集　　劉中范葛仁原草

東卿阮楷甫硃評

葛洞阮萬齊墨評

興化省與壺兄蹇齋夜叙留别　壬辰以下

家計飄零恰幾秋，雲邊鴻雁各悠悠。十年風雨如今夜，明月関河復一舟。傘島南連横嶺合，瀘江東向海天流。此鄉莫作幽棲所，九世墳塋麥未收。通篇情摯周到

賀吏部郎中范枚卿高壺六旬復宰之喜

鳳毛池上正高翔菊花天邊疊叢輝英層祥開徵未足桃蹊
合說見應帝長生藥出丹砂灶遠養香浣白彩闈嘗喜萃來
是賜錦也堪携去作斑衣

賜范板卿高平按察之任

旌旄曉蔽出皇州屏嶺山青香水流送別客從千里望重來人是
十年遊頭擔日霽龍城曉鈴閣風高馬塞秋別有一般欣羨意
錦衣堂上綵杯浮

附錄范板卿是海陽唐豪遼川人名三范擢此詞高平省但被賊歷濃雲所
陷命乃從容殉節不肯與賊俱生隱死仍有詩云辛巳冬出身癸巳冬身死

清客新語

《清客新語》是平田茂左衛門完成於元禄五年（一六九二）的寫本，一册，長28厘米，有『尚章書郎』『藤原有富』『鷗軒文庫』印記。寫本記録的是貞亨三年（一六八六），清朝福建人漂流到日本對馬半島，與平田茂左衛門尉筆談問答的記録。李無未《〈清客新話〉：日本對馬藩尉探問清初『新知』——福建漂海唐船的意義》〔一〕一文詳細地從語言學的角度分析了《清客新語》的價值和意義。指出其對『研究清初日本和中國文化交流史、清初「唐船」管理和商品買賣及輸往日本貨物品種常態、清初「唐船」海洋文明與文學藝術關係、清初官話詞彙史及對外漢語教學歷史等具有重要的意義』。〔二〕

一六八六年春，福建船主郭斗懸及其弟郭育齡等在對馬海峽附近遭遇風暴，後漂流至對馬島港灣，得到對馬島居民的救助。郭育齡自稱『古淮陰人也，家世書香，年十有四而廢於學經，蒐《周易》無成，業習岐黄未就。始效襄賁蕭曹』，〔三〕追隨兄長斗懸奔走江湖，做起了買賣。未料到出海後遭遇風暴，漂流到了對馬，得到了止山陶齋的救助。後來，對馬藩藩主等款待郭斗懸等人，由於口語交流不通，他們就采用筆談的方式，郭育齡能文能醫，由他負責與對馬方面展開筆談，就清朝的皇帝、法律、飲食、唐船經營、與朝鮮的來往、學

〔一〕李無未著：《東亞視域漢語史論》，厦門：厦門大學出版社，二〇一四年，第三五二—三六六頁。筆者按：筆者所見資料，題名爲『清客新語』，而非『清客新話』，其内容和對話與李無未所言《清客新話》基本相同。

〔二〕李無未著：《東亞視域漢語史論》，厦門：厦門大學出版社，二〇一四年，第三五二頁。該文爲李無未與于冬梅共同完成。

〔三〕《清客新語》，引自國會圖書館藏寫本，無頁碼。

術文化等進行問答，此外還有涉及船上貨物的，如船上載有四十五套《廿一史》、絲綢等。筆談中還有一些詩歌。

一八六八年三月二十三日，郭氏等人休整後返回故鄉。

大庭修教授曾據《蘭園雞肋集》影印《清客新話》，收録於《江户時代中日關係資料（蘭園雞肋篇）——近世中日交涉史料集五》（關西大學出版部，一九九六年）。本書所收《清客新語》，出自日本國立國會圖書館所藏單册本，加上海外資料難以常見，故仍影印於此，以供學界研究之需。

清客新語

貞享三丙寅春正月　日大清福建人漂着

對馬平田茂左衛門尉筆談同三月二十三日

漂唐問

問

清皇帝定天下之後其典刑稅斂與　中國

之盛時無異乎荊楚閩浙之際雖邊浦寒

村之地方盡皆無不染北服也倘如游俠之

輩間着　中原之服乎雖士農工商蒙今

皇帝之澤与中原之世為異乎如古孔有

施仁義于民間如魯齋者輩出以道學

名于世為詭説前流聽訛流甚夥矣未知

其實希以　公所識詳得報諭則是幸

答

清皇帝定鼎之後省刑罰薄税斂凡老叟少童無不被其恩澤可稱為再生之毛彝兵至於边浦寒村既已心服而所着者焉得又有内外之分今我國士農工商各脩經業其中游俠亦有化外者又不在一列可語也即今清帝家世滿洲自入中原終日令漢官秘書弘文院纂脩名史講習之學尚斯文好禮義賑濟飢荒通商便民興利除害蠲赦錢穀罪名又可為有道之盛治也

問

不拒得 報諭何幸修旃且夫今世以道
學名于世者其姓名為誰
答
徐巌、丨泥峯馮耆張鴻烈胡簡敬李蔚杜
立德王羲以上纂修之弘文其餘難以枚舉
問
嘗聞朝鮮國通好於 貴國倘夫奉方物而
有朝覲之禮乎且以為附庸之義乎其年号
制令從 貴國之命乎有所聞則詳需諭告
答
朝鮮國自明季以來兩國通好於明季曾聞
有封不記年代久矣于今 朝鮮不時入覲時

有土產之物進之朝鮮人每每貿易在北京
出又不禁
問
前問　清皇帝姓　諭以趙姓今想趙也中
原之姓而自古夷無此姓清帝其先中原
之產乎不然則何北狄有此姓
答
清皇帝原是孔朝之後在中原有年自
清皇帝入關以來中原無姓進關之後則從百
家姓揹第一姓為姓即姓趙
問
唐茶之製詳得　錄示則為荷
答

答

此茶名松蘿茶產于南京徽州者佳其茶樹不逾人高、在二月則發芽二月半後採者為芽尖三月葉則放大、採者類製之、芽尖稀少其價高、類製則次之、至製法將葉採成去其尖并根蒂後以法蒸捲成、又用火炙成茶

問

哨探之字義如何

答

哨探者乃以小卒巡哨其虛實也

問

梆子者何等之物圖以示焉

答

梆子者乃木製乃傳事之梆也衙門用梆傳事于內外又有巡守更夫用梆敲响以警夜此梆製法用棗木者色响長二尺五寸粗一尺七八寸為圓其中開一長縫方能出色响耳

問

朝裏壁者何俗稱矣

答

朝者向也裏者內乃向內壁之說

問

關羽面如重棗其形如何

答

重東〻乃稱面赤而豊滿之意

問

擱戰之擱字不解

荅

擱者索戰也

問

穿戰袍之穿字義与著字通用乎

荅

即与著字同

問

古三國之時魏呉挑戰于合淝之地夫合淝者

屬何地方矣按三國之地圖呉与合淝之際

相離有浜草馬難通然當兩國相戰之時
其兵皆陸行矣想水陸共通乎詳示焉

答

合淝今之江浦是也此地居于南京之對浜而
北岸離江只有七八千里遠江南地方乃其地也
江北地方乃兩地也江南水路多過江之北陸
路水路併通

問

我國飲酒之多者謂之上戶飲少者謂之下戶
貴邦俗稱如何

答

飲少者為淺量飲多者為巨量

雜套

檑枏（ケンホ） 香枏（カン） 檑紅 同上

 耳起  耳挖  耳掃  耳攝

 鳥羽 耳逼

淡色為月白 青淡色ヂ 杏漢（ウコン） 官緑（モヨキ） 茘枝色（ヤキ）

石青 印巻 杭素紬 綿緞 花緞

扇 大蓋板

唐山每一里、計三百六十歩、每歩即裁尺二

尺五寸、

遮陽 舟之カキタチ、用璧也、

聖前 舟神

中 天妃聖母

上 天官大帝

右闌羽斋若
傍楊六雷

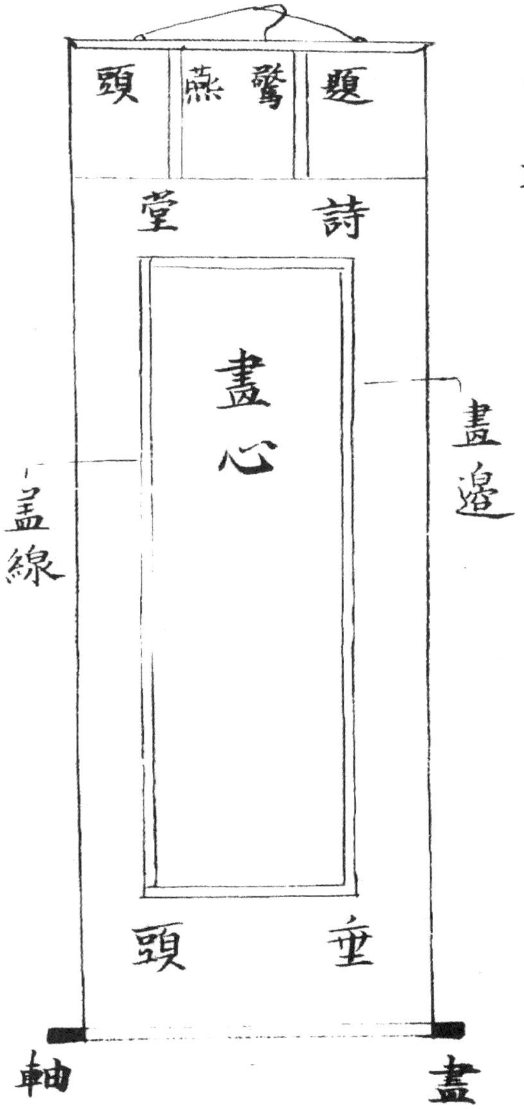

畫心者、或字、或畫、或扇面、或斗方、
詩堂、中畱空待名公、題之也、畱留予、

問

凡我國製禁之事盡皆載存于木榜而建之市中貴國亦想同焉其木榜之製及書式為如何

答

高五尺其横論事之中文長短乃係木板所製内將事文刊刻于榜上示之市中

漂人舩主郭三懋財副

郭青齡能醫術識文字

以上皆与市齡筆語

余籍古淮陰人也家世書香年十有四而
廢於學經蒐周易無成業習岐黃未
就始効褰貢蕭曹次援闔搉疋胥吏嗟乎
時運不発命途多舛年届五袠即視事於
身外遂懷志于江湖游覽大塊之勝旹乙丑
秋暮依兄斗懋營慧良崎一日乘桴于
海詎意蹉跎反獲騏麟之嘆及回帆一
月有奇而波臣巨作風伯逆施汹濤狼
狽艇器烏有其通船之生靈六九蹌地呼
天吉凶不測之際一任順流而已倏爾抵島
詢諸土人曰對馬州也逾㵪崎地計千里
矣深荷止齋陶山先生大開惻隱挽入
於鮑死回生奏　上命客余兄与余於

館舍妄薦陳蕃榻晤木全菴先生琳軒幸
先生暨詩公覧昆玉不棄寒微錯愛而
無所不至朝夕盤桓非更闌而不輟契余
骨肉數十年之知己雖至歲良明未若是
也遥瞻山島之圍帶兮其遠類屏潮水
之川流兮其去復游蒼松之盤曲兮其
形如亀臺榭之層壘兮其壓若雲坐覩
諸縉紳之手範表〻威儀皆高譚潤論
濟世經緯凡行藏合乎中庸義理體乎
賢聖余繹而思之太上篇有云是道則進非
道則退舍我諸縉紳之外也人豈能造此哉
是見、諸縉紳侯國務暇弛之餘或樂海

句之清風或披霽岩之皓月優游襟懷豈不謂人間之洞僊乎得余愈親愈敬欺中原弗克多觀焉均賜佳章以及慰篇誠如珠玉當韞櫝而藏諸愧余枯腸不揣膚劣勉次其韻以應之所遺恨者語言風馬牛也即一字一句俱頼管君与楮生情正浹洽豈奈侍側無時興言及此五中併裂聊抒寸悃銘德万丶不覺拭涙裁箋以為一誌云 淮陽粟樵識

眛軒公以家藏龍尾硯石囑余題而美茅龍尾有自然之妙何得扮飾而反汚其韞質也余以龍尾之所本來直指而言出則令賞鑑者緘口而無嘖丶之豈不寶傳珍乎

稟天之氣　產地之靈　奪山之秀
含水之精　燦人之目　耽士之文
選匠之巧　超石之群　東壁之寶
西園之珍　色拔龍尾　以美其名

淮陰雪樵子題書 雪樵

次　轍藏主原韻　呈
昧軒平先生斧祈
教政

偶把諸名勝禪宗忽爾逢詞源欝至理
詩旨識音容海外風光異天涯卷柳濃
論交囙坐久不覺夕陽春

雲間林蓫拜艸

林遂之印

開文

脩歸楫之際船岸分居來往短札

自本船贈岸上

來字乞發山泥兩担若得練就付來尤妙此乃
修灶致用也立待蠟燭再付九對來如郎雄
野雞要買一隻菓四斤要小燭半斤丘子
雲大魚四尾

二月初二日　　以中杏一段

大爺覽

接
教郎將前二酒桶送上今公司致需豆
腐每日必須十五塊日下正在待用乞郎發
來又來酒桶一隻重十斤乞查明盛酒大鹿
後腿要買兩隻豆三升林開丈要魚五斤

二月　日　以中　拜

大爺召覽

來荳已收每日所需豆腐十五塊不敷必得

廿塊一頓青菜五六把明日要用矣候發

來

二月　日　回字　以中　白

大爺

腐菜収入針線送到心中煩惱非可菜愈

乃卜前程耳其審而示知可也

二月　日　回

接來字已知呆德之事停安令船俱喜門

諭不可付邱上岸自當遵命所來之物俱炤

帳為說所取之物亦炤帳本上其物將自

一艙其小菜亦不必多付下來外可買蒼朮
三四兩醋一二斤黄豆三五升船上諸事俱
良志炤看不必　大爺掛念耑此奉復　此
手巾前日芽糸已取上岸矣
二月日　晚生　兆　頓
郭大爺　台覽
昨日青菜豆腐魚公司倉収用今早來麵
小収矣今要買一碗水小魚二百斤黄豆買錢
明日每要豆腐青菜要風爐一个此帳在四
兩預内算可也　外揚丈要豆腐十塊
二月　日
乞見字撥冗即到船一來一看以便下藥方

不可遲病人粥飯不食寒熱難過速々帶菜
併三官爺来每聞并菜引生姜葱船上亦要

二月　日

連日少晤念々想　吾兄在岸上必炤之甚
不卜可知也啓者今有明吾老兄両日染恙乞
兄揆冗下舟一看万勿遲耳并吘施主友下船
者晋茶小嵩此代面不一々大爺前乞呼名致
意不及另字每啓

二月　日　　教弟金　兆威

青老康兄大人　台覧

司二爺病雖畧好不昔眠菜鹿肉雞俱已收
明公司致用止豆腐小菜要用魚亦買来
可也者仉得省且省象客若要来面各

自開來我亦愛帳、但坐此久待　如坐針氊不
知何時方信到王西爺托筆致謝　初二日
献神已無酒用、

正月晦日

尸其呆德之尸、昨夜頭目驗過入棺停在櫓後
擡頭前令通船客人要写連名呈状、求此處
君上將呆德棺木在此入土、未知可能知諸客
之愿否乞否兄与　大爺相商、来燭十枝已
妝明其蓬帳亦在修理不須掛念、今来茶
一瓶、橘餅五斤此後外糖一包乞示下、

二月　日

所来各項俱已点取明白其棺已合專候驗
過入殮也、此後

二月　日

司大爺身發寒热太陽痛疼遍身酸麻卜
便难満必要甭黎下来一看服菜為妙
大爺可設法稟明頭目務得甭黎下船以
扶病躰以安弟心此要緊事非等閑也

二月　日

所来蒼术酸已収訖其水將有一艙棺林釘
不要了紅毡包云章収好外拿東宫要魚
二三斤豆付一二十塊如有付来諒而行之此
僕

二月　日

司明老身体發熱頭面紅赤兩頦絆腎身上
客有汗意飲食不思心中不寛自昨日至

今日不曾飲食，唯吃糖酒半椀，遍身酸疼，打
顫氣喘咳嗽，兩太陽痛，有痰多，拜上　郭大
爺，大用貫（管）弟（第）感情得緊，藥不必服。昨夜到今
口渴，但三兒在埃上，心間何忍？可以設法叫他
下船來服侍否？

二月　日

陸七官一至黃昏，自膝骨至足，氷冷酸痛，而
抖，四肢酸麻，兩腿綿軟，眼目昏花，頭暈，至半
夜發熱，痰甜，冷飲食不思，吃則飽悶，自覺
火氣上升。陸秀官橫症痰痛異常，又不能變，
再得幾劑藥吃為妙。

二月　日

早接来字即問司￼老細々開明体中不適
呈上今要紙二刀醋三斤蒼术四兩開来松
板尚未送来諸事　弟自能料理不必掛
念也

二月日

来物已炤帳収訖亦炤字分付登帳刻下釘
火盆亦収訖此復

二月日

船上壚菜已無要買吃水亦要今来銀四兩
上頭若有魚亦要買鹿肉一二十斤猪肉前後
十斤葱蒜買些　果德之事以速爲妙不知
上頭可有商量否

二月日

豆腐明日已缺乞留神付來 弟處此心中煩

懣不知何治惟亦知爲妙

二月 日

司二爺身躰微熱兩太陽痛兩頰亦痛遍身

酸麻小便痛澁大便乘泄脉息右手洪大此乃

風火交鬱于中也乞定一方買藥一二劑散其

風火庶可即愈耳且每欲食面奏恐有食氣

每三阻之僅食粥食麋

二月 日

前日 台諭修整副舵即吽潘巖二司務細

看言説無甚傷處不必修理此報問但公司

倉小菜可過二三日多買完日再開帳上取

有魚可付三两尾来蘿蔔不要此不一

二月　日

其棺林已完成入棺不知可要本地頭目看過

否乞示下以便入棺㫖此奉聞

二月　日

本船上載有廿一史全部共四十五套乃唐山至

重之書珍之如寶外有料絲中圍屏灯一架

并十錦竒花大緞大紅綢紗要貢　君上

可否每一套有束字乞買魚四尾付下為感

二月十日　教弟　年應龍具

大爺

収白

見字即打就照様釘拾隻釘大桅面梁用

外要魚二尾係顧正此

二月　日

来熟土已収承教即當遵法製度措灶耳

此復

二月　日

承諭呈德之事昔夜入殮其日即著人將舩

内収拾乾淨又將炭醋蒼朮薰灼𭠓之又

撥四人在倉睡卧不必再費清思矣棺

上用繩因未來耳接教即令顧正料理可也

二月　日

所来各項俱以教収明明日致　神之事亦

以領悉又魚二尾即付林開吉入帳訖外張

見遠要蠟燭半斤便付来何若

二月　日

来魚俱照数収入如有要者當即分散耳

大酒桶附兵船上諸務自能料理不必掛念

也、

二月　日

呆德之尺今已七日口内流血水乞船主如何

永王兵速々上岸入去再遲一二日恐船上

不堪此聞

二月　日　外要升見遠紙万

見遠套言不叙司二爺服菜後其热以退俱

心中不寛頭重大便一日有三四次煙酒不

能戒菜不吃不必付来再者船上陳米尚

有二石新米在外水將一艙其魚菜尚在

訖
鹿肉尚有三腿如要即写字来亟刻下来
物以炤帳収訖各凡在岸倘得暇可將花名
册並貨册釘写恐到時未能所立就其三位
可到時再議或巻不写亦該釘好頭亭写
便往回数次地名曰期亦免臨時思索耑
此氏不下今来木套二双茶葉一包 恰
大爺前不另字乞呼名多致
市老原大人　均覽　　教弟金兆
司内錢木爺　王四爺　謝之
昨来鹿腿魚菜燭俱炤帳収訖今来涼帽
一頂橘餅廿塊乃良之大爺開桶取出今
後公司鎗魚肉少買下来过一二日豆腐

可付一二十塊諸客要菜即炤谷問未司二
爺菜今早煎服明日再當報命耑此
二月日
昨日來奏　君上將本舩再挽進廿丈地以
防初八日風暴　君上已允准今着小舩來挽
可速拔錨而進但須　之錨并本繩俱有俟
有風暴自然來添助也
二月日
自岸遣船上
兩日風大搖擺為甚今得　留神奏准挽進
大可安心兄見其垂愛之情也此後釘不知曾
打就否乞惟之
二月日

呈本船

捧讀　翰墨愛我之深筆難為謝但居此地豈能以生辰介懷過蒙　注念銘勒不盡外夾鮮魚二尾黄豆五升豆腐五塊可
交明　司二爺查收入帳所問蠟燭乃芥子油澆成也来燭五對併查收其鍋鐽已打成價要四錢不敢付来前来熟土二石價錢一兩五錢也

呈本船

長崎之使船已到其来　文着即回唐不許漫徃長崎等語適間已求過再三難以作主説到此處令人魂飛而魄散矣究竟不知如何信杲先此報聞

二月　日

接来字送到，揀好一色上台絲拾包，計

重伍伯觔乞，點収明白

二月　日

前文字義

驗過　即看明　搖頭前　乃披水　蓬帳　乃帆

云章　乃客　両担　担者石也　一頓　乃一飡也

公司倉収用　乃公中之用　啓者　乃牘也

撲冗下船　偷閑而下舟也　蓆墊好貯　以蓆墊艙将来放上

潘司　乃木匠也　套言不叙　乃閑言不説之義

花名冊　乃本船之人冊也　貨冊　乃貨物之冊也　朱套　乃泥

吴三年庚當郎写明 死者吴德楨上年歲写錄 了乞正

酸痛而抃 抃者郎顫也

清客新語者頃子春水子
見示焉已排閲珍事
亦多矣抉其詞也俚鄙
雜而能以含笑但以筆之
類也於之涉獵勉勵者

則不可爲益与施之背謬
倦勞間何可以爲一助耳
終借筆于林鮑之而謄寫
焉与佽友漫不成凡爾云
子東元祿壬申秋七月既望

清朝珍寶渡船記

江户時代，德川幕府實行鎖國政策，僅開長崎一港以定期與荷蘭、清朝通商，其中以清朝商船來崎爲多、爲主。日清通過長崎不僅進行商品經濟的貿易，而且還有豐富的文化交流活動，比如日清文人的唱和、書籍的來往，等等。直接的人員來往也使兩國之間增進瞭解。關於這方面的研究，有大庭修、松浦章等前輩學者的豐碩成果可以學習，筆者也曾就此撰寫《十八—十九世紀中日沿海地區詩文典籍交流》，[一]可供參考。關於江户時期中日之間的文化、經濟等方面的交流研究，在此不再贅述。《清朝珍寶渡船記》就是在這一交流歷史中的一份詳細而重要的資料，可以見證當時日、清交流的情況。

《清朝珍寶渡船記》，寫本，一册，長27厘米。這是來崎清商船隻的貨物清單。具體爲天明四年（一七八四）五月、六月、十一月、十二月辰壹號南京船、辰二號船、辰三號寧波船、辰四號厦門船，天明七年六月午十三號厦門船到長崎貿易的貨物及其數量、船員名字和年齡及籍貫、貿易額等的記録。辰壹號船船主爲顧舒長、張秋谷；辰二號船船主爲王德綸、魏定臻；辰三號寧波船船主彭儀來；辰四號厦門船船主是施奏簧、周清遠；午十三號船馮聲遠。

除了常見的絲織品、香料、藥草等物之外，辰三號船上還有大量的書籍，有《宋版册府元龜》全部，二百二十

[一] 李杰玲著：《十八—十九世紀中日沿海地區詩文典籍交流》，濟南：山東人民出版社，二〇一六年。

本；《唐伯虎溪蛟圖真跡手卷》，一幅；《王石谷真跡山水手卷》，一幅；《馬南坪真跡花鳥册頁》，一本；《呂海山真跡屏心》，十幅。辰四號船載了《趙子昂西園雅集》手卷一卷，另有一些别的畫作。除了書籍之外，江户人還比較喜歡清人的畫作。辰四號船還有兩箱書籍，具體書目并未列出。

寫本中還有辰二號船、辰九號船、辰十號船員名册，午十三號船貨册。

清朝珍寶渡船記

辰一番船　貨冊

計開

一永椿錦緞二箱　計五十足

一天元三套三捲　仝一百五十足

一正元仝一捲　仝一百足

一豊茂仝二捲　仝一百足

一元豊錦紬六捲　仝二百四十足

一羯夾二十三捲　仝二千二百六十二足

一璽紬七捲　仝二百四十六足

一大紅平紬　一包
一恒興紅毡　七十梱
一同順仝　三十梱
一伯召奏本三百簍
一三盆糖一千五百十包
一黄芩　四十件
一牛膝　一百件
一檳榔　六十七件

仝　六疋
仝　二千一百條
仝　九百條
仝　一千五百束
仝淨重十七萬三千觔
仝淨重八千七十觔
仝淨重一萬三千八百十觔
仝淨重七千六百五十觔

一土貝　一百件　仝淨重一萬二百觔

一西附　四十一件　仝淨重四千九十觔

一蘇皮　九十件　仝淨重一萬八百觔

一上蚕絲　一箱　仝淨重三十六觔

一鶴毬　二捆　仝拾八條

一紅黒纓　一包　仝淨重二十觔

預備

憲用

一花絨　四箱　計一百足
一大紅紗　二箱　仝一百十足
一天鵞絨　三箱　仝六十足
一麝香　二罐　仝十三觔
一白玉　一匣　仝一枚
一全毫大提筆　二匣　仝二枚

一上貢紬　十疋

顧舒長承辦

一白熊毛　一包

高木清右公

一枷楠香　一匣

計五觔

仝三塊

求領

一橘餅　二包

一氷糖　六罋

一白糖　十六包

一桂圓　二桶

一色布

一衣料縐紗　二疋

一色紗　三疋

一貢綢　三疋

寄夘五番船應用

一神燭　二桶

一牛皮　一張

一白糖　二包

一桂圓　一桶

一帆布　一梱

一旗布　一梱

一籐　十梱

敬館内

土地堂用

一大紅平紬帳幔料四足

一仝　燈紗二足

奉幣

聖廟

一白糖　二包

天明四年五月

辰一番南京船主

顧舒長
張秋谷

辰二番船通船貨册

今將通船粗細貨物開列于後

計　開

一信義大花紬五捲　計一千疋

一洪義三套一捲　計五十疋

一恒隆仝　五捲　計二百五十疋

一正元仝　一捲　計五十疋

一豐茂仝　二捲　計一百疋

一咸順仝　二捲　計一百疋

一德隆錦約一捲　計四十疋

一德利仝　一捲　計四十疋

一永吉錦綬二捲　計八十疋

一元豊仝　四捲　計一百六十疋

一仝　四花一捲　計四十疋

一泰和錦紬四捲　計二百疋

一勤茂色緞二箱　計八十四疋

一　花緞一箱　計二十疋

一廣泰杭羅　計十疋

一花漳絨一箱　計二十疋

一同順紅毡五十捲　計一千五百條

一伯召奏本一百簍　計五百刀

一花箋紙六十五捆　計一千九百五十刀

一劈紙二十捆　計二百四十刀

一牛膝二十件　計三千一百二十四斤

一常山十二件　計九百七十六斤

一蘇黄二十件　計二千五百五十斤

一甘松四十二件　計四千四百〇五斤

一蘚皮六十件　計五千零九十六斤

一蘇木三百五十四枝　計五千零九十斤

一連翹五十件　計四千七百十四斤

一桂員三十桶　計九百五十斤

一大腹皮四件	計五百五十斤
一泥金四匣	計十兩
一沉香一箱	計六十斤
一洋法自走人形	計十一匣
一壽山印石二箱	計四千塊
一墨二箱	計二百斤
一白鉛二百塊	計六千一百六十八斤
一泉糖一千一百包	計十三萬九千二百斤
一部柳㧛册頁一個	計一匣
一丁南羽羅漢全一個	計一匣

一春册一個　計一匣
一仝手巻一個　計一匣
一馬扶風手巻一個　計一匣
一蔡文姬仝一個　計一匣
一雄精　計一匣
一白玉墨床　計一匣
一印石　計一匣

奉幣
一聖廟白糖二包

馮聲遠名下遵依帶繳補還

一啟泰色緞一箱　計四十疋

一桂員十桶　計三百二十斤

一元美奏本〆十簍　計三百五十刀

一伯召仝　三十簍　計一百五十刀

仝　遵依

一德裕青水大紅絲線二箱　計一百十斤

一螺蚼果盒香盒　計一箱

一玻璃畫鏡大小四面　計一匣内附玻璃盃十二個

一京錦三國志三部　計六套

天明四年五月　日辰二番船主　王德綸
魏廷臻

辰三番邇船貨册

通船貨册

計開

一恒隆三套紗　八捲　計四伯疋
一德隆仝　三捲　計一百五十疋
一昇新仝　一捲　計三十疋
一洪義四袍紗　五捲　計二百疋
一元利仝　三捲　計一百廿疋
一全新式四袍　一捲　計三十疋
一洪義錦縐　九捲　計三百六十疋
一德隆仝　四捲　計一百六十疋

一義方四袍紗	一包	計兩疋
一全錦袍紗	一包	計兩疋
一勤茂色緞	二箱	計八十四疋
一色花絨緞	一箱	計十五疋
一色羯	五件	計五百疋
一鶴毯	八件	計二百條
一恒興紅毡	五十件	計一千五百條
一元昇奏本	一百簍	計五百束
一疋紙	五件	計一百刀
一金箋紙	二十件	計六百刀

一連翹　五十件　計四千八百斤
一大腹皮　四十六件　計五千二百斤
一黄芩　六十件　計九千八百斤
一牛膝　四十四件　計六千八百斤
一益智仁　三十件　計三千四百斤
一白蘚皮　六十三件　計八千四百斤
一甘松　二十件　計二千五百斤
一蘇木　二百六十三枝　計五千四百斤
一白鉛　二百塊　計六千二百斤
一泉糖　一千一百五十九包　計十四萬九千一百六十斤

一書籍　一箱　計二十二套
一法帖　一箱　計二十七套
一徽墨　二箱　計一百斤
一湖筆　一箱　計一百四十匣
一料手鐲　一包　計二十隻
一料石簪　一簍　計五千枝
一玳瑁簪　四包　計二百枝
一菱花茶盃　七箱　計弍千二百隻

預備

上用物件

計開

一宋板册府元龜全部　計三百二十本

一唐伯虎溪舲圖真跡手卷　計一個

一王石谷真跡山水手卷　計一個

一馬南坪真跡花鳥册頁　計一本

一呂海山真跡屏心　計十幅

一沉香　一塊　計十二兩

一玳瑁　七塊　計二斤

奉幣

聖廟

一白糖　二包

求領進館三廟供奉

一月白紗神幔　一頂

一紅紗掛綵　三足

一錦緞神幔　一個

一紅燈紗　三足

以上四項務祈求領進館爲感

求領進館伙食

一五色旗布　一捆
一蓬布　一捆
一白糖　十五包
一氷糖　十五桶
一桔餅　十件
一桂圓　四桶

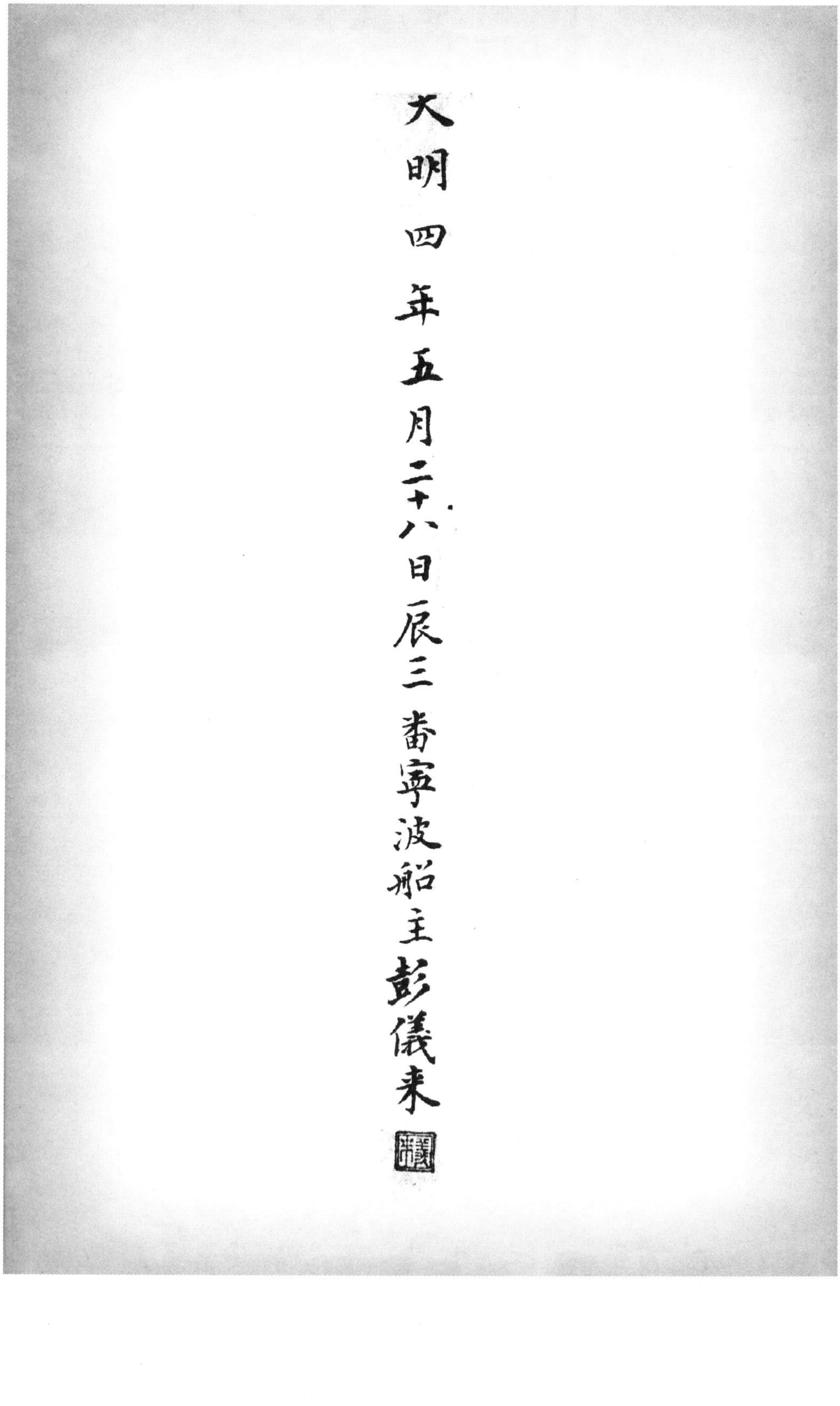

大明四年五月二十八日辰三番寧波船主彭儀来

辰四番通船貨册

計開

一咸順三套　叁捲　計壹百五十疋

一豐茂全　貳捲　計壹百疋

一益元錦絵　貳捲　計捌拾疋

一天元三套　貳捲　計壹百疋

一一元錦絵　壹捲

計肆拾疋

一永豐仝 貳捲

計捌拾疋

一仝三套 壹捲

計五拾疋

一宏泰四袍紗 壹捲

計叁拾疋

一德利三套 貳捲

計壹百疋

一履泰杭庄素羅 柒箱

計叁百叁拾疋

一天吉大花紬

五捲

計壹千疋

一恒興紅紬

五捆

計壹百五十條

一同順仝

六拾捆

計壹千捌百條

一順興仝

五捆

計壹百五十條

一伯石奏本紙

五拾担

計壹百簍

一昇元仝　五拾担

計壹百簍

一高元仝　五拾担

計壹百簍

一泉糖　壹千叁百包

計壹[illegible]叁萬觔

一白鉛　壹百三提　計七百十二塊

計壹萬九百三十四觔

一胡連　拾件

計壹千弍百五十觔

一益志　叄十件

計弍千八百三十觔

一象貝　壹百桶

計壹萬弍千七百觔

一朴麻　弍十一件

計弍千三百六十觔

一蒼朮　壹百十件

計壹萬六千六百觔

一甘松　七十件

計柒千弐百六十觔

一杪草　叁十八件

計四千六百六十觔

一連翹　四十四件

計四千四百九十觔

一西附　四十件

計四千五百觔

一牛膝　叁十七件

計六千弐百三十觔

一鮮皮　拾件

計壹千八百觔

一大腹皮　六件　計八百觔

一梹榔子　弍件　計叁百觔

一紅木香几　五座

一花鳥画　四十軸

一洒繡画　弍幅

一仇十洲清明上河圖手卷　一捲

一仝春册頁　弍部

一趙子昂西園雅集手巻　一捲

一水晶墜　九十四枚

一玳瑁香盒　一個

一廣簪　七十枝

一湖筆　四匣　計四十枝

一虎皮　壹箱　計四張

預備

上用

一洪義四袍紗　壹捲　計四十疋

一松針緞　壹箱　計叁十疋

一柳條緞　壹箱　計叁十五疋

一新式皮球緞　壹箱　計弍十五疋

一寧茂天鵝絨　壹箱　計貳十疋

一麝香　五瓶　計三件

計七十八觔五合

一古絨錦　弍疋

一上上𣏌楠香　壹錫匣

計壹塊

程養拙預備

一花線紗　壹捲

計十弍疋

程半樵遵依

一書籍　貳箱

一砂壺　　弍十把
一青磁鉢　叁隻
一使君子　五觔
一鐫字圖章　弍方
　奉腧
聖廟
一泉糖　　弍包
以上本船正賣餘賣及王履階　奬賣銀四千両一併在内

天明四年 六月

辰四番廈門船主施奏簧

仝 周清遠

辰二番人名冊

今將通船人名開列于後

計開

船主王德綸　年四十二歲　杭州人　祀媽祖

仝　親定臻　年四十歲　福州人　仝

財副傅若愚　年四十六歲　興化人　仝

總管林典直　年四十六歲　福州人　仝

彩長林志療　年三十八歲　仝　仝

舵工鄭登琳　年三十六歲　仝　仝

陳德亮　年三十五歲　仝　仝

香供鄭文現　年三十六歲　仝　仝

目侶

鄭旺　年三十八歲　福州人　祀媽祖

王浩　年三十歲　仝　仝

王其佑　年三十二歲　仝　仝

鄭蔡　年三十二歲　仝　仝

陳光　年三十四歲　仝　仝

張礼　年二十六歲　仝　仝

吴官　年三十八歲　仝　仝

潘崇　年三十六歲　仝　仝

林宇　年二十八歲　仝　仝

張四弟　年二十六歲　仝　仝

姜茂漢　年三十四歲　仝　仝

林五弟　年二十七歲　仝　仝

高隆　年三十六歲　仝　仝

陳永　年三十三歲　仝　仝

黄興　年三十七歲　仝　仝

洪尚　年二十五歲　仝　仝

林長　年四十二歲　仝　仝

林容　年三十二歲　仝　仝

林燮　年三十七歲　仝　仝

林明　年四十二歲　仝　仝

林送弟　年三十二歲　福州人　祀媽祖

宋元德　年三十三歲　仝　仝

劉香　年二十六歲　仝　仝

鄭德　年三十五歲　仝　仝

丁天祥　年二十歲　寧波人　祀觀音

阿天　年三十一歲　仝　仝

天佑　年二十九歲　仝　仝

吳珠　年三十二歲　仝　仝

宋安　年四十二歲　仝　仝

薛惟徤　年四十三歲　福州人　祀媽祖

吴玉　年四十二歲　仝　仝
陳于時　年三十二歲　仝　仝
陳鳳　年二十八歲　仝　仝
林書　年二十七歲　仝　仝
林青　年三十二歲　仝　仝
觀公千　年三十四歲　仝　仝
曹銓　年四十二歲　仝　仝
林春　年三十四歲　仝　仝
高英　年三十六歲　仝　仝
朱守鐸　年三十二歲　仝　仝

吳仁　年二十歲　福州人　祀媽祖

朱敏　年十九歲　仝　仝

吳得鴻　年三十歲　仝　仝

倪文弟　年三十一歲　仝　仝

林芳来　年二十三歲　仝　仝

魯貴　年二十五歲　仝　仝

鄭隆朗　年二十四歲　仝　仝

李良　年三十二歲　仝　仝

陳継述　年二十七歲　仝　仝

林緯　年二十六歲　仝　仝

方餘　年二十四歲　仝　仝

陳典矩　年三十二歲　仝　仝

鄭恒謀　年三十二歲　仝　仝

趙明章　年四十二歲　仝　仝

陶得貴　年二十四歲　仝　仝

童濟元　年二十歲　仝　仝

隨使

徐渡寿　年二十二歲　蘇州人　祀關帝

王永貴　年二十歲　仝　仝

蘇廷相　年三十八歲　寧波人　仝

陳恭容　年二十八歲　仝　仝

楊明山　年三十歲　福州人　祀媽祖

韓遂　年四十三歲　仝　仝

通共計七十人

天明四年五月

日辰二番船主　王德綸

　　　　　　　魏定臻

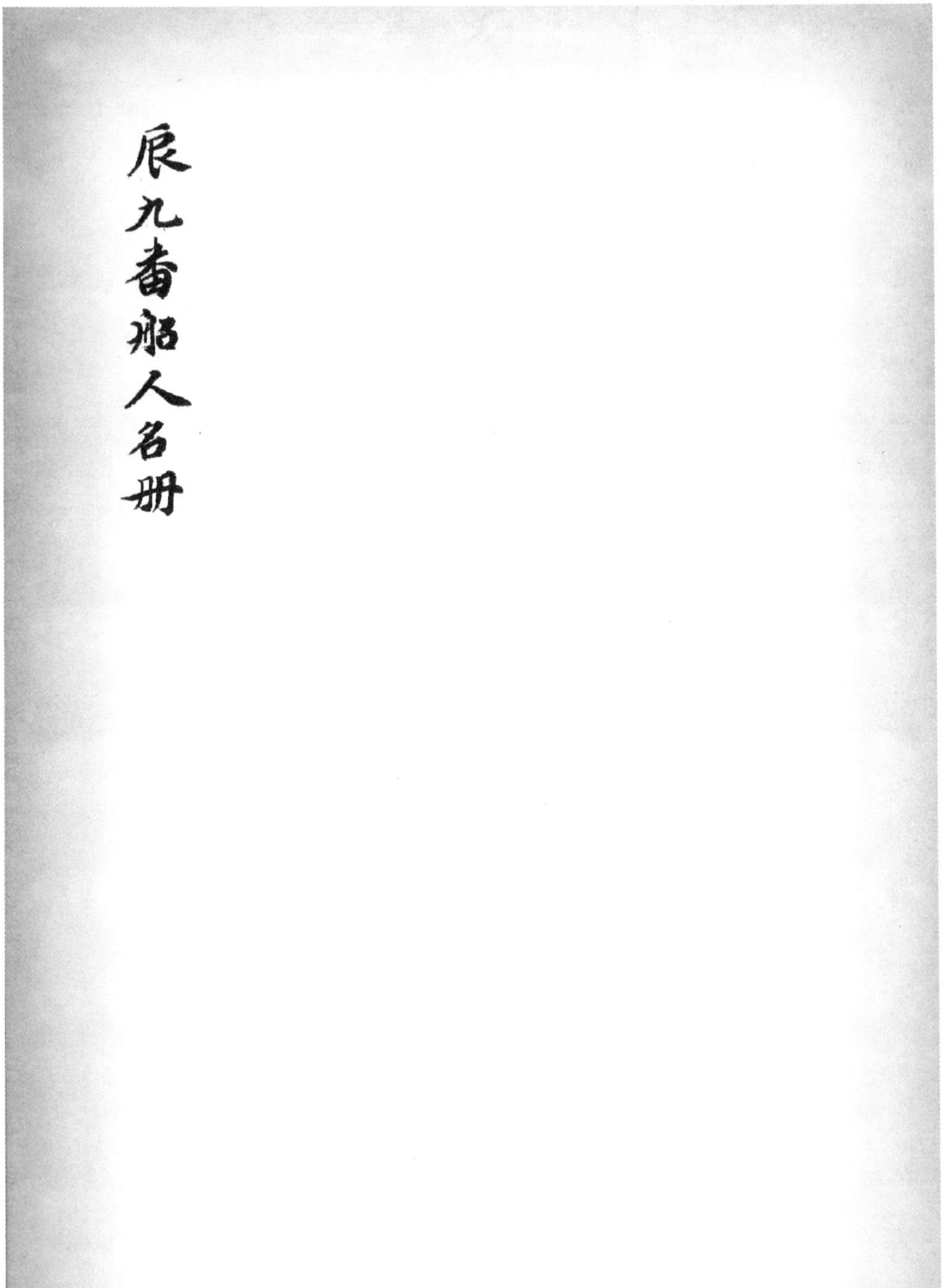
辰九番船人名册

通船人数

船主陸勝三　年三十七歳　蘇州府　祀媽祖

財副王雨生　年三十二歳　仁和縣　仝

夥長王能祥　年五十五歳　閩縣　仝

總管林首添　年三十三歳　仝　仝

舵工劉良鳳　年四十歳　長楽　仝

仝　傅建舵　年五十六歳　同安　仝

目侶顔孝元　年三十六歳　寧波　仝

葉招使　年四十七歳　平湖　仝

陳丕春　年三十八歳　閩縣　仝

蔡科使　年三十歲　同安　仝
陳上崇　年四十歲　福清　仝
陳同使　年四十一歲　仝　仝
陳吉使　年四十四歲　仝　仝
黄世俊　年三十一歲　仝　仝
李學進　年三十三歲　侯官　仝
洪馬玉　年二十九歲　仝　仝
姜茂在　年三十七歲　長樂　仝
吴世策　年二十二歲　侯官　仝
黄世章　年三十四歲　仝　仝

陳佛球　年二十一歲　候官　祀三官
姜泗弟　年二十八歲　仝　仝
陳位傑　年三十一歲　長樂　仝
林昌仁　年四十二歲　仝　仝
林克春　年三十二歲　仝　仝
林學弟　年三十五歲　仝　仝
朱龍弟　年二十九歲　閩縣　仝
林文標　年三十六歲　仝　仝
劉益弟　年三十二歲　長樂　仝
戴大育　年二十二歲　平湖　仝

林首滿	年二十四歲	閩縣	仝
陳則美	年三十五歲	仝	仝
吳來發	年二十九歲	仝	仝
魏成棟	年三十一歲	仝	仝
鄭則賓	年三十九歲	仝	仝
陳梅德	年四十一歲	長樂	仝
張維明	年三十歲	仝	仝
吳學加	年三十歲	仝	仝
林通官	年二十一歲	仝	仝
陳連弟	年二十五歲	仝	仝

林建焔	年二十一歲	閩縣	祀觀音
鄭滿弟	年二十三歲	仝	仝
林紀弟	年三十歲	仝	仝
陳應硯	年二十一歲	同安	仝
徐幸使	年二十四歲	仝	仝
童進使	年二十三歲	仝	仝
戴允昇	年二十五歲	鎮海	仝
林金順	年三十歲	晋江	仝
嚴顯貴	年三十歲	鎮海	仝
傅從使	年二十四歲	同安	仝

王君顯　年四十二歲　閩縣　仝
林建潤　年三十歲　仝　仝
陳嘉用　年四十三歲　福清　仝
劉良蛟　年二十二歲　仝　仝
齊隆弟　年十九歲　候官　仝
鄭孔興　年三十一歲　仝　仝
陳玉弟　年三十歲　仝　仝
劉良造　年三十四歲　長樂　仝
鄭傳璉　年三十五歲　仝　仝
鄭元暉　年三十歲　仝　仝

陳囝哥　年四十歲　閩縣　祀關帝
林明德　年三十二歲　仝　仝
王德揚　年三十歲　長樂　仝
齊玉弟　年三十六歲　仝　仝
林康弟　年三十四歲　仝　仝
陳富恩　年三十二歲　仝　仝
金椿弟　年二十一歲　仝　仝
劉孝金　年二十二歲　仝　仝
劉則成　年二十三歲　仝　仝
鄭廷銘　年三十三歲　閩縣　仝

嚴　司　年四十歲　常州　仝

蔣德順　年五十歲　平湖　仝

陳起高　年四十歲　湖州　仝

朱　雲　年三十五歲　仝　仝

隨使丁　賢　年三十四歲　杭州　仝

李豫成　年五十七歲　蘇州　仝

朱　申　年四十歲　杭州　仝

秋南山　年四十五歲　平湖　仝

顏德盛　年四十歲　仝　仝

徐永奇　年四十歲　仝　仝

上乃織貸

隨使

王德興　年十八歲　寧波　祀聖帝

共計八十人

天明四年十一月

辰九番南京船主陸勝三

辰十番通船人名冊

通舡人名册

計開

舡主王德綸　年四十二歲　杭州人

仝　魏定臻　年四十歲　福州人

財副傅若愚　年四十八歲　蘇州人

仝　張琪璧　年二十七歲　河南人

夥長柯世高　年五十五歲　福州人

総管林典直　年五十四歲　仝

舵工鄭登雲　年三十歲　仝

仝　傅逅使　年三十歲　仝

在留辰二番

板主李逵使　年四十五歲　漳州人
香供劉則鳳　年三十三歲　福州人
目侶鄭旺弟　年三十二歲　仝
魏振梅　年三十三歲　仝
王通弟　年二十八歲　仝
劉則使　年三十八歲　仝
潘蒙弟　年三十歲　仝
李造使　年二十七歲　漳州人
陳道永　年二十八歲　福州人
鄭久使　年三十九歲　漳州人

王思道　年三十五歳　福州人
呉象使　年四十一歳　漳州人
呉任使　年三十五歳　仝
張梅弟　年二十七歳　福州人
何滔使　年四十四歳　漳州人
趙養使　年二十九歳　仝
童齋使　年十九歳　仝
王改使　年二十歳　仝
許義使　年三十四歳　仝
呉蔭使　年二十七歳　仝

柯旺弟　年二十九歲　漳州人
陳　明　年三十歲　仝
鄭春弟　年二十八歲　仝
周時忠　年二十六歲　仝
宋元德　年二十二歲　仝
林芳来　年三十歲　福州人
池才弟　年二十五歲　仝
高力使　年二十九歲　漳州人
王德順　年三十歲　福州人
林童弟　年二十八歲　仝

池　璧　年四十二歲　福州人
陳克昌　年三十二歲　仝
周時福　年三十歲　仝
陳　興　年二十六歲　仝
林細弟　年二十七歲　仝
鄭大弟　年二十七歲　仝
陳　佚　年三十五歲　仝
柯天居　年三十歲　仝
高來弟　年三十二歲　仝
做當陳華弟　年二十七歲　仝

林明弟　年二十歲　福州人

嚴海弟　年二十五歲　仝

魏公于　年三十五歲　仝

劉　友　年三十歲　仝

柯來旺　年三十歲　仝

林　岳　年三十六歲　仝

林清弟　年二十二歲　仝

王揵順　年二十五歲　仝

做當　王太實　年二十四歲　仝

葉天弟　年三十歲　嘉興人

林仁志　年三十歲　福州人

陳台弟　年二十四歲　仝

楊已弟　年三十一歲　仝

陳世大　年五十歲　仝

陳充弟　年二十九歲　仝

廖夲仁　年三十歲　汀州人

張在恒　年三十歲　直隸人

高忠興　年三十一歲　福州人

高尊福　年三十二歲　仝

高浦弟　年二十五歲　仝

游道文　年二十八歲　福州人
朱起運　年四十二歲　仝
姜孝忠　年三十歲　寧波人
邵恒玉　年四十歲　仝
隨使趙永年　年三十八歲　杭州人
張福林　年二十一歲　仝
蘇廷相　年四十歲　寧波人
楊明山　年二十八歲　蘇州人
李大升　年三十八歲　仝
童濟元　年二十四歲　寧波人

在留辰二番

以上共計七十六人

外加辰二番在留二人

總共計七十八人

天明四年十二月　　日

船主王德綸

午十三番船貨冊

今將通船粗細貨物開左

計開

一吉字金三封　代花迭錢用　計一百五十兩

一利字金四封　計二百兩

一西藏金四封　正類足頭銀　計二百兩

一元色加長線緞六箱　計二百四十疋

一大呢二箱　計八疋

一嗶吱九箱　計八十五疋

一恒興紅工毡四十一捆　計一千二百三十條

一同順紅工毡十七捆　計五百十條

一黄花毡十五梱　計五百五十條（内十梱毎梱四十條）

一白花毡一梱　計三十條

一伯名奏本紙一百七十三簍　計八百六十五刀

一義達仝　十九簍　計九十五刀

一惠元仝　十三簍　計六十五刀

一白纓四梱零一件　計二百十斤

一牛角十六箱　計一千一百十一枚

一粉口兒茶三十箱　計四千五百斤

一大黄一百三十五件　計一萬四千斤

一白蘚皮四十包　計五千四百斤

一猪苓二十包
計二千六百斤

一山歸来七十包
計七千一百三十斤

一大楓子三十包
計三千三百二十斤

一大腹皮二十件
計三千斤

一黄芩三十件
計七千四百斤

一零香草十件
計一千六百斤

一臺湾糖二百二十八簍
計八萬一千八百五十二斤

一白鉛八百塊
計一萬一千一百三十斤

一宋錦墨一箱
計五十斤每匣四两共二百匣

一菱花茶盃五桶
計一千五百三十個

一仝　飯碗八梱　計四百四十個

一綠磁花盆大小　計三百個

一麝香卅一小瓶　計六十二斤

外賣貨物

一麝香一罐　計二十斤

一玳瑁八箱　計七百三十斤

一甘草三百七十件又两箱　計四萬六千七百五十斤

一臺灣糖一百簍　計三萬五千九百斤

遵依

一苗香三包 計三百零九斤

預備

上用

一官上加官手卷 計一個

一金滋德手卷 計一個

一龍角 計一枝

一部彌山水冊頁 計一個

一厚存山水手卷 計一個

一馬琬山水手卷 計一個

一文徵明岳陽圖手卷 計一個

一袁尚統捕魚圖手巻　計一個

一趙子昂羅漢手巻　計一個

一張龍章白描手巻　計一個

一古墨蹟摺扇一盒　計九把

一仝　一盒　計二把

一仝　一盒　計一把

一劉松年樓閣手巻　計一個

一江南名勝全圖　計一部

一堆絨摺扇七盒　計七十把

一鑲嵌十錦金扇三盒　計三十把

一青緑山水冊頁　計一個

一挑扇二盒　計四把

馮聲遠 俞綺園 承辦

遵依

一雲青金勒子　計三十粒

一羊角片一件　計十張

磁罷二桶内裝

一大盆圈　計四個

一花藍　計十八個

一三脚盆　計二十個

一十景杯　計四十個

一官杯　計四十個

一酒壺　計十五把

午五番船主吳鳳詔附裝

一白花絨十六足

一白素絨七足

一大花毡三十條

一大花宫毡十條

吳鳳詔承辦

遵依

一金錦三十足 本船帯来十四足 尚少十六足後船補足

一煙桿十枝

奉幣

聖廟

一泉糖二包

天明七年六月

日午十三番廈門船主馮聲遠

天明七年六月

日干十三番厦門船主馮聲遠

附録：日本圖書館館藏漢詩文寫本目録（部分）

按：此目録爲不完全統計所得，但從這些不完全統計的日藏漢詩文寫本來看，也可窺見日藏漢籍文獻的豐富。日本學術界所謂『漢籍』，與國内學術界的定義範疇略有不同。據内閣文庫刊《改訂内閣文庫漢籍分類目録》（一九七一年）原來的凡例，所謂『漢籍』，僅限於指純粹的漢籍（爲方便，韓本，即韓國人用漢語寫的書籍也包含其中），即由中國人用漢文書寫的典籍。日本人用漢文書寫的書籍，或者原書是漢文書寫，却經由日本人加了注釋的，都不算『漢籍』。但是，如果是日本人改編或者節選的原漢籍，衹是加了訓點、眉批的漢籍，都算作『漢籍』。改訂後的内閣文庫分類目録對漢籍的範圍適當放寬，增加了和刻本漢籍。

千葉縣立圖書館編《千葉縣立中央圖書館所藏漢籍目録》（東京：汲古書院，昭和六十二年）對漢籍的分類，則根據《東京大學東洋文化研究所漢籍分類目録》的分類法進行。其凡例稱，所謂『漢籍』，是指由中國人用漢語書寫的書籍，在日本翻刻的，翻刻時加了訓點的書籍也算作漢籍。同時，把日本國書分類目録中的『準漢籍』，即由日本人改編或節選的漢籍、加了注釋的漢籍等，都歸入漢籍的範疇内。同時，爲了讀者檢索和研究的方便，把韓國人用漢語寫的書籍歸爲『韓書』一類。可見不同的藏書機構對漢籍的定義範疇略有不同。此處所録，包括中國人、日本人、韓國人用漢語手寫（抄）的詩文典籍，主要據日本藏書機構漢籍目録所得，由於時間和條件有限，不能一一目驗。

另，本課題研究所指『鈔本/寫本』，是指書於紙質、按照手稿本或刻印本抄寫的，并已形成『本』的文獻。

由於稿本和鈔本同屬於手寫本系統，且最不容易區別，所以本課題研究也包含稿本在内，而不限於隋唐古鈔本，更非專指隋唐古鈔本。事實上，本課題研究的時代延伸至十九世紀的手寫本。又由於詩文往往合爲一書，所以本附録所收，也包括文集在内，而不局限於詩集。所收，也不僅限於中國人寫的、流傳并保存於日本的漢詩文典籍，也包括日本人、朝鮮人用漢語書寫的詩文典籍。當然，本附録所收以中國人書寫的漢詩文典籍爲主。

内閣文庫所藏漢詩文寫本尤其豐富，收藏了紅葉山文庫（又稱楓山文庫，簡稱『楓』）藏書、昌平坂學問所（簡稱『昌』）藏書、江户醫學館（簡稱『醫』）藏書、林羅山舊藏本（簡稱『江』）、林大學頭家本（簡稱『林』）、豐後佐伯藩主毛利高標本（簡稱『毛』）、近江西大路藩主市橋長昭本（簡稱『市』）、和學講談所本（簡稱『和』）、木村蒹葭堂本（簡稱『蒹』）和高野山釋迦文院本（簡稱『釋』）。目録中，對每一本書的舊藏地點都用簡稱來標記，使讀者一目了然。

從以下漢詩文寫本可知，江户時代日本人抄寫的宋人詩文集很多。而其中昌平黌的寫本又格外多。昌平黌作爲當時重要的教育機構，其漢詩文寫本多用作教材，可見江户時代的教育對漢詩文的傳播有着積極的影響。

江户時代中晚期開始，隨着印刷技術的發展和普及，手寫/抄的漢詩文漸漸減少，衹有一些名家名作纔被抄寫下來，如李攀龍的作品。這期間，鈔本仍作爲學校教材使用。

現存鈔本多是據已有刊本抄來，抄寫原因，大致有三：一是經濟方面，書價貴，需求者購買力有限；二是刊本發行量不多，無法滿足需求；三是抄寫者出於個人對漢詩文的熱愛，全抄或摘抄刊本内容，以作爲個人收藏或講義用。

此外值得注意的是，室町時代的寫本也比較多，或許與室町時代的漢文教育重視和普及有關。從《國學院大學圖書館所藏佐佐木高行家舊藏書目録》（國學院大學編，東京：汲古書院，平成二十年刊）所見，就寫本而言，其中雜家、類書類三十一種，其中就有室町寫本。小説家類十七種，也有不少室町寫本。道家類二十七種，以室町寫本爲多。别集類一百零六種，室町寫本占多數，如《野馬台詩》一册，舊題梁室志和尚，室町末寫本；《胡曾詠史詩》三册，室町寫本；《釋萬里抄》一册，室町末寫本；《籟鳴集》二卷并續集，宋釋夢真撰，室町末寫本。總集類七十一種，以室町和平安寫本爲主，如《梅花百詠》，元馮子振撰，釋明本唱和，室町末寫本，等等。小學類三十二種，室町寫本爲多。另外史部、子部的寫本，也同樣是室町寫本爲主。

又，《阿部隆一遺稿集》（第一卷，宋元版篇）（慶應義塾大學附屬研究所斯道文庫編，東京：汲古書院，一九九三年）中的《本邦現存漢籍古寫本類所在略目録》雖然是一份不完整的漢籍古寫本目録，但從中也可看出室町時代的寫本占多數，如經部易類所録五十二種，以室町寫本爲多，詩類二十七種，也以室町寫本爲多。這是一個應結合室町時代的文化、社會、經濟和教育等方面來進行深入研究的現象，對瞭解漢籍在日本的接受和傳播情况也有很大幫助。

此外，日本人抄寫朝鮮的漢詩文者亦不在少數。

一、《日本書目大成》第一卷——《群書一覽》

按：《群書一覽》六卷，尾崎雅嘉（蘿月）編，享和二年（一八〇二）六月大阪多田定學堂海部屋勘兵衛刊本，中六册。以下所録爲詩文類寫本（見三八〇—三八六頁）。

《文華秀麗集》，寫本，一卷，嵯峨天皇等人的詩作。

《經國集》，寫本，六卷，收録良岑安世滋野貞主、天皇等人的詩作。

《無題詩集》，寫本，三卷，一本，殘卷，太政大臣等人的詩。

《續本朝文粹》，寫本，十三卷，藤原季綱。

《朝野群載》，寫本，二十三卷，三善爲康。

《都氏文集》，寫本，一卷，都良香，有富士記等文。

《翰林葫蘆集》，寫本，一卷，禪僧宜竹的詩集。

《彭叔和尚録》，寫本，一卷，南禪寺前主持、東福寺主持彭叔守仙的詩偈文章之集，其中多天文年間之作。

《梅花無盡藏》，寫本，四卷，漆桶萬里的詩集，『梅花無盡藏』是萬里的别號。

《宗休和尚録》，寫本，一卷，妙心寺宗休和尚詩文集。

二、《日本書目大成》第二卷——《續群書一覽》

《續群書一覽》全二十六卷，西村兼文，寫本，大十册，西村兼文在明治維新後住在京都，周游山城、大和的社寺，搜集古版舊鈔記録文書及其他靈寶。明治二十九年一月加上自序，改訂而成此目。

詩文部寫本、鈔本（見二五三—二六二頁）：

《文筆眼心抄》，寫本，一卷，弘法大師著。

《江願文集》，寫本，六册，中納言大江匡房卿著，佛事祈願文之輯録。

《作文大體》，寫本，二卷，中御門右大臣宗忠公著。

《申請文》，寫本，一册，鳥羽僧正覺融輯，此書爲僧侶申出或申請書之文例。

《三教指揮文學解□鈔》，寫本，三册，金剛峰寺沙門□融著（二五五頁）。

《文鳳鈔》，寫本，殘本，一册，菅原爲長卿撰，康永元年（一三四二）七月十七日於觀照房書寫。

《和漢朗詠集私注》，寫本，三册，小野篁，三條天皇、公卿所撰。

《鐵山和尚百首詩》，寫本，一册，後版鐵山著，永禄八年菊月廿一日策彦序雲後版壯歲僑寓於西都華園，造詣北野神祠有一百日，且日課一首以獻，總而一百五十六首，七言絶句也。

三、長澤規矩也等編《未刊諸文庫古書分類目録》（漢籍、準漢籍）（東京：汲古書院，昭和六十二年）

（一）鎌倉市立圖書館的漢籍寫本（集部）：

《甫田集》，三十六卷，明文璧撰，寫本。

《滄溟先生集》，三十二卷，明李攀龍撰，寫本。

《王奉常集》，十五卷（卷五—十五缺），明王世懋撰，寫本。

《頤道堂詩選》，三十卷，《頤道堂詩外集》十卷，《頤道堂戒後詩存》二卷，《頤道堂文鈔》十三卷，清陳文述撰，清寫本。

《唐詩抄録》，存李白全二卷、杜甫全七卷、韓愈全二卷，清寫本。《列朝詩集目録》一卷，附《明詩選》目録，田邊新之助（松坡）編，大正寫（自筆）。

（二）加賀市立圖書館所藏漢籍、準漢籍分類目録所載寫本（集部）：

《戊午制義文選》，寫本，内六頁，據明刊本。

（三）瑞龍院龍門文庫漢籍、準漢籍分類目録所載寫本（集部）：

《國朝二十四家文鈔》，二十四卷，清徐斐然編，徐秉願等訂，寫本。

《（增補）天下才子必讀書》（據清康熙二十二年重刊本），十五卷（卷十一至十五缺），清金喟編，寫本。

四、《改訂内閣文庫漢籍分類目録》（内閣文庫編印，一九七一年）

集部·寫本類：

書名	索書號	卷數	作者	抄寫者或版本形態
離騷草木疏	兼：一三二一—一〇三	知不足齋本四卷	宋吴仁傑	江户寫本
百廿詠	楓二別：四一—七	二卷（貞觀十八年—開元元年）《李嶠百詠》（來歷志著録本）	唐李嶠	慶長寫本
百廿詠	林一：三二一—一二一	二卷	唐李嶠	江户寫本
須溪先生批點孟浩然集	江一：三二一—一七八	三卷	唐孟浩然撰，宋劉辰翁批	江户寫本
寒山詩	江一：三二一—一二二	一卷，附豐幹禪師録、拾得録、拾得詩	唐釋寒山，附釋豐幹、釋拾得	江户初寫
崔顥詩集	林一：三二一—一七七	據明正德刊本	唐崔顥撰，明田瀾編	江户寫本
蕭文元集（蕭茂挺集）	昌一：三一三—三六五	五卷附一卷	唐蕭穎士撰，明曹荃定（開元五年—大曆三年）	江户寫本
李元賓文集		大曆元年—貞元十年，五卷，	唐李觀	江户初寫本，林羅山手校本
孟東野詩集	林四：三二一—二〇三	（天寶九載—元和九年）十卷，據明弘治刊本	唐孟郊撰	明末寫本
唐李長吉歌詩	江二：三二一—一九二	元至元刊本，四卷，外集一卷	唐李賀撰，宋吴正子注，劉辰翁評	江户寫本
唐李長吉詩集	昌四：三二一—一九五	四卷，外詩集一卷，首一卷	唐李賀撰，明徐渭、董懋策注	江户寫本
柳柳州十記	一：三一三—三七九			大城户宗重校，明治寫本
昌黎先生集音釋	江六：三一四—二一八	四十卷	宋王伯大	江户初寫本

書名	索書號	卷數	作者	抄寫者或版本形態
韓文化記	一：三一三—三五八			大城户宗重編，明治寫本
須溪先生校本韋蘇州集	林三：三一二—一六六	十卷，拾遺一卷	唐韋應物撰，宋劉辰翁校	江户寫本（林述齋手校本）
劉夢得文集	江六：三一五—二三	（大曆七年—會昌二年）三十卷，外集十卷	唐劉禹錫	江户寫本（林羅山手校本）
李文	林二：三一三—三六七	據明嘉靖二年刊本，十八卷	唐李翱	享和元年寫本（昌平黌）
追昔遊集	林一：三一二—一九九	汲古閣刊本，三卷	唐李紳撰，明毛晉校	江户寫本
增廣音注唐郢州刺史許渾丁卯詩集	林一：三一二—二二七	二卷	唐許渾撰，元祝德子校	江户寫本
樊川文集	江五：三一三—三七一	據明刊本，二十卷，外集一卷	唐杜牧撰	江户初寫
杜樊川集	昌二：三一三—三七〇	唐杜牧撰，文集十七卷	明朱一是、吴璵評	享和元年寫（昌平黌）
李商隱詩集	林二：三一二—二三三	（元和八年—大中十二年）十卷	唐李商隱撰	江户寫本
孫可之文集	昌一：三一二—三一〇	據明正德刊本，十卷	唐孫樵撰，明黄燁然、黄也剛編	江户寫本
重刊校正笠澤叢書	昌一：三一五—三七	（？—中和元年）四卷，補遺一卷，續補遺一卷	唐陸龜蒙撰	江户寫本
香奩集	林一：三一二—二三二	（會昌四年—同光元年）	唐韓偓撰，明毛晉校	江户寫本
純陽吕真人文集	毛二：三一四—二〇六	據明隆慶刊本，八卷	唐吕嵒撰，明姚汝循校	江户寫本

書名	索書號	卷數	作者	抄寫者或版本形態
鉅鹿東觀集	昌二：三一二—二三〇	（建隆元年—天禧三年）十卷	宋魏野撰	享和三年寫（昌平黌）
宋林和靖先生詩集	林一：三一二—二三三	四卷附一卷，拾遺一卷	宋林逋撰 明沈履德編	江户寫本
河南穆公集	昌一：三一二—三九儿	（太平興國四年—明道元年）穆參軍集三卷，遺事一卷	宋穆修撰	享和三年寫本（昌平黌）
石學士集	昌一：三一六—三六	（淳化五年—康定二年）一卷，附一卷	宋石延年撰	享和三年寫（昌平黌）
宋文正范先生文集	林一〇：三一二—三九三	十卷	宋范仲淹撰，明康丕揚校	江户寫本
廣陵先生文集	昌四：三一五—八十	（明道元年—嘉祐四年）二十一卷，拾遺一卷，荆公贈遺書，詩一卷，附一卷	宋王令撰，吴説編	享和四年寫（昌平黌）
大宋眉山蘇氏家傳心學文集大全	毛二：三一五—五五	蘇老泉集十一卷，首一卷，蘇老泉文集補一卷	宋蘇洵	江户寫本
韓魏公集	林一二：三一五—六十	（大中祥符元年—熙寧八年）據明萬曆刊本，三十八卷，忠獻韓魏王君臣相遇傳五卷，忠獻韓魏王家傳合十卷，附一卷，别録、遺事各一卷	宋韓琦撰，明康丕揚校	江户寫本
參廖子詩集	昌二：三一二—二六六	八卷	宋釋道潛撰，明汪汝謙校	江户寫本
支離子詩	昌一：三一二—二八七		宋黄希旦撰，危必升編	享和三年寫（昌平黌）
趙清獻公集	昌四：三一五—四六	（？—元豐七年）十卷，目二卷	宋趙抃	江户寫本
王荆文公詩	林九：三一二—二一六	五十卷	宋王安石撰，李壁注，劉辰翁評	江户寫本

書名	索書號	卷數	作者	抄寫者或版本形態
王荆文公詩	昌八：三一二一—二三五	五十卷，補遺一卷	宋王安石撰，李壁注	江户寫本（昌平黌）
具茨晁先生詩集	昌一：三一二一—二六八	明嘉靖三十三年刊本	宋姚冲之	江户寫本
淮海集	林三：三一五一—七五	四十卷，淮海後集六卷，長短句三卷，詩全一卷	宋秦觀撰，明鄧章漢編	江户寫本
洪龜父集		（嘉祐五年—崇寧三年）二卷	宋洪朋	亨和三年寫（昌平黌）
老圃集	昌一：三一五一—二三三	二卷，補遺一卷	宋洪芻	亨和三年寫（昌平黌）
寶晋英光集	昌五：三一五一—一〇六	（皇祐三年—大观元年）六卷，寶晋山林集拾遺八卷（卷五—八缺）	宋米芾	亨和三年寫（昌平黌）
寶晋五記	一：三一三一—四一九		宋米芾	江户寫本
寶晋五賦	一：三六三一—四一		宋米芾	江户寫本
濟北晁先生雞肋集	昌二十：三三五一—二三〇	七十卷	宋晁補之	江户寫本
西渡詩集	昌一：三五八一—四九七	一卷，補遺一卷	宋洪炎	亨和三年寫（昌平黌）
西塘先生文集	昌四：三一五一—一〇九	（慶歷元年—宣和元年）十卷	宋鄭俠撰，明葉向高等編	江户寫本
慶湖遺老詩集	昌三：三一二一—二七二	（嘉祐八年—宣和二年）九卷，拾遺一卷，後集補遺一卷	宋賀鑄	文化元年寫（昌平黌）
唐眉山詩集	昌四：三一五一—二三四	（熙寧四年—宣和三年）十卷，文集十四卷，附一卷	宋唐庚撰，清汪亮采校	江户寫本
宋宗忠簡公集	林二：三一五一—二〇五	（嘉祐二年—宣和四年）六卷	宋宗澤撰，明熊人霖校	江户寫本
同上	林二：三一五一—二〇四	六卷	同上	江户寫本

書名	索書號	卷數	作者	抄寫者或版本形態
和靖尹先生文集	昌三：三一五—二二九	（熙寧四年—紹興十二年）據明嘉靖刊本，十卷，附一卷	宋尹焞撰，	江户寫本
同上	林二：三一五—一三二	據明天啓刊本，十卷	宋尹焞撰，明劉宗周校	寛政七年寫
香溪先生范資良文集	林三：三一五—一三五	二十二卷	宋范浚撰，高□編	萬治二年寫
論語百篇詩	林一別：二二—五	（元祐七年—紹興二十九年）林鵝峰手跋本	宋張九成撰，明張灝注	寛文一二年寫
夾漈遺稿	昌一：三一五—一三一	（？—绍兴三十二年）三卷	宋鄭樵	享和三年寫
蒙隱集	昌一三一二—二六九	二卷	宋陳棣	享和三年寫
海瓊白先生詩集	楓一集：一一九—六	（摘録本）三十九卷	宋葛長庚	室町寫本
南軒先生文集	林一〇：三一五—一三〇	據明弘治刊本，四十四卷	宋張栻	江户寫本
東萊呂太史全集	林一二：三一三—四一〇	（？—淳熙八年）四十卷	宋呂祖謙	江户寫本
呂文肅公文集	昌四：三一五—一三四	（？—淳熙十年）二十卷，棣華雜著一卷，附全二卷	宋吴儆撰，明吴瀛校	江户寫本
象山先生全集	江一〇：三一六—一六	據明嘉靖三十九年刊本，林羅山手校手識本，三六卷	宋陸九淵撰，明馬致通等校	元和九年寫本
石湖居士詩集	昌一二：三一二—二六一	佐藤一齋手校本，三四卷	宋范成大撰，清顧嗣皋等校	江户寫本
石湖先生詩鈔	二：三一二—二六三	范石湖詩鈔，宋三家絶句全三卷，廣三大家絶句全三卷	宋范成大撰，請周之麟、柴升編	江户寫本
滄浪集	林一：三一二—二五七	四卷	宋嚴羽撰，明鄧岳原校	江户寫本

書名	索書號	卷數	作者	抄寫者或版本形態
滄浪嚴先生吟卷	林一：三一二一二五八	二卷	宋嚴羽撰，明陳士元編	江户寫本
冷然齋詩集	昌四：三一二一二七四	八卷	宋蘇泂撰，清紀昀等編	享和三年寫本（昌平黌）
南軒先生文集	林一〇：三一五一一三〇	據明弘治刊本，四十四卷	宋張栻	江户寫本
東萊吕太史全集	林一二：三一三一四一〇	（？—淳熙八年）四十卷	宋吕祖謙	江户寫本
吕文肅公文集	昌四：三一五一一三四	二十卷，棣華雜著一卷，附全二卷	宋吴儆撰，明吴瀛校	江户寫本
象山先生全集	江一〇：三一六一一六	據明嘉靖三十九年刊本，林羅山手校手識本，三十六卷	宋陸九淵撰，明馬致通等校	元和九年寫本
誠齋集	林四三：三一六一三	據（建炎元年—開禧二年）宋刊本	宋楊萬里撰，楊長孺編	江户初期寫本
澗谷精選陸放翁詩集	林二：三一二一二七〇	麟述齋手校本，前集十卷，後集八卷，別集一卷	宋陸游撰，（前）羅綺，（後）劉辰翁編，（別）明劉景寅編	寛政八年寫本
劍南詩鈔	昌七別：二二一四	全六卷，市河寛齋舊藏	宋陸遊撰，清楊大鶴編	元禄十一年寫本
放翁遺稿	林一：三一二一二五一	二卷	宋陸遊撰，明毛晋補	江户寫本
無文印	江四別：五四一七	二十卷	宋釋道燦	室町寫本
程洺水先生集	昌一〇：三一六一十九	三十卷	宋程珌撰，明程至遠校	江户寫本
分類秋崖先生詩稿大全	林六別：五四一六	（慶元五年—景定三年）十八卷，後集九卷，別集一一卷	宋方岳	室町寫本

書名	索書號	卷數	作者	抄寫者或版本形態
同上	江六：三一二一—二九九	十八卷，後集九卷，續集十卷，別集十一卷	宋方岳	江户初期寫本
分類秋崖先生詩稿	昌六：三一二一—二八一	十八卷（卷一—五缺），後集九卷（卷六—九缺），續集十卷	宋方岳	江户寫本
後村居士集	昌三：三一二一—三一一	（淳熙十四年—咸淳五年）存三十二卷（卷一—六、二十四、二十七—三十六、五十一、五十二、五十五—五十七）	宋劉克莊	江户寫本
潛齋先生文集	昌八：三一六—三九	十一卷，首一卷	宋何夢桂撰，明何淳編，岳元聲校	江户寫本
山民詩集	昌一：三一二一—二八八	一卷，附補遺	宋真山民	亨和三年寫本（昌平黌）
新刊重訂疊山謝先生文集	林二：三一六—二三	據明嘉靖刊本，二卷	宋謝枋得撰，明黄溥編	江户寫本
晞髮集	昌三：三一二一—二九五	據明萬曆刊本	宋謝翱撰，明張蔚然等校	江户初期寫本
彝齋文編	昌二：三一六—二一	（慶元五年—元貞元年）四卷	宋趙孟堅	亨和三年寫本（昌平黌）
劉須溪先生記鈔	林二：三一四—二六	（端平元年—大德元年）八卷	宋劉辰翁	寬政八年寫本
遺山先生文集	林一二：三一六—三四	四十卷，附一卷	金元好問撰，明張德輝編	江户寫本
郝文忠公陵川文集	昌一〇：三一六—四四	據清乾隆刊本，三十九卷，首一卷，附一卷	元郝経撰，清王鏐編	江户寫本

書名	索書號	卷數	作者	抄寫者或版本形態
魯齋全書	江二：三一六—四五	林羅山手校本，七卷	元許衡撰，明郝綰編	江户初期寫本
静修先生文集	林四：三一六—四七	據明弘治刊嘉靖修本，遺文六卷，遺詩六卷，詩文拾遺七卷，續集三卷，文集附二卷	元劉因撰，明崔暠校	江户寫本
宋戴剡源文鈔	昌四：三一四—一八	四卷	元戴表元撰，清黄宗羲編	享和四年寫本（昌平黌）
積齋集	昌四：三一四—一八	詩一卷	元程端學	文化元年寫本（昌平黌）
村西集	昌四：三一六—七〇	六卷，村西文集十卷(卷一、四、五缺)，西翁近稿文八卷、詩三卷	元譚景星撰，陳泗孔編	江户寫本
趙子昂詩集	昌二：三一二—二八五	（寶祐二年—至治二年）據元至元刊本，七卷	元趙孟頫撰，譚潤編	江户寫本
臨川吴文正公集	昌一九：三一六—四二	四十九卷，外集三卷，首一卷，臨川吴文正公年譜一卷	元吴澄（年）、明危素編	享和三年寫本（昌平黌）
馬石田文集	昌二：三一六—五八	（至元十六年—后至元四）（據元后至元五年刊本，十五卷（卷一—六缺），附一卷	元馬祖常	江户寫本(昌平黌)
梅花百詠	昌一：三一三—一九		元韋珪	江户寫本
柳待制文集	昌八：三一六—六三	（？—至元二年）二十卷，外編一卷	元柳貫撰，清范養民編	江户寫本
傅與礪詩集	昌四：三一二—三〇七	（大德八年—至正三年）據明洪武刊本，八卷	元傅若金撰，明傅若川編	文化元年寫本（昌平黌）
畏齋集	昌一：三一二—三〇六	（咸淳七年—至正五年）	元程端禮	文化元年寫本（昌平黌）
金台集	昌一：三一二—三〇八	據元刊本	元迺賢撰，危素編	文化二年寫本（昌平黌）

書名	索書號	卷數	作者	抄寫者或版本形態
重刊黃文獻公文集	昌三：三一六—五九	（？—至正十七年）十卷	元黄溍撰，明宋濂編	江户寫本
歐陽論范	昌一：三一四—二五	二卷	元歐陽起鳴	江户寫本
南游寓興集	兼一：三一二—二八四		元金哈剌	江户寫本
夢觀集	江三：三一二—二九八	林羅山手校本，六卷	元釋大奎撰，如蘭編	江户初期寫本
蜕庵詩	昌一：三一二—三〇九	（至元二年—洪武元年）佐藤一齋手校本，四卷	元張翥撰，釋大杼編	文化二年寫本（昌平黌）
麗則遺音	昌一：三六三—四七	據汲古閣刊本，四卷附一卷	元楊維楨	江户寫本
青閟閣全集	昌四：三一六—六五	據清康熙五十二年刊本，十二卷	元倪瓚撰，清曹培廉校	江户寫本
重刻楊孟載眉菴集	昌二：三一六—八四	十二卷補一卷	明楊基撰，陳瞻邦校	江户寫本
高青邱七長篇	一：三一三—三		大城户宗重編	明治寫本
重刻徐幼文北郭集		（？—洪武十二年）據明萬曆刊本，六卷	明徐賁撰，陳瞻邦等校	江户寫本
羅山集	林一：三一六—八五	五卷	明宋濂	江户寫本
九靈山房集	兼四：三一六—六七	（？—洪武十六年）三十卷（卷八—十四缺）	明戴良撰，戴禮等編	江户寫本
重刻張來儀静居集	昌二：三一六—八三	四卷	明張羽撰，陳瞻邦等校	江户寫本
逃虚子詩集	毛二：三一三—三〇	（元統三年—永樂十七年）十卷續一卷	明姚廣孝	清寫本
樂全詩集	毛一：三一三—一四	（？—宣德二年）一卷，東游詩一卷，續集一卷	明瞿佑	江户寫本
曹月川先生集	林一：三一六—八二	（洪武九年—宣德九年）據清康熙刊本	明曹端撰，清張伯行校	江户寫本

書名	索書號	卷數	作者	抄寫者或版本形態
薛文清公全集	昌八：三一六一一〇〇	四十卷（卷一—十七缺）	明薛瑄撰，趙孔昭編	江户初期寫本
薛敬軒先生文集	昌四：三一四一一二三	一十卷	明薛瑄撰，清張伯行編	江户寫本
康齋先生文集	林五：三一六一一〇三	林述齋手校本，十二卷，首一卷	明吴興弼	寬政八年寫本
朝鮮賦	一：三六三—四六		明董越撰	明治寫本
群珠摘粹集	昌二：三五八一一二一	五卷	明戴天暢	江户寫本
新刻國朝白沙陳先生詩選	江一：三一三一一三	六卷	明陳憲章撰，周謙山編	江户初期寫本
鄭詩	昌四：三一三—四四	據明萬曆刊本，八卷	明鄭善夫	江户寫本
蘇門集	昌四：三一七一一二	八卷	明高叔嗣	江户寫本
整庵先生存稿	林八：三一六一一三四	二十卷	明羅欽順撰，陳夢暘、沙含玉編	寬政八年寫本
瑶石山房稿	毛一：三一三—五三	二卷	明黎民表	江户寫本
南雋集文類	江三：三一四—三九	二十卷（卷十一—二十缺）	明汪必東	江户初期寫本
滄溟先生集	林六：三一七—三九	據明萬曆二十六年刊本，三十卷，補遺一卷，附一卷	明李攀龍撰，楊日賓校	江户寫本
補注李滄溟先生文選	四：三一四—四六	據延享刊本，四卷，附一卷	明李攀龍撰，宋光廷校，宋祖駿、宋祖驊補註	江户寫本
同上	三：三一四—四八	四卷缺三卷，曲直瀨氏舊藏	明李攀龍撰，宋光廷校，宋祖駿、宋祖驊補註	江户寫本
正氣堂集	昌二〇：三一七—三〇	十六卷，余集全五卷，會試論策一卷	明俞大猷	江户寫本
王奉常集	昌五：三一七一一八八	十五卷	明王世懋	江户寫本

書名	索書號	卷數	作者	抄寫者或版本形態
快雪堂集	昌一〇：三一七—一二六	據明萬曆四十四年序刊本，六十四卷	明馮夢禎撰，黄汝亨等校	文政七年寫本（昌平黌）
快雪堂日記	兼四：三一七—一二七	存十三卷（卷四十七—五十九）	明馮夢禎	江户寫本
解脱集	昌一：三一七—一五六	（隆慶二年—萬曆三十八年）四卷	明袁宏道	江户寫本
詠物詩	林一：三一三—六八	林述齋手校本	明朱之蕃	寬政八年寫本
太白原稿	毛六：三一七—六六	十三卷	明劉景韶	江户寫本
玉閏春詠	兼一：三一三—七五		明林士宗	江户寫本
陳布衣集句	昌一：三一三—七〇	據明萬曆刊本，二卷	明陳言	文政八年寫本（昌平黌）
水明樓集	毛二：三一七—一七〇	據明萬曆刊本，十四卷	明陳薦夫撰，陳一元編	江户寫本
詠梅百首	昌一：三五八—一一一	二卷	明顧懋樊撰，顧爆祚編	江户寫本
區太史詩集	毛四：三一三—六九	二十七卷	明區大相	江户寫本
睡庵文稿	昌四：三一七—八六	初刻四卷，二刻六卷	明湯賓尹	享和元年寫本
柯雪齋外集	昌六：三〇八—一二六	一十五卷	明袁中道	江户寫本
高子遺書	昌一二：三一七—七〇	十二卷附一卷	明高攀龍撰，陳龍正校	江户寫本
嬾真草堂集	毛五：三一七—一三八	詩二十卷	明顧起元	江户寫本
檀園集	兼二：三一七—一三〇	（萬曆三年—崇禎二年）一二卷	明李流芳	江户寫本
李太僕恬致堂集	兼一〇：三一七—一〇二	（嘉靖四十四年—崇禎八年）李太僕文集四十卷	明李日華撰，李肇亨編	江户寫本
清權堂集	昌六：三一三—八二	二十二卷	明沈德符	江户寫本
嘯菴蘭花詠	昌一：三一三—一三一		明鄧會	江户寫本
梅花百詠	昌一：三一三—三〇九		明潘鐘峼撰，潘淑伽編	江户寫本

書名	索書號	卷數	作者	抄寫者或版本形態
東矣吟（稿本）	毛一：三一三—三一二		清釋性易（天外一閒人）	江户寫本（自筆）
游草	蒹一三：一三—二八六		清沙起云	江户寫本
和中峰禪師梅花百詠七言律詩	昌一：三一三—一五八		清釋行春撰，林士廷編	江户寫本
中峰和尚和馮海粟梅花詩百詠	和一：三一三—一四九			江户初期寫本
蕭鳴草	林一：三一三—二〇六		清釋苣亭	江户寫本
外國竹枝詞	一：三五九—一一二	一卷，附安南雜記一卷	清尤侗，（附）清李仙根	明治寫本
華歷百詠	林一：三一三—二〇九		清翁長祚	江户寫本
樊榭山房文集	昌二：三一四—一四六	八卷	清厲鶚	江户寫本
御製盛京賦	一：三六三—五五	滿漢文，存一卷	清傅恆等奉敕撰	江户寫本
桂苑筆耕集	昌四：三一八—一六五	二十卷	朝鮮崔致遠	文政四年寫本（昌平黌）
三峰先生集	昌四：三一八—一六二	（？—洪武三十一年）據朝鮮成化二十三年刊本，八卷	朝鮮鄭道傳	江户寫本（昌平黌）
陶隱先生詩集	昌一：三一八—一六四	三卷，文集二卷，合五卷	朝鮮李崇仁撰，卞厚良奉敕編	江户寫本
晉山世稿	昌一：三一八—一六六	四卷（松崗恕庵舊藏）	朝鮮姜希顔	寬政七年寫本
梅月堂集	昌九：三一八—一七一	（？—弘治六年）文稿八卷，別集一卷，詩稿九卷，梅月堂關東日録、梅月堂游湖南録、梅月堂游金鰲録、梅月堂溟州日録各一卷	朝鮮金時習	江户寫本

書名	索書號	卷數	作者	抄寫者或版本形態
濡溪集	毛二：三一八—一六一	（正統十年—弘治七年）七卷	朝鮮俞好仁	江户寫本
青坡集	昌一：三一八—一七三	（？—弘治十一年）一卷，青坡劇談一卷	朝鮮李陸	享和二年寫本
灌園先生詩集	林一：三一三—三四四	據朝鮮嘉靖刊本	朝鮮魚得江撰，吴謙編	江户寫本
徐華潭先生集	昌一：三一八—一六九	（弘治二年—嘉靖二十五年）二卷	朝鮮徐敬德	江户寫本
立巖集	昌二：三一八—一七六	（？—嘉靖八）六卷附一卷	朝鮮閔齊仁	文政六年寫本（昌平黌）
晦齋先生集	林四：三一八—一七四	（弘治四年—嘉靖三十二年）三卷	朝鮮李彦迪	江户寫本
企齋集	昌四：三一八—一六三	（成化二十年—嘉靖三十四年）十四卷，文集三卷，别集七卷	朝鮮申光漢	江户寫本
大观齋亂搞	昌二：三一八—一八二	據朝鮮萬曆五年星洲刊本，四卷	朝鮮沈義撰，權應仁編	江户寫本
十省堂集	昌二：三一八—一六八	據朝鮮萬曆十三年刊本，三卷附一卷	朝鮮嚴昕	江户寫本（昌平黌）
退溪先生文集	林二八：三一八—一七二	（弘治十四年—隆慶四年）四九卷别集一卷外集一卷年譜三卷	朝鮮李滉	江户寫本
同上	一〇：三一四—一六三	存十六卷（卷一—十六）	同上	江户寫本
葛川先生文集	昌二：三一八—一七八	（弘治十三年—萬曆十二年）四卷	朝鮮林薰	江户寫本
栗谷先生詩集	七：三一八—一五七	（嘉靖十五年—萬曆十二年）一卷，文集十卷，别集三卷	朝鮮李珥	文政六年寫本（昌平黌）
林白湖集	昌二：三一八—一七七	（嘉靖二十八年—萬曆十五年）四卷	朝鮮林悌	文政六年寫本（昌平黌）
東崗先生文集	昌六：三一八—一七五	（？—萬曆三十一年）十七卷	朝鮮金宇顒	江户寫本

書名	索書號	卷數	作者	抄寫者或版本形態
西厓先生文集	昌一一：三一四—一六一	（嘉靖二十一年—萬曆三十五年）二十卷	朝鮮柳成龍	江户寫本
西厓文集(抄略本)	一：三一四—一六〇		同上	明治十五年寫本
芝山先生文集	昌二：三一八—一八三	（嘉靖二十四年—萬曆三十七年）五卷	朝鮮曹好益	江户寫本
岳堅集	昌一：三一八—一八〇		朝鮮樸瑞龟	江户寫本
海峰集	昌一：三一八—一七九	（萬曆元年—天啓三年）三卷	朝鮮洪命元	江户寫本
玄洲集	昌五：三一八—一七〇	（隆慶六年—崇禎四年）一五卷	朝鮮趙纘韓撰，愼天翊校	江户寫本
旅軒先生文集	昌七：三一八—一八四	（嘉靖三十三年—崇禎十年）一一卷	朝鮮張顯光	文政六年寫本（昌平黌）
東岳先生集	昌八：三一三—一〇二	（隆慶五年—崇禎十年）二六卷	朝鮮李安訥	江户寫本
石洲集	昌一：三一八—一六七	（隆慶三年—崇禎十五年）八卷	朝鮮權韠	江户寫本
白洲集	昌一〇：三一八—二	（萬曆二十三年—順治二年）二十卷	朝鮮李明漢撰，李一相編	江户寫本
誠信堂諸記貼	昌一：三一四—一六七		朝鮮樸聾窩編	文化三年寫本
（總集類）篋中集	林一：三一九—五七		唐元潔編	江户寫本
河岳英靈集	林一：三一九—四三	三卷	唐殷璠編	江户寫本
國秀集	林一：三一九—四六	三卷	唐芮挺章編	江户寫本
御覽詩	昌一：三一九—三九		唐令狐楚編	江户寫本
中興間氣集	林一：三一九—四〇	二卷	唐高仲武編	江户寫本
極玄集	林一：三一九—四九	二卷	唐姚合編	江户寫本
松陵集鈔	一：三一九—五二	漁樵唱和一卷	大城户宗重編	江户寫本
搜玉小集	林一：三一九—七三			江户寫本

書名	索書號	卷數	作者	抄寫者或版本形態
唐詩絶唱	江一：三一九—七七	林羅山手校本，五卷	宋趙蕃、韓淲編，謝枋得注	江户初期寫本
同上	毛一：三一九—七八			江户寫本
同上	昌一：三一九—七九	五卷	宋趙蕃、韓淲編，謝枋得注	文化二年寫本（昌平黌）
重廣草木蟲魚雜詠詩集	昌二：三五八—五二	十八卷	宋家求仁編，龍溪增廣	文化元年寫本
唐詩類苑	昌七二：三一九—一二五	二百卷	明張之象編，毛晋等補	江户寫本
唐詩艷逸品	昌一：三一九—一四六	存唐詩名媛集一卷	明楊肇祉編	江户寫本
晚唐詩鈔	二：三一九—一二七	十四卷	清查克弘、凌紹乾編，館機校	江户寫本
續唐三體詩	四：三一九—八七	八卷	清高士奇編	文政七年寫本（昌平黌）
江湖集	昌二四：三五八—一二五	十六卷（卷十三—十六缺）	宋陳起編	享和二年寫本（昌平黌）
江湖後集	昌八：三五八—四七	二十四卷	宋陳起編，清陸錫熊等校	文化元年寫本（昌平黌）
前賢小集拾遺	昌二：三五八—五一	五卷	宋陳起編	享和三年寫本（昌平黌）
中興群公吟稿戊集	昌二：三五八—二七	七卷	宋陳起編	同上
中興禪林風月	昌一：三五九—一五	三卷	宋孔汝霖編，蕭澥校	江户寫本
四靈詩集	昌四：三五八—五五	葦碧軒集、清苑齋集、芳蘭軒集、二薇亭集各一卷	宋翁卷等	享和三年寫本（昌平黌）
中州集	林五：三五八—八三	據室町刊本，十卷，中州樂府一卷	金元好問編	江户寫本

書名	索書號	卷數	作者	抄寫者或版本形態
園居漫興詩	昌一：三五八—一一六	松崎慊堂手校本，一卷，臨滄亭唱和一卷	明李東陽編	江戸寫本
國雅品	蒹一：三五八—一八七		明顧起綸編	江戸寫本
餐霞集	毛四：三五八—一〇八	全四卷		江戸寫本
皇華集	昌三三：三五八—一二四	（天順元年—天啓六年）全五一卷		江戸寫本
使琉球贈言	昌一：二八六—二二五	贈序一卷，贈詩二卷		江戸寫本
試帖錦囊	昌二：三六三—二六	四卷，試帖錦囊一卷	清朱綿生編	江戸寫本
晋陽聯稿	昌一：三五九—一一三	二卷	朝鮮河渾編	江戸寫本（昌平黌）
選詩句圖	昌一：三五八—五〇		宋高似孫	享和二年寫本（昌平黌）
古樂苑	昌一：三一九—一五九	存五卷（卷一—四，前卷）	明梅鼎祚編，呂胤昌校	江戸寫本
同上（摘録本）	二：三一九—一五八	卷十三—四十四（曲直瀬氏舊藏）	同上	同上
詩家全體	昌八：三六三—六三	十四卷	明李之用	天保二年寫本（昌平黌）
古今奇文品勝（抄略本）	蒹一：三五九—七八		明孔貞運編，邱兆麟校	江戸寫本
大観堂選	昌一二：三六二—三八	全一十二卷		清寫本
文館詞林	昌二：三六一—五六	漢—唐存一七卷（卷一五二尾缺、一五六首缺、一五七、一六〇首缺、三四六尾缺、三四七、四五九、六六五、六六九、六七〇、六九一、六九五、六九七）	唐許敬宗等奉敕編	嘉永三年寫本（昌平黌）
同上	一：三六一—五五	存五卷（卷一五六、一五七、六六五、六九一、六九五各殘缺）	同上	明治寫（影寫）

書名	索書號	卷數	作者	抄寫者或版本形態
選詩補注	林一：三五九—一一一	存一卷（序目）	元劉履	江户寫本
風騷軌范	昌二一：三六三—一三	前集一六卷，後集二十九卷	朝鮮權健等編	文政六年寫本（昌平黌）
文苑英華	一〇一：三六二—二	（六朝—唐）據宋嘉泰刊本，一千卷（卷三四一—三五〇缺）	宋李昉等奉敕編，彭叔夏校	明寫本
七言律細	昌一：三五八—一一二	三卷	明朱白藩編	江户寫本
同文類聚	昌四：三五九—一〇一	四卷，織錦回文圖一卷，續編十卷	宋桑世昌編（續）明朱象賢編	文政八年寫本（影清）
東萊先生古文關鍵	昌二：三五九—三八	二卷	宋吕祖謙編	享和年間寫本（昌平黌）
精選唐宋千家聯珠詩格	四集：一三七—五	二十卷	宋于濟、蔡正孫編	室町時代寫本
同上	五：三六三—一二五	同上	同上	江户初期寫本
續新編分類諸家詩集	楓一集：一一九—五			室町時代寫本
濂洛風雅	林二：三五八—一八一	宋、金、元七卷	元金履祥選，唐良瑞編	江户寫本
同上	林四：三八五—一七八	九卷	清張伯行編，魏麐徵校	寛政七年寫本
柴氏四隱集	昌一：三六二—五三	六卷	宋柴望等撰，明柴復貞編	享和三年寫本（昌平黌）
詠物詩	蒹三：三五八—一〇〇	三卷	清賀光烈編	清寫本
吴江沈氏詩集	昌二：三五八—一四三	十二卷	清沈祖禹編	江户寫本
金華六先生集	昌七：三五八—八一	（浙江省）十二卷	明趙鶴編，吴國琦校	江户寫本

書名	索書號	卷數	作者	抄寫者或版本形態
（以下爲日本國書分類目録所謂『準漢籍』）胡曾詠物詩	楓二集：一一九—七			室町時代寫本
管見抄	和九重四一	文集，白氏文集十卷（卷三缺）		永仁三年寫本
長恨歌抄，附琵琶行抄	一集：一三七—六			清原宣賢天正五年寫本
長恨歌私考（羅浮道春涉獵抄）	江一特：一一九—一三			林羅山江户初期寫，自筆
歌行露雪	江一特：一一九—一二			英甫永雄手跋本，稿本，林勝信室町末期寫，自筆等
野馬臺詩抄	楓一特：一二〇—五			室町末期寫本
感興詩考	林一：一九一—三七五			林恕（鵝峰）寫
新刻拔萃分類蘇東坡絶句七言	二：三一二—二四〇	一卷，新刻拔萃黄山谷絶句七言一卷		宇都宫由的、山本三徑編、寫
增注唐賢絶句三體詩法抄	五集：一三七—七			釋壽桂（幻云）等，天文五年寫本
宋三大家絶句箋解	二：三五八—六四	據文政八年刊本，二卷		大窪行等編，佐羽芳箋解、寫
讀瀛奎律髓刊誤條記	昌一：二〇七—七二			（乙骨寬）耐軒安政五年寫

書名	索書號	卷數	作者	抄寫者或版本形態
（以下詩文評類）庚溪詩話	昌一：三六三—七一	二卷	宋陳巖肖（西郊野叟）	享和二年寫本
漁隱叢話	林一二：三六三—九一	據倫南臨川書堂刊本，六十卷，後集四十卷	宋胡仔	江户初期寫本
韻語陽秋	江二：三六三—七四	二十卷	宋葛立方	江户初期寫本
同上	兼四：三六三—七九	同上	同上	江户寫本
文章百段錦	昌二：三六三—一九一	據明隆慶二年刊本，二卷	宋方頤孫編	江户寫本
古文矜式	江一：三六三—一八一	一卷，附文式二卷	元陳澤曾，（附）明曾鼎編	江户寫本
同上	兼一：三六三—一八三	同上	同上	明歷四年寫本
木天禁語	江一：三六三—一四〇	林羅山手校本，一卷，詩家指要、杜陵詩律五十一格、詩法源流各一卷	元范梈	江户初期寫本
菊坡叢話	昌六：三六三—一四二	二十六卷	明單宇編	江户寫本
小草齋詩話	昌二：三六三—九六	五卷	明謝肇淛撰，馬□校	江户寫本
睡庵太史論定一見能文	林一：三六三—一七六	存一卷（卷一）	明湯賓尹	江户寫本
文通	昌二〇：三六三—一九八	三十卷，首一卷，詮夢一卷	明朱荃宰	江户寫本
新刻張太史手授初學文式	兼一：三六三—一八二		明張溥撰，楊廷樞校	江户寫本
雅倫	昌一六：三六三—二〇八	二十四卷	明費經虞撰，清費密補	江户寫本
文格	昌一：三六三—二〇一		明鄭重厚編	江户寫本
貞一齋詩説	昌一：三六三—一六七		清李重華	江户寫本
甌北詩話	昌二：三六三—八八	十二卷	清趙翼	江户寫本

書名	索書號	卷數	作者	抄寫者或版本形態
歷代詩話	昌八：三六三—六九	據清乾隆三十五年序刊本	清何文焕編	江户寫本
破閑集	昌一：三六三—一四一	三卷	朝鮮李仁老	江户寫本
補閑	林一：三〇九—一〇一	三卷	朝鮮崔滋	江户寫本

五、《日本現存明文文集目録》（山根幸夫、小川尚編，東京：大安株式會社，一九六六年十月五日發行）

按：該目録是就日本國内現存明人文集按五十音圖順序排列作成。該目録根據已刊行的圖書館、大學等機構的漢籍藏書目録摘出其中明人詩文集部分，編者并未對實物一一進行調查。該目録所收録目録來源於下列圖書館和大學等藏書機構：

（舊）上野圖書館（簡稱：上）

京大人文科學研究所（人）：《東方文化研究所漢籍分類目録》；

京大文學部（京文）：《京都大學文學部漢籍分類目録》《京都大學漢籍綜合目録稿》；

宫内廳書陵部（書）：《圖書寮漢籍善本目録》；

静嘉堂文庫（静）：《静嘉堂文庫漢籍分類目録》；

尊經閣文庫（尊）：《尊經閣文庫漢籍分類目録》；

東大東洋文化研究所（研）；

東洋文庫（東）；

内閣文庫（内）：《内閣文庫漢籍分類目録》；

蓬左文庫（蓬）：《蓬左文庫漢籍目録》。

該目録含和刻本漢籍。另外，據筆者對照日本全國漢籍數據庫所録明人詩文集，知該目録所收并不全面，遺漏頗多。又因前已録入内閣文庫漢詩文寫本，故此處從略，以其中静嘉堂文庫（静）和尊經閣文庫（尊）所藏漢詩文鈔本爲主，重複者不列，整理如下表所示：

作者	書名	卷/册數	藏地及目録原本所記序號
殷奎	殷强齋先生文集	十卷二册	
于謙	于忠肅公集	十二卷附録四卷十二册	静七一七
袁華	耕學齋集	十二卷四册	静七一三
烏斯道	春草齋集	十卷附一卷三册	静七一三
袁凱	海叟集	三卷一册	静七一四
袁宏道	袁中郎全集	四十卷十五册	静七三五
王翰	梁園寓稿詩集	九卷一册	静七一四
王恭	草澤狂歌	五卷一册	静七一二
王恭	白雲樵唱	四卷附一卷二册	同上
王行	半軒集	十二卷補二卷四册	同上
王艮	王心齋全集	二册	東
王守仁	王文成公全書	三十八卷三册	東
王叔英	王静學先生文集	三卷補遺一卷一册	静七一五
王偁	虚舟集	五卷	静七一六
王樵	方麓文集	九卷，老子解、詩各一卷，四册	静七三〇
王樵	方麓文集	十六卷六册，卷十六缺	静七三〇

作者	書名	卷/册數	藏地及目録原本所記序號
王世貞	四部稿拔	一卷一册	静七二九
王世貞	弇州山人續稿	二〇七卷八十四册，卷九四、九六缺	静七二九
王世貞	弇州山人讀書後	四卷四册	京圖
王廷陳	夢澤集	二十三卷四册	静七二五
王賓	吴中古跡詩	不分卷，一册	静七一六
汪道昆	副墨	五卷一册	京圖
温純	温恭毅公文集	三十卷八册	静七三二
夏古丹	夏古丹先生詩集	不分卷一册	静七四〇
夏良勝	東洲初稿	十四卷六册	静七二四
賀欽	醫閭集	九卷一册	静七二〇
郭奎	望雲集	五卷一册	静七一三
岳正	類博稿	十卷	静七一八
葛昕	集玉山房稿	十卷四册	静七三八
管時敏	蚓竅集	十卷一册	静七一三
危素	危太樸雲林集、説學齋稿不分卷、文集	共七册	静七〇九
金幼孜	金文靖公集	十卷四册	静七一六
虞堪	鼓枻稿一卷、虞山人詩三卷	共三册	静七一四
倪元璐	倪文貞公講編四卷、詩集二卷	共二册	静七三八
倪謙	倪文僖公全集	三十二卷二十四册	静七一八
胡翰	胡仲子集	十卷三册	静七一一
胡居仁	文敬胡先生集	三卷二册	上
胡儼	頤菴文選	二卷二册	静七一六

作者	書名	卷/冊數	藏地及目錄原本所記序號
顧允成	小辨齋偶存	八卷二冊	静七三四
顧麟	顧華玉集	四十卷十冊	静七二二
吴儼	吴文肅公摘稿	四卷一冊	静七二一
吴沆	瀫川集	八卷二冊	静七〇九
皇甫涍	皇甫少玄集	二十六卷六冊	静七二七
侯復	觀光詩集	一冊	静七一六
洪思忠	醉間亭詩稿	四冊	東
高叔嗣	蘇門集	八卷二冊	静七二六
高攀龍	高氏閑距集	不分卷三冊	日本寫本，京一〇四
高棅	高漫士木天清氣集	十四卷二冊	静七一七
黄毓祺	大愚老人集	七卷一冊	静七四〇
黄淮	省愆集	二卷一冊	静七一六
余翔	薜荔園詩集	四卷二冊	静七三一
謝肅	密菴集	八卷二冊	静七一〇
謝遷	歸田稿	八卷三冊	静七二〇
釋宗泐	全室集	八卷補一卷一冊	静七一四
釋梵琦	楚石大師北游詩	一卷一冊	静七一〇
釋妙聲	東皋録	三卷三冊	静七〇九
釋來復	蒲菴詩文集	六卷二冊	静七〇九
朱國楨	朱文肅公集不分卷	六冊	静七三六
朱之蕃	蘭嵎詠物詩	一卷一冊	静七三五
朱之瑜	舜水先生外集	七卷五冊	東
朱淛	天馬山房遺稿	八卷二冊	静七二六

作者	書名	卷/册數	藏地及目録原本所記序號
朱右	白雲稿	十一卷四册	静七一〇
周瑛	翠渠摘稿	不分卷一册	静七二〇
周順昌	周忠介公燼余集	三卷一册	静七三七
徐渭	徐文長三集	二卷（卷二十八—二十九存）	京一〇四
徐中行	青蘿館詩集	六卷二册	京圖
蕭尚仁	正固詩集・文集	各一卷，合一册	静七一〇
申佳允	申忠愍詩集	六卷一册	静七三九
任環	山海漫談	三卷附二卷，一册	静七二九
鄒元標	鄒子願學集	八卷八册	静七三六
鄒智	立齋遺文	五卷附一卷，一册	静七二一
蘇境	敬所小稿	一卷一册	尊七一〇
宋登春	宋布衣集	二卷	静七三八
孫一元	太白山人漫稿	八卷附一卷二册	静七二四
孫緒	沙溪集	二十三卷五册	静七二三
張羽	重刻張來儀静居集四卷，張來儀先生文集一卷	共三册	静七一二
張通	甘白先生張子宣集	十二卷補遺一卷，二册	静七一〇
張寧	方洲先生集二十六卷，讀史録六卷	共十册	静七一八
孫孟兼	白石山房逸稿	二卷一册	静七一一
趙完璧	海壑吟稿	十一卷四册	静七三〇
陳翼叔	天叫巡望集殘詩合刻	一卷一册	明鈔本，京圖
鄭紀	東園文集	十三卷附一卷二册	静七一九
鄭真	滎陽外史文集	殘存七十一卷六册	静七一四

作者	書名	卷/册數	藏地及目録原本所記序號
鄭潛	樗庵類稿	二卷一册	静七一三
唐寅	唐伯虎集	四卷，附、補各一卷，二册	静七二七
唐之淳	唐愚士詩	四卷，會稽懷古詩一卷，二册	静七一五
童軒	清風亭稿	八卷二册	静七一八
馮夢禎	快雪堂日記不分卷		静七三四
余繼登	淡然軒集	八卷四册	静七三三
楊基	眉菴集	十二卷四册	静七一二
楊嗣昌	楊文弱先生集	五十七卷三十三册	東
楊慎	太史升菴文集	八十一卷十五册	京圖
羅欽順	整庵先生存稿	二十卷六册	静七二一
羅洪先	羅念庵集	八册	上
羅子理	羅德安先生文集	三卷一册	静七一一
李賢	古穰文集	三十卷四册	静七一七
李顯	李草閣詩集	六卷，拾遺、文集各一卷，一册	静七一三
李攀龍	滄溟先生尺牘	二卷一册	京圖
李夢陽	空洞先生集	三十六卷十册	京圖
劉璟	易齋集	二卷二册	静七一五
劉三吾	坦齋劉先生文集	二卷二册	静七一〇
劉薦	盤古集	十卷一册	静七一六
劉炳	鄱陽劉彦昺詩集九卷；春雨軒集八卷	各一册	静七一一
劉璉	自怡集	一卷一册	静七一四
梁潛	泊菴先生文集	十一卷五册	静七一六

作者	書名	卷/册數	藏地及目録原本所記序號
梁蘭	畦樂先生詩集	一卷附一卷，一册	静七一四
凌雲翰	柘軒集	五卷四册	静七一〇
凌義渠	凌忠介公文集	二卷一册	静七三八
林希元	同安林次崖先生文集	十八卷十二册	尊四六八
林右	天台林公輔先生文集	不分卷一册	静七一五
洞野子	何求老人殘稿萬感集	二册	静七四〇

あとがき

何年か前のことですが、日本語があまり分からなかった私は、一人で大阪へ行きました。初めは日本語の勉強のためだけでしたが、日本語を勉強すればするほど、日本の文化、及び日本での漢籍に対して、深く興味を持ちました。それから、私の研究にはいつも日本文化や日本での漢籍に関係する内容があります。帰国した後でも、日本語を独学で勉強し続けております。

一昨年、私は日中交流文化を研究するのに、東京へ行きました、様々な資料を収集し、その上、日本語の勉強もできました。その時、日本での膨大な漢籍に注目しました。日中交流についての研究は、漢字のおかげで、数百年前の日本人と中国人とか容易に交流できました。もっと不思議なことは、数百年を経ても、その日中交流の資料、例えば、漢詩や筆談など、現在まで整理され、図書館や個人でも保管されています。日本や中国の歴史上、それらの資料の持ち主はすべて有名な人ではないですけど、それらの資料は誠に貴重なもので、日中文学や経済の交流歴史の証明です。それらの資料を読むと、悠久且つ豊富な日中平和交流の場面や、人々の助けたり助けられたりすることが、目の前に、生き生きとして現れます。

一方、資料は多いですが、それに対象としての研究は多くなくて、資料を充分利用できない、という現実を痛感した私は、その研究をしたいと決めました。

私は、博士論文も出せず、私の著書出さず、何年か前の研究テーマも、現在の研究テーマも、日中文学、または、文化交流に関係します。ここ数年間、私は日本での漢籍を中心として、日中文学や文化交流に関わって、日々を続いて研究しております。大きな成果を取れなくても、自分では、全力を尽くし、充実感を感じ、楽しさを味わいます、それで、十分です。

日本に現存している漢籍資料はただ日本の財産ではなく、中国の財産でもない、全人類の文化財産と思われております、ですから、これについての研究は国境を越えて、民族の偏見を超えるべきだす。日本と中国の間に、長い平和交流の歴史を持つ「一衣帯水」の隣国として、この歴史から、何か学ぶことがあるかと、私は、常に考えます。研究と言えば、単に文字や史料の整理及び分析、また影印することではないと信じております。そして、専任教員と研究員としての私は、研究をする度に、世界中の人々が平和で幸せに暮らせたら、どんなに楽しいでしょうか。

そうなることが、私の夢です。

（大塚和比古先生の修正をいただき、ここに感謝を表します。）